Topmodel undercover
Codewort: High Heels

Sarah Sky

TOPMODEL UNDERCOVER

Codewort: High Heels

aus dem Englischen von Gerda Bean

PLANET!

Für Maureen, in Liebe

Kapitel Eins

»Mission Morgendämmerung. Los, los, los!«

Jessica berührte ihren Brillantstecker am Ohr, als der Befehl durch den Stöpsel tönte. Drew Hopkins hatte sich in Bewegung gesetzt. Ihr Einsatzleiter gab die Nachricht rasch weiter: Eine Kamera hatte den wissenschaftlichen Experten des Verteidigungsministeriums erfasst, als er sich bei einer Cocktailparty davonschlich; während dieser Party wurde das Beste und Neueste der britischen Mode präsentiert.

Der Minister lief die Treppe bis zum zweiundsiebzigsten Stockwerk des Shard hinauf, der höchsten Aussichtsplattform Europas. Augenblicke später folgte ihm ein blonder Mann im marineblauen Anzug. Endlich fand das Treffen statt. Laut Hinweis eines zuverlässigen MI6-Informanten hatte Hopkins vor, die Blaupause für ein fahrerloses Panzerfahrzeug zu verkaufen, an dessen Entwurf er im Verteidigungsministerium mitgearbeitet hatte. Ein unbekannter ausländischer Käufer hatte angebissen und zwanzig Millionen Pfund geboten. Der Deal sollte an diesem Abend fix gemacht werden.

Mal wieder typisch. Das Timing war völlig falsch. Nach den besorgten Mienen der anderen Models und Undercover-Agentinnen von Westwood – Bree, Sasha und Natalia – zu urteilen, war klar, dass sie genauso dachten. Sie steckten auf tiefer gelegenen Treppen fest und balancierten auf wolkenkratzerhohen Stöckelschuhen von Charlotte Olympia, während sie auf ihren Einsatz warteten – die Pop-Rock-Band *The Vamps*. Innerhalb weniger Minuten würden alle Models auftauchen und das neunundsechzigste Stockwerk in Abendkleidern umrunden. Anschließend würden sie sich unter die prominenten Gäste mischen, zu denen auch die Gattinnen des britischen Premierministers und des amerikanischen Botschafters sowie Modedesigner und Zeitschriften-Redakteure aus der ganzen Welt gehörten.

»Wir müssen da hoch!«, drängte Jessica.

Niemand rührte sich. Waren sie vor Angst erstarrt? Bestimmt nicht! Es war Jessicas und Natalias erste offizielle Mission für Westwood – eine geheime Abteilung des MI6, die Models und andere Modefreaks rekrutierte –, aber Bree und Sasha waren Pros. Sie waren dem Geheimdienst mit schon fünfzehn Jahren beigetreten, einem Alter, das Natalia erst vor Kurzem erreicht hatte.

Jessica hätte es total verstanden, wenn Natalia Lampenfieber bekommen hätte, aber welche Ausreden hatten die anderen? Sie waren einundzwanzig und achtzehn, also alt genug, um Bescheid zu wissen, und trotzdem schienen sie sich drücken zu wollen. *Tut was! Egal was!*

»Du musst dich bewegen, Bree!«, sagte Jessica.

Das Zeitfenster, in dem sie noch reagieren konnte, schrumpfte rapide. Müsste sie Bree daran erinnern, dass *sie* den Einsatz eigentlich leiten sollte? Das käme bestimmt nicht so gut an! Das Model mit den rabenschwarzen Haaren klammerte sich ein paar Schritte vor ihr an das Geländer.

»Du hast mir nichts zu sagen!«, giftete Bree zurück. »Das ist *mein* Einsatz und ich brauch Zeit, um nachzudenken. Es darf uns nicht jeder die Treppe raufstürmen sehen. Jemand könnte uns folgen, und die Mission wäre im Eimer.«

Was für ein Quatsch! Die Mission wäre vorbei, wenn sie nicht bald die Kurve kriegten.

»Nur eine von uns muss los«, gab Jessica zu bedenken. »Wir brauchen irgendeine Ablenkung, und der Rest kann nachkommen, wenn die Luft rein ist.«

»Vielleicht sollten wir auf Rückendeckung warten«, warf Natalia ein. »Du bist die Anführerin, Bree, nicht Jessica. *Du* bestimmst!«

»Glaubst du, ich weiß das nicht?«, erwiderte Bree böse. »Nur weil Nathan unser Gruppenleiter ist, gibt das Jessica noch lange nicht das Recht, durch die Gegend zu stolzieren und sich als Chefin aufzuspielen.«

Echt? Schon wieder der alte Vorwurf? Nachdem Bree herausgefunden hatte, dass Jessica das Patenkind des MI6-Agenten Nathan Hall war, reagierte sie unglaublich empfindlich. Sie glaubte, dass Jessica ständig eine Sonderbehandlung bekam, was überhaupt nicht stimmte. Er ging mit ihr genauso streng um wie mit allen anderen.

»Wir haben keine Zeit für so was!« Jessica holte tief Luft und schob sich an den anderen Mädchen vorbei. Zum Glück wurde Mike, der Eventmanager, gerade abgelenkt. Er sah ständig so aus, als ob er sich am Rande eines Nervenzusammenbruchs befinden würde. Die Frau des Premierministers hatte angefangen, die innovativen britischen Designer zu loben. Das schenkte Jessica ein paar wichtige Sekunden – jedenfalls genügend Zeit, um an Mike vorbeischlüpfen und die nächste Treppe erklimmen zu können.

»Wo willst du hin?«, brüllte ihr Zak, einer der drei männlichen Models, hinterher. Er nahm die Kopfhörer seines iPod Nano ab und steckte ihn in die Brusttasche des grauen Anzugs von Paul Smith. »Wir sind noch nicht dran. Außerdem stimmt die Reihenfolge nicht. Du eröffnest nicht die Show, sondern Bree.«

»Halt die Klappe!« *Du Idiot,* wollte sie hinzufügen.

»Ich mein ja nur.«

Mike wirbelte herum. »Du kommst gleich dran, Jessica. Geh zurück!«

Als sie sich wieder an ihren Platz stellte, durchbohrte sie Zak mit ihrem Blick. Er war zwar ein Superstar aus Amerika, der mit seinem männlich-guten Aussehen im Alter von siebzehn Jahren einen lukrativen Vertrag von Calvin Klein an Land gezogen hatte, aber auch eine wahnsinnige Nervensäge. Wieso konnte er nicht eins von den anderen Mädchen anbaggern, anstatt seine Nase in Jessicas Angelegenheiten zu stecken? Aus irgendeinem Grund hatte er sich schon den ganzen Abend lang an ihre Fersen geheftet. Jedes Mal wenn sie sich umdrehte, stand er da und leierte herunter, wie viele Model-Aufträge er bereits in der Tasche hatte und dass er auf dem besten Weg war, das nächste männliche Topmodel zu werden. *Mega-Gähn!*

Bree drehte sich zu ihr hin. »Hör auf, mich kleinzumachen! Ich hab dir schon einmal gesagt, ich kann …«

»Ich wiederhole: Mission Morgendämmerung!«

Jessica und Bree zuckten zusammen, als die Stimme des Teamleiters wieder in ihren Ohren dröhnte. Verständlicherweise fing er an, in Panik zu geraten. Das Risiko hätte nicht höher sein können. Wenn Terroristen die Zeichnung zu fassen bekämen, könnten sie die perfekte Waffe bauen: ein mit Sprengstoff beladenes Fahrzeug, das sich fernsteuern und sonst wo in die Luft jagen ließ.

Westwood hatte den Auftrag bekommen, den Deal scheitern zu lassen, als Hopkins sich für den Übergabeort entschied – die Spitze des höchsten Gebäudes, das einer Scherbe glich, mitten im Bauprojekt *London Bridge Quarter*. Der MI6 befürchtete, dass er die üblichen Agenten schon aus der Ferne entdecken würde. Schließlich hatte er im Verteidigungsministerium Erfahrungen gesammelt. Aber junge Undercover-Models waren etwas anderes. Wie die meisten Leute wusste Hopkins nicht einmal, dass es so etwas gab. Westwood-Agentinnen konnten den geheimnisvollen Käufer identifizieren und das Treffen beenden, hoffentlich ohne Aufmerksamkeit zu erregen.

Jessica musste schnell eine Entscheidung treffen. Auf keinen Fall durfte sie zulassen, dass dieser Deal zustande kam, auch wenn sie dann den total angesagten britischen Designer Ossa Cosway im Stich lassen müsste, der sie vor Kurzem als *das* Gesicht seines Labels vorgestellt hatte. Sie trug eines seiner smaragdgrünen Spitzenkleider mit dem Schmuck der Britin Tatty Devine.

Nein! Eine Gitarre erklang und Bradley Simpsons Stimme ertönte. Die Musik der *Vamps* hatte begonnen. Jessica und die anderen waren an der Reihe.

»Wir kommen zu spät!«, zischte Bree. »Du musst dich beeilen, Jessica. Es ist die einzige Möglichkeit. Du gehst als Letzte raus – pass auf, dass du nichts falsch machst!«

Das sagte gerade die Richtige!

Bree marschierte los, in die Blitzlichter der Fotografen hinein. Man hatte sie in ein rotes Taftkleid von Alexander McQueen geschnürt. Sie zog eine fedrige Schleppe hinter sich her. Natalia folgte. Die Zuschauer schnappten nach Luft und klatschten begeistert. Sie präsentierte sich in einer mitternachtsblauen, reich bestickten Abendrobe von Stella McCartney. Zehn Sekunden später gesellte sich Sasha, in einem knallrosa Kleid von Victoria Beckham, auf dem Laufsteg zu ihr. Wenigstens sah Sasha aus, als ob sie sich schämte, Jessica so hängen zu lassen.

Unglaublich. Sie hatten ihr den Schwarzen Peter zugeschoben. Hatten sie etwa Angst, die Designer heute Abend vor den Kopf zu stoßen? Den Mädchen war ihre Modelkarriere wichtiger als ihre Arbeit für Westwood. Hatten sie während ihrer Ausbildung denn gar nichts gelernt? Offensichtlich nicht.

Zehn, neun, acht, sieben …

Der Manager zählte von zehn an rückwärts, um Zak anzukündigen. Jessica ignorierte ihn, als er zum x-ten Mal an diesem Abend versuchte, ihren Blick zu erhaschen. Sie kam als Nächste dran. Schnell steckte sie ihre Hand in die Tasche des Kleides und zog eine Geheimwaffe heraus. Ihre Mitschülerinnen würden niemals glauben, dass der Erfolg einer MI6-Mission von so einem Ding abhängig war – einem umgearbeiteten Lippenstift von Bobbi Brown der Farbe *Red Carpet* –, wobei sie ihnen natürlich gar nichts davon erzählen durfte. Ihre Arbeit für Westwood war streng geheim.

Sie drehte den Lippenstift, bis sie es leise klicken hörte. Dann stellte sie den Zeiger auf den niedrigsten Wert und erhöhte langsam die Einstellung. Wenn der Wert zu hoch wäre, würde der elektromagnetische Impuls in ganz Ost-London den Strom ausschalten. Bei einem zu niedrigen Wert würde allerdings gar nichts passieren. Die Einstellung musste also genau richtig sein: hoch genug, um den ganzen Shard zu treffen – vom Empfang bis zur Spitze –, sodass sich jeder Fluchtversuch von Hopkins und seinem Geschäftspartner vereiteln ließ.

PENG!

Schreie ertönten. Die Musik der *Vamps* brach plötzlich ab und der Raum wurde stockdunkel. Jessica warf ihre hochhackigen Schuhe von sich und setzte sich mithilfe ihrer elektronischen Kontaktlinsen, die mit Wärmebild- und Röntgenfunktionen ausgerüstet waren, in Bewegung. Verschwommene rote Formen – in Panik geratene Gäste – tauchten vor ihr auf. Sie wich ihnen aus und rauschte rechts an ihnen vorbei. Die Leute begriffen nicht, wohin sie gingen, aber Jessica wusste genau, was sie tat.

Fünf, vier, drei, zwei, eins. Sie rannte bereits, zwei Stufen auf einmal nehmend, die Treppe zum zweiundsiebzigsten Stockwerk hoch. Sie hatte keine Ahnung, ob ihr die anderen Westwood-Mädchen folgten. Hatten sie daran gedacht, ihre Kontaktlinsen einzusetzen? Falls nicht, wären sie genauso blind wie die Gäste, bis sich ihre Augen an die Lichter der umliegenden Gebäude gewöhnt hätten. Dabei würden wertvolle Sekunden verloren gehen. Jessica wusste aus Erfahrung, dass bestimmte Spionage-Werkzeuge im Einsatz Leben retten konnten. Sie hatte immer welche dabei, sogar beim Fotoshooting, und stellte sicher, dass sie genau wusste, wie alles funktionierte. Ein einziger Fehler konnte tödlich sein. Trotzdem hatte Bree vergessen, die MI6-Apparaturen im Umkleideraum des Hotels noch einmal durchzusehen.

Jessica stützte sich am Geländer ab und verschnaufte. Ein eisiger Wind zerzauste ihre rotblonden Haare. Die Temperatur lag heute Abend weit unter null Grad. Jessica erhaschte einen Blick auf die Skyline von London, bevor der Boden unter ihren Füßen anfing zu schwanken. Weiter unten war sie noch abgelenkt gewesen und hatte nicht daran gedacht, wie irrsinnig hoch sie waren. Außerdem hatte sie es vermieden, aus dem Fenster zu schauen. Aber das zweiundsiebzigste Stockwerk war den Naturgewalten ausgeliefert. Sie schloss die Augen und zählte bis zehn.

Reiß dich zusammen!

Diese Ebene war durch einen hohen Zaun gesichert. Man konnte also auf gar keinen Fall in die Tiefe stürzen. Trotzdem …

Höhen waren noch nie ihr Ding gewesen, erst recht nicht mehr nach einem Fotoshooting in Paris, als sie vom sechsten Stock eines Gebäudes gefallen und nur durch einen Nanodraht des MI6 gerettet worden war. Das heutige Erlebnis war ein Klacks gegen das, was in Paris passiert war. Sie konnte unmöglich abstürzen. Jessica riss die Augen auf: Sie würde es schaffen! Vorsichtig trat sie weiter hinaus. Wo war Hopkins? Schnell schaute sie sich um und versuchte, ruhig durchzuatmen. Dann richtete sie den Blick geradeaus. Bis auf einen Kellner, der hastig an einer Zigarette zog, war die Terrasse leer. Hopkins war nicht wieder heruntergekommen, also musste er den abgesperrten Bereich an der Spitze des Gebäudes betreten haben. Typisch. Sie schaute hoch. Bei dem Gedanken, noch höher klettern zu müssen, wurde ihr übel.

Ruhig bleiben. Nicht drüber nachdenken. Tu's einfach!

Konnte sie das? Sie wusste, dass sie keine Wahl hatte. Jessica raffte ihren Rock zusammen und stieg über die Kette mit dem Schild *Zutritt verboten*.

»Zielperson an der Spitze. Bin ihr dicht auf den Fersen.« Jessicas Brillantstecker war mit einem Ohrstöpsel verbunden, über den sie Informationen empfangen und weiterleiten konnte. Dass sie kurz davor war, sich zu übergeben, verschwieg sie lieber. Zu viel Info für ihren Teamleiter.

»Der Shard ist abgeriegelt«, krächzte er in ihrem Ohr. »Sie kommen nicht raus. Schau dir den Käufer genau an und warte auf Verstärkung! Eine bewaffnete Einheit stürmt gerade das Gebäude. Unsere Leute sind in wenigen Minuten bei dir.«

Mit den anderen Westwood-Mädchen rechneten sie anscheinend nicht mehr. Jessica leider auch nicht. Da war Hopfen und Malz verloren. Nathan würde sie bei der Nachbesprechung des Einsatzes in der Luft zerreißen – falls sie bis dahin überhaupt noch für Westwood arbeiteten. Ein lautes sirrendes Geräusch ließ Jessica wieder in die Höhe schauen. Sie sah einen dunklen Fleck, der immer näher kam.

»Wir kriegen Besuch.«

»Erklärung!«

»Ein Hubschrauber nähert sich von Westen. Gehört er zu uns?«

Der Teamleiter schwieg sekundenlang. »Negativ. Hol die Zeichnung! Nicht auf Rückendeckung warten. Los!«

Jessica rannte die Treppe hoch, an dunklen Maschinen und Geräten vorbei. Sie durfte nicht stehen bleiben, auch wenn ihr die Knie einknickten und ihre Lunge fast explodierte. Sie griff immer wieder nach dem Geländer und kämpfte sich weiter nach oben. Kickboxen und Ballett sowie der Karateunterricht, mit dem sie in der Schule begonnen hatte, hatten ihr Durchhaltevermögen gestärkt, aber dieses Training wäre selbst für Olympiasieger eine Zerreißprobe. Sie hatte inzwischen den neunundachtzigsten Stock erreicht, und es waren nur noch wenige Stufen zu erklimmen.

Als es irgendwo unter ihr klirrte, machte sie halt. War das endlich ihre Rückendeckung? Hoffentlich müsste sie das Ganze nicht alleine durchziehen. Die letzte Stufe. Schnaufend stolperte sie auf die Plattform. Die Strähnen, die der Wind ihr ins Gesicht peitschte, nahmen ihr die Sicht. Sie schob sie nach hinten und sah, dass ein dunkelhaariger Mann, alle viere von sich gestreckt, vor ihr lag. Blut floss aus einer klaffenden Wunde an seiner Stirn.

»Hopkins am Boden!« Sie fühlte seinen Puls, der schwach war. »Hilfe wird benötigt!«, brüllte sie, um die schwirrenden Rotoren zu übertönen.

»Und die Zeichnung? Wo ist sie?«

Jessica schaute auf die eindrucksvolle Stahl- und Glasspitze, die über ihr in die Höhe ragte. Am Hubschrauber hing ein Seil, und ein blonder Mann baumelte zwei Meter über dem Boden. Als sie ihn anblinzelte, erfassten ihre Röntgenlinsen einen kleinen, rechteckigen Metallgegenstand in seiner Hosentasche. Hopkins hatte die Blaupause wohl auf einen USB-Stick übertragen. Der Informant des MI6 hatte sich getäuscht. Er hatte behauptet, Hopkins würde die Pläne auf einem Mini-iPad mit sich führen.

»Sie wird im Hubschrauber abtransportiert!«

Jessica warf sich nach vorn und packte einen Fuß des Mannes. Er zuckte überrascht zusammen und versuchte sofort, nach ihrem Kopf zu treten. Doch Jessica wich ihm aus und hielt den Fuß fest umklammert, während der Hubschrauber wackelte und das Seil wie wild herumgeschleudert wurde. Aber Jessica ließ nicht los. Über ihrem Kopf blitzte Stahl auf. Der Mann versuchte, sie mit einem Schnappmesser anzugreifen. Sie drehte sich zur Seite, aber nicht schnell genug, um der Klinge auszuweichen. Ein stechender Schmerz raubte ihr den Atem. Blut floss aus ihrer Hand bis in die Achselhöhle.

Als er wieder zustechen wollte, rutschte Jessica am Seil entlang. Er hielt sich mit einer Hand fest und attackierte Jessica mit der anderen. Dieses Mal traf die Klinge einen der Planeten ihres Saturn-Armbands von Tatty Devine, das der MI6 umgearbeitet hatte. Das war's! Ihr blieben nur Sekunden, um die Sache erfolgreich zu Ende zu bringen, und ihr Armband konnte dabei helfen: Fünf bunte Perspex-Planeten hingen daran, die versteckte Spionage-Werkzeuge enthielten, einschließlich winziger Enterhaken.

Jessica ließ los, fiel drei Meter tief auf den Boden und drehte sich schnell auf den Rücken. Sie zog an einem rosa Planeten und zielte auf das Seil über dem Kopf des Mannes. Ein kleiner Enterhaken schoss heraus und traf daneben.

Verflixt!

Sie versuchte es noch einmal und zerrte nun am roten Planeten. Dieses Mal traf der Enterhaken sein Ziel. Sie sprang hoch, als der darin enthaltene Laserstrahl die Fasern durchtrennte und das Seil riss. Der Mann fiel auf den Boden und landete ungeschickt auf einem Knöchel. Ungläubig starrte er auf das Seilende in seiner Hand. Umständlich kam er auf die Beine, stolperte vorwärts und versuchte wieder, auf Jessica einzustechen.

Sie wich ihm mit einem Schritt nach links aus, stellte ihm ein Bein und drehte an einem grünen Planeten, der an ihrem Handgelenk hing. Der verborgene Magnet riss den USB-Stick aus der Tasche ihres Angreifers und befestigte das Teil unbemerkt an ihrem Armband. Der Mann fluchte, als er auf seinem verletzten Knöchel landete.

»*Reviens!*« Er wedelte wie wild mit den Armen, aber der Hubschrauber entfernte sich.

Während der Mann beobachtete, wie der Helikopter dem Riesenrad *London Eye* entgegenflog, steckte Jessica den USB-Stick schnell in die Tasche. Als er sich umdrehte und verzweifelt nach einem Fluchtweg suchte, sah sie zum ersten Mal Panik in seinen Augen aufflackern.

»Gleich werden hier bewaffnete Polizisten auftauchen. Sie können nicht fliehen.«

»Meinst du, *petite fille*?«, knurrte er. Er richtete seinen Blick auf einen Ausleger und rannte darauf zu. »Versuche nicht, mich aufzuhalten. Du schadest dir nur selbst. Geh heim zu Mama, bevor du dich erkältest!«

Ihre Augen wurden schmal. Sie hatte überhaupt nicht vor, ihn aufzuhalten. Auch wenn es ihm noch nicht bewusst war, hatte sie bereits, was sie wollte. Hopkins ging auch nirgendwo hin. Er war immer noch bewusstlos. Damit hatte sie ihren Beitrag in dieser Operation geleistet. Sie sah zu, wie der Mann sich in einen Gurt schnallte und über die Brüstung kletterte. Dabei klammerte er sich an ein Seil, das an einer Eisenstange befestigt war. Sie war der Meinung, sie sollte ihn zumindest warnen.

»Haben Sie das Handbuch nicht gelesen? Der Shard ist fast dreihundertzehn Meter hoch. Glauben Sie wirklich, dass sie den Absturz überleben werden?«

Der Mann lachte. »Ich habe nicht die Absicht, abzustürzen. Wie, denkst du, putzen sie hier die Fenster? *Au revoir.*«

Er zwinkerte ihr zu, atmete tief aus und sprang. Jessica rannte hinüber und staunte, wie geschickt er sich an diesem Glasgebäude abseilte. Das war garantiert die haarsträubendste Art und Weise, einen Abgang zu machen. Sie selbst würde lieber den Fahrstuhl benutzen. Ihre Finger umfassten den USB-Stick in ihrer Tasche. *Der* war zum Glück in Sicherheit.

»Ich hab die Zeichnung«, sagte sie und berührte ihren Ohrstöpsel. »Sie können die Zielperson gleich in Empfang nehmen. Der Mann ist auf dem Weg nach unten.«

»Habe verstanden. Gute Arbeit!«

Plötzlich bewegte sich das Seil nicht mehr. Der Mann baumelte auf halber Strecke hilflos in der Luft. Jessica winkte ihm zu. *Ha!* Sie wusste besser über das Fensterputzen Bescheid als er, weil sie vorher mit einem Angestellten im Shard gesprochen hatte. Die Fenster wurden in zwei Abschnitten geputzt, was bedeutete, dass das Seil nicht bis zur untersten Ebene des Gebäudes reichte. Genau da, wo er jetzt feststeckte, musste ein zweites Seil befestigt werden. Er saß in der Falle, ohne Fluchtmöglichkeit – eine leichte Beute, die von den Mitarbeitern des MI6 nur noch einkassiert werden brauchte.

Puh! Der heutige Einsatz war fast zu einem Desaster geworden, aber Jessica hatte es geschafft, ihn ohne Hilfe zu bewältigen. Wo *waren* eigentlich alle? Natürlich! Die Aufzüge funktionierten wegen des Stromausfalls nicht. Das Team musste mit seiner Ausrüstung bis zur Spitze klettern, was seine Zeit benötigte.

Dann hörte sie etwas leise brummen und drehte sich schnell um. Ein winziger schwarzer Hubschrauber senkte sich mit surrenden Rotoren. Sie trat näher. Das war kein Kinderspielzeug, das aus Versehen hier gelandet war. Es handelte sich um eine Art Drohne.

»Wir haben einen neuen Besucher. Ein unbekanntes Flugobjekt.«

Stille.

»Hallo? Ist da jemand?«

Na toll! Die Kommunikationsgeräte waren außer Betrieb. Es konnte eine technische Störung sein, die zufällig mit der Ankunft der Drohne eingetreten war. Jessica glaubte aber nicht an Zufälle. Möglicherweise enthielt der Hubschrauber eine Art Störsender. Sie ging in die Hocke und sah sich das Flugobjekt genauer an. An einem kleinen Flugschreiber leuchteten GPS-Koordinaten auf. Das Ding war so programmiert, dass es genau hier landete! Jemand hatte es mit Absicht losgeschickt. Wenn sie sich in das Computersystem einhackte, könnte sie die Koordinaten zurückverfolgen und herausfinden, woher der kleine Helikopter kam. Sie fummelte an dem Flugschreiber herum. Leicht würde es nicht sein! Sie war kein Superhacker, aber jemand vom MI6 könnte den Code knacken. Hatte der Käufer vielleicht vor, den USB-Stick so aus dem Gebäude zu schaffen? Vielleicht war das Flugobjekt schon unterwegs gewesen, als das Treffen platzte, und hatte sich nicht mehr aufhalten lassen.

Jessica überlegte. Was, wenn dies ein zweiter, separater Plan war, um die Blaupause zu stehlen? Ihr sträubten sich die Nackenhaare. Sie schaute über ihre Schulter. Eine dunkle Gestalt mit einer Sturmhaube ragte über ihr auf. Bevor sie reagieren konnte, wurde ihr etwas ins Gesicht gesprüht. Mit brennenden Augen taumelte sie blind nach vorn und versuchte sich aufzurichten. Behandschuhte Fäuste stießen sie zurück. Ihre Knie knickten ein und ihr Kopf knallte auf den Boden. Hilflos lag sie da und konnte sich nicht rühren. Jemand griff in ihre Tasche und zog den USB-Stick heraus.

Ihr Verstand schrie: »Nein!« Aber das Wort kam nicht heraus. Ihre Zunge war, wie der ganze restliche Körper, gelähmt. Jessica konnte die Augen nicht öffnen, spürte aber, dass der Angreifer noch in der Nähe war. Sie konnte hören, dass er sich an der Drohne zu schaffen machte. Er gab neue Koordinaten ein. Sekunden später hob der Hubschrauber leise vibrierend ab. Der Angreifer war kein Risiko eingegangen. Er wusste, dass er den Polizisten auf der Treppe nicht ausweichen konnte. Die Drohne aber schon.

Jessica musste ihn aufhalten! Sie musste ihren Teamleiter warnen, dass der USB-Stick per Luftpost verschwand. Er konnte den Abschuss der Drohne anordnen. Aber ihr Körper weigerte sich zu reagieren. Ihr Verstand war in einer nutzlosen Schale eingesperrt. Ihr Mund öffnete sich nicht. Sie hörte Getrappel. Jemand rief ihren Namen. Dann wurde alles schwarz.

Kapitel Zwei

»Seid ihr sicher, dass ihr keine Schokoplätzchen mehr haben wollt?« Mattie wischte einen unsichtbaren Krümel von ihrem rosafarbenen Chanel-Kostüm. »Jessica mag sie am liebsten, und sie sind frisch aus dem Ofen und noch ganz warm. Perfekt für einen Mädelsabend.«

Jessica trug ihren Lieblingspyjama von Topshop und hatte es sich neben ihrer besten Freundin Becky auf dem Sofa gemütlich gemacht. Als ihr Kopf wieder anfing zu dröhnen, hatten sie die DVD mit dem Film *Pitch Perfect* angehalten. Stattdessen tratschten sie leise miteinander und blätterten in Hochglanzmagazinen und Zeitungen.

»Ihre Kekse schmecken fantastisch, aber es geht echt nichts mehr rein – danke!« Becky zerrte am Taillengurt ihrer schwarzen Röhrenjeans. »Ich glaube, ich habe alle allein gegessen. Ich platze gleich.«

Als Mattie auf Jessica hinunterschaute, wurden ihre blauen Augen schmal und ihre gepuderte Stirn legte sich in Falten. »Immer noch keinen Appetit?«

Jessica schüttelte den Kopf und zupfte am Verband ihrer Hand. Übelkeit, unkontrollierbares Zittern und Schwindelanfälle waren einige der ›erfreulichen‹ Nebenwirkungen des lähmenden Gifts, das sie am Sonntagabend eingeatmet hatte. Außer Pfefferminztee hatte sie in den vergangenen achtundvierzig Stunden nichts bei sich behalten.

»Toast wäre vielleicht besser.« Die Brillantringe ihrer Großmutter funkelten, als sie die Hände in die Hüften stemmte.

Jessicas Magen hob sich. »Nein, ich brauche nichts.«

»Du musst aber versuchen, etwas zu essen. Du hattest nichts zu Mittag. Ich dachte, die Schokoplätzchen würden dir helfen, wieder Appetit zu bekommen, aber wahrscheinlich sind sie für deinen Magen zu schwer. Toast ist schön leicht. Ich mache welchen, falls du deine Meinung änderst.«

»Ich will nichts …«

»Es ist keine große Sache.«

Mattie nahm den leeren Teller vom Tisch und ging aus dem Wohnzimmer. Ihre Schuhe von Jimmy Choo klapperten auf den glänzenden Holzdielen.

»AAAAARRRRGH!« Jessica schleuderte ein Sofakissen gegen die sich schließende Tür. »Sie treibt mich zum Wahnsinn! Das Getue, das sie ständig um mich macht! Ich sag dir, sie hat mich den ganzen Tag nicht allein gelassen. Sie hat stündlich nach mir geschaut. Am liebsten würde ich schreien.«

Jessica zitterte, als sie sich den seidenen blauen Morgenmantel von Ossa Cosway über die Schultern zog. Ihr Schlafanzug fühlte sich plötzlich furchtbar dünn an. Sie fror. Hatte jemand die Heizung ausgeschaltet oder war es ein neues Symptom des Gifts?

»Hey!« Sie zuckte zusammen, als Becky ihr mit einer zusammengerollten Ausgabe des *London Evening Standard* sanft auf den Kopf schlug. »Wofür war das denn? Ich bin ein Krüppel mit einer Kopfverletzung, schon vergessen?«

»Weil du so böse über deine liebe, gute Großmutter redest.« Als Becky mit der Hand durch ihren dunklen Pagenkopf fuhr, schaukelten ihre langen Ohrringe hin und her. »Die zufälligerweise auch noch die besten Schokokekse macht, die ich je gegessen habe. Außerdem kann sie backen, ohne einen einzigen Fleck auf ihrem Chanel-Kostüm zu hinterlassen. Sie muss eine Art Superheldin sein.«

»Das ist leicht übertrieben«, sagte Jessica und umklammerte ihre Knie. »Und ich glaube nicht, dass sie irgendjemand schon mal lieb und gut genannt hat, es sei denn …« Sie konnte sich gerade noch beherrschen, bevor das Wort »undercover« aus ihr heraussprudelte. Niemand wusste über Matties Vergangenheit als Spionin Bescheid. Sie fand es ja manchmal selbst unglaublich, dass ihre makellose Großmutter als junges Model für Westwood gearbeitet hatte. Genau wie Jessicas Mutter. Eine seltsame Familientradition!

»Es sei denn *was*?«

»Ich weiß nicht mehr.« Jessica berührte den blauen Fleck auf ihrer Stirn. Es war einfach zu blöd, dass sie Becky niemals die Wahrheit erzählen konnte – dass sie für den streng geheimen Teil des MI6 arbeitete, um herauszufinden, wer ihre Mutter ermordet hatte, als sie selbst vier Jahre alt war. Der Hubschrauberabsturz ihrer Mutter und der Tod eines ehemaligen KGB-Agenten hatten etwas mit einer Sache zu tun, die Sargasso hieß. Das hatte sie der spärlichen Info entnehmen können, die sie aus Katyenka Ingorokva, der rotzfrechen Topmodel-Tochter eines zwielichtigen russischen Oligarchen, herausbekommen hatte. Kat, das freche Biest, hatte es regelrecht genossen, sie zu quälen, indem sie während ihrer sechsmonatigen Ausbildung bei Westwood zu diesem Thema geschwiegen hatte.

Jessica hatte sie seit dem Ende ihres MI6-Trainings, das am Wochenende und nach der Schule an geheimen Orten in ganz London stattgefunden hatte, nicht mehr gesehen und deshalb nichts weiter herausfinden können. Die vielversprechendste Spur – mehrere anonyme SMS-Nachrichten, die ihr rieten, im

Bahnhof King's Cross zum Harry-Potter-Shop auf Gleis 9¾ zu gehen, um mehr über Sargasso zu erfahren –, hatte nichts ergeben. Niemand war aufgetaucht und nach ein paar Monaten blieben die Texte aus, die von einem Wegwerf-Handy aus gesandt worden waren. Jessica wollte unbedingt die Wahrheit über Sargasso herausfinden, und die einzige Möglichkeit, etwas in Erfahrung zu bringen, war eben für Westwood zu arbeiten.

»Ist alles okay, Jessica? Du bist so blass.«

»Ja, ich glaub schon. Mein Kopf brummt noch, aber ein eventueller Gedächtnisverlust ist sicher nur vorübergehend. Also werde ich mich irgendwann daran erinnern, dass du mir mit der Zeitung eins auf die Rübe gegeben und gleichzeitig alle meine Lieblingskekse verdrückt hast.«

»Eins zu null für dich.« Becky richtete sich auf und löste damit eine Zeitschriften-Lawine aus. »Aber im Ernst – Mattie macht sich Sorgen um dich. Ich auch. Und Jamie ebenfalls.«

»Ich weiß, aber das braucht ihr nicht. Es geht mir schon viel besser, und der Arzt hat gesagt, dass ich bald wieder in Ordnung bin. Ich muss mich nur ein bisschen ausruhen.«

Also, »viel besser« war übertrieben. Der Arzt hatte sie gewarnt, es könnte ähnliche Nachwirkungen geben, wie wenn sie einen Marathon gelaufen wäre. Er hatte ja keine Ahnung! Als wenn sie von einem Auto angefahren worden wäre, traf es wohl eher. Im Laufe der letzten vierundzwanzig Stunden war das Gefühl in ihren Beinen zurückgekehrt, aber sie taten immer noch irrsinnig weh, und wenn sie zu schnell aufstand, fiel sie um. Mattie hatte versucht, Becky und andere Besucher fernzuhalten, und wollte, dass Jessica im Bett blieb. Aber sie konnte es nicht ertragen, auch nur einen Tag länger im Obergeschoss ihres Hauses festzusitzen, und hatte ihre Großmutter überzeugt, dass ein Abend mit ihrer besten Freundin helfen würde, sich schneller zu erholen.

Es hatte eine ganze Weile gedauert, die Treppe hinunterzugehen. Sie musste mehrmals stehen bleiben, weil ihr der Teppich entgegensprang und sie aus dem Gleichgewicht brachte, aber irgendwann hatte sie es geschafft, während Mattie im Hintergrund lauerte. Sie wusste, dass ihre Großmutter es nur gut meinte, aber es war doof, sich wieder wie ein Kleinkind zu fühlen. Sie musste ihre Muskeln in Gang bringen, was nur funktionierte, wenn sie auf den Beinen war und sich bewegte, auch wenn es wehtat. Und zwar gewaltig. Jessicas Vater war der Einzige, der verstand, was sie durchmachte. Er war ehemaliger MI6-Agent und ließ sich von seiner Multiplen Sklerose nicht davon abhalten, als Privatdetektiv zu arbeiten, auch wenn er an schlechten Tagen einen Gehstock brauchte.

Jessica blätterte die Zeitung durch. Als sie die Überschrift auf Seite sechsundzwanzig las, zuckte sie zusammen:

BLINDER ALARM: BOMBENANSCHLAG IM SHARD

Der Shard wurde wieder geöffnet, nachdem am Sonntagabend ein angeblicher Bombenanschlag eine hochkarätige Modenschau, zu der die Ehefrau des Premierministers geladen hatte, unterbrochen wurde.

Die Designerinnen Victoria Beckham und Stella McCartney und der Designer Ossa Cosway wurden gemeinsam mit prominenten Persönlichkeiten aus dem Ausland, einschließlich der Gattin des amerikanischen Botschafters, evakuiert, während bewaffnete Polizisten eines der Wahrzeichen Londons stürmten.

Die Londoner Polizei erhielt einen Notruf, wonach sich auf der obersten Plattform des Shard eine Bombe befinden sollte. Ein Hubschrauber sowie ein bewaffnetes Sondereinsatzkommando wurden

sofort abkommandiert. Das Gebäude wurde durchsucht, aber es wurden keine verdächtigen Pakete gefunden.
Jedoch wurde ein Mann festgenommen, der sich am Shard-Gebäude abseilte, wobei es sich anscheinend um einen PR-Gag für die Einführung einer neuen Website handelte. Die Polizei erklärte, dass er unter Polizeigewahrsam bleibt und zu den Vorkommnissen befragt wird.
Die Evakuierung des Gebäudes wurde durch einen vorübergehenden Stromausfall erschwert, der auf die Auslösung eines Kurzschlusses des Haupttransformators zurückzuführen war. Die Polizei meldete, dass ein nicht identifizierter Täter den Stromausfall nutzte, um mehrere Gäste auszurauben, darunter auch das junge Model Jessica Cole. Sie erlitt dabei leichte Verletzungen; ihr Zustand wurde gestern Abend als »beschwerdefrei« beschrieben.
Die Polizei betonte, dass die Überfälle nicht mit dem Bombenscherz in Verbindung zu bringen sind. Der Dieb nutzte, so ein Sprecher, die Gunst der Stunde.

Haha. Sehr witzig, Nathan. Zweifellos hatte ihr Pate den Bericht geschrieben, der an die Presse weitergegeben worden war. Jessica war alles andere als beschwerdefrei. Und für welche Website machte der Angreifer angeblich Werbung? www.trytokillyou.com? Er konnte gut mit dem Messer umgehen, und sie hatte die Wunde als Beweis. Trotzdem – sie musste es Nathan lassen: Er hatte sich eine plausible Titelgeschichte für die dramatischen Ereignisse des Sonntagabends ausgedacht. Seine Devise lautete, man müsse eine Story möglichst wahrheitsgetreu wiedergeben, damit sie einem auch geglaubt wurde – Hubschrauber, Blackouts, bewaffnete Polizei und ein Model, das per Tragbahre vom Shard getragen wurde, ließen sich kaum leugnen. Ihr Pate musste Einzelheiten in einer Story unterbringen, die glaubhaft klang, ohne dabei etwas zu bestätigen, was der verdeckten Operation von Westwood schaden würde.

»Zeig mal!« Becky streckte sich, um den Artikel lesen zu können.

Jessica reichte ihr schweigend die Zeitung.

»So ein Pech, dass du da mit reingezogen worden bist.« Nachdem Becky den Artikel gelesen hatte, warf sie die Zeitung auf den Haufen Magazine. »Hat die Polizei schon eine Ahnung, wer dich attackiert haben könnte?«

»Dad sagt, das Material der Überwachungskameras in der Umgebung wird immer noch auf Hinweise geprüft.«

Jessica hatte jedoch ihre eigene Theorie. Sie hatte lange darüber nachgedacht, als sie im Bett liegen musste. Ihre Mission war schiefgelaufen, weil es möglicherweise ein Insider-Job gewesen war: Die Tat wurde, so dachte sich Jessica, von jemandem aus den eigenen Reihen begangen. Ein anderer Grund, weshalb das Ganze so dramatisch danebengegangen war, fiel ihr nicht ein. Der Angreifer, oder besser gesagt die Angreiferin, hatte Jessicas Westwood-Puderdose benutzt, um sie zu überwältigen. Die Dose enthielt ein lähmendes Pulver, was nur eine Kollegin wissen konnte. Außerdem hätte eine Westwood-Agentin beim Einsatzkommando der Polizei, das im Shard eintraf, keinen Verdacht erregt. Wer immer es auch gewesen war, hätte Zeit genug gehabt, sie zu überfallen und die Treppe hinunterzulaufen, wobei sie ungehindert an den bewaffneten Polizisten vorbeigekommen wäre, weil sie nur ihren Westwood-Ausweis zücken brauchte. Die bewaffneten Beamten *mussten* die Person gesehen haben, die sie außer Gefecht gesetzt hatte, als sie den Shard erklommen. Sie wussten es aber nicht, weil sie eine von ihnen war – eine MI6-Agentin, die für Westwood arbeitete.

Aber welches Mädchen war es? Bree, Natalia oder Sasha?

Bree hatte den Einsatz gefährdet, weil sie eine schlechte Teamleiterin war. War ihre Unentschlossenheit vielleicht nur gespielt? Hatte sie den Sonntagabend sabotiert, um Zeit für das Eintreffen des Mini-Hubschraubers zu gewinnen? Natalia hatte versucht, Bree zurückzuhalten, indem sie vorschlug, auf Rückendeckung zu warten, und Sasha hatte sich ganz verzogen. Sie hatte Bree zappeln lassen, anstatt die Führung zu übernehmen. Wer hatte *wirklich* gewollt, dass der Deal verhindert wurde?

Als es an der Tür klingelte, schraken beide Mädchen zusammen. Jessica versuchte aufzustehen, aber ihre Beine waren eingeschlafen. Sie sackten unter ihr weg. War es Nathan? Hoffentlich. Sie war noch nicht offiziell von Westwood befragt worden und wollte ihrem Patenonkel unbedingt sagen, dass ein Westwood-Mädchen etwas mit dem Überfall im Shard zu tun haben musste. Sie hatte gerade angefangen, mit ihrem Vater über ihren Verdacht zu reden, als Becky eintraf. Da mussten sie ihr Gespräch unterbrechen. Schließlich schaffte sie es, auf die Beine zu kommen, indem sie sich am Sofa abstützte.

»Flipp nicht aus«, sagte Becky, »aber es könnte Jamie sein.«

»Was? Warum?«

»Ich hab in der Schule erwähnt, dass ich dich heute Abend besuchen werde. Obwohl ich ihm erklärt habe, dass es ein Mädelsabend wird, hat er gemeint, dass er trotzdem vorbeischauen möchte, um zu sehen, wie es dir geht. Er hat sich wahnsinnige Sorgen um dich gemacht.«

»Kommt nicht infrage! Ich bin ein totales Wrack. Ich hab ihm gesagt, dass ich ihn vielleicht in ein paar Tagen sehen kann, wenn mein Gesicht wieder einigermaßen okay aussieht.«

»*So* schlimm ist es auch wieder nicht«, sagte Becky. »Du siehst zwar aus, als ob du mit einer Backsteinmauer gekämpft und verloren hättest, aber Jamie macht das bestimmt nichts aus. Er kann durch dich hindurchschauen und deine wunderschöne Seele erkennen.«

»Sehr witzig.«

Jessica stolperte zum Spiegel über dem Kamin und fasste ihre Haare zu einem Pferdeschwanz zusammen. Igitt! Der Fleck auf ihrer Stirn war grünlich-lila und machte ihre Haut noch blasser als sonst. Sie sah schrecklich aus – wie ein Zombie aus der Fernsehserie *The Walking Dead*. So durfte Jamie sie auf gar keinen Fall sehen! Sie musste zuerst eine Tonne Concealer auftragen. Wo war bloß ihr Make-up-Beutel?

»Falls es Jamie ist, lass ihn nicht rein! Sag ihm, es geht mir nicht gut. Bitte!«

»Soll ich die Tür verrammeln?«, fragte Becky prustend. »Mit Sofakissen?«

Schritte halten durch den Flur und die Tür ging auf.

»Hier ist noch jemand, der dich besuchen möchte, Jessica«, sagte Mattie.

Es war zu spät, um zu verschwinden. Und wie blöd wäre es außerdem, wenn ihr Freund sehen würde, wie sie sich unter dem Tisch versteckte? Ihr Herz hämmerte, als ein hoch aufgeschossener Typ in Jeans und langem schwarzem Mantel das Zimmer betrat. Er hielt den größten Blumenstrauß, den sie je gesehen hatte, umklammert – Lilien, Rosen und Wicken, die mit einem silbernen Band zusammengebunden waren. Als sich der Blumenstrauß senkte, blieb ihr der Mund offen stehen. Der Besucher hatte lockige schwarze Haare anstatt blonde, grüne Augen und ein schmales, fein geschnittenes Gesicht.

»Zak!«

Er musterte sie von oben bis unten. »Du siehst ja *furchtbar* aus!«

Kapitel Drei

Schnell raffte Jessica ihren Bademantel vorne zusammen. Sie wurde rot. »*Du meine Güte,* danke, dass du extra hergekommen bist, um mir das zu sagen. Du hättest dir den Weg sparen können, vor allem, weil du doch mit den *Millionen* von Modelaufträgen so wahnsinnig viel zu tun hast.«

»Tut mir leid.« Zak lächelte. Seine Augen funkelten amüsiert. »Ich wollte nicht, dass es so rüberkommt. Du siehst natürlich gut aus, weil du immer unverschämt gut aussiehst. Ich meinte den blauen Fleck auf deiner Stirn. Den kann man leider nicht übersehen. So wie man deinen Sarkasmus nicht überhören kann.«

Er machte ein paar Schritte quer durch den Raum, überreichte ihr den Strauß und drückte schnell einen Kuss auf ihre Wange, bevor sie sich dagegen sträuben konnte. Wie peinlich! Jessica wurde sofort feuerrot.

»Ähm, danke, aber ich bin nicht sicher …«

Aus dem Augenwinkel konnte sie sehen, wie Becky lautlos mit den Lippen »Oh, mein Gott!« formte, und wurde noch röter.

»Wir sind noch nicht miteinander bekannt gemacht worden.« Becky fiel fast über den Magazinhaufen, als sie sich mit ausgestreckter Hand und vor Aufregung glänzenden Augen auf Zak zubewegte. »Ich bin Jessicas beste Freundin und noch zu haben.«

»Zak Dane. Ebenfalls noch zu haben. Scheint ansteckend zu

sein.« Er küsste Becky die Hand, anstatt sie zu schütteln, und machte sie dadurch erst einmal sprachlos.

Zak sah Jessica erwartungsvoll an, als ihr Vater neben Mattie an der Tür auftauchte. Es war kaum auszuhalten.

»Meine Großmutter, Mattie Farr, hast du ja schon kennengelernt«, sagte sie zähneknirschend. »Und das ist mein Vater, Jack Cole.«

»Fast schon eine Party«, stellte ihr Vater lächelnd fest.

»Hmm. Wenn du meinst«, knurrte Jessica. Zak war vielleicht Beckys, aber bestimmt nicht Jessicas idealer Partygast. Er würde sicher am liebsten Scharade spielen und alle raten lassen, welche Modelverträge er bisher abgeschlossen hatte. Sie ließ sich wieder auf das Sofa sacken. Ihre Beine kribbelten wie verrückt.

Zak sprang vor, um die Hand ihres Vaters zu schütteln. »Es ist mir ein Vergnügen, Sie kennenzulernen, Sir. Ich bin Jessicas Freund.«

»Reichlich übertrieben«, murmelte sie. Sie hatten sich zum ersten Mal bei den Proben für die Modenschau im Shard getroffen. Er hatte sich bemüht, Blickkontakt mit ihr herzustellen. Vielleicht, weil sie die Einzige war, die nicht gleich für ihn schwärmte, was sein enormes Ego verletzte. Oder vielleicht … *Stopp!* Sie musste aufhören, alles immer so gründlich zu analysieren. Zak Dane war die geistige Anstrengung nicht wert.

»Du arbeitest auch als Model, stimmt's?«, fragte Becky atemlos. »Du könntest glatt bei *America's Next Top Model* mitmachen. Hast du Jessica dabei kennengelernt? Nicht bei der Fernsehshow, meine ich, bei der du natürlich gewinnen würdest. Ich meine im richtigen Leben. Beim Modeln?«

Jessica verdrehte die Augen. Hallo? Becky hyperventilierte – und das nach einem lapidaren Handkuss.

»Ich hatte das Vergnügen, mit Jessica auf dem höchsten Punkt des Shard zu arbeiten«, antwortete Zak. »Die Veranstaltung verlief aber nicht ganz nach Plan.«

Das war die Untertreibung des Jahres. Als er seinen Mantel aufknöpfte, starrte ihn Jessica irritiert an. Hatte sie gesagt, dass er bleiben solle? Was machte er hier überhaupt? Er rieb sich das Kinn. Waren seine Wangenknochen eigentlich echt? Im Schein des Kristallleuchters sahen sie wie gemeißelt aus. Sein Oberkörper unter dem marineblauen Pullover war schlank, aber muskulös. Es war nicht schwer zu verstehen, warum er weltweit bei Designern so gefragt war. Sein Blick fiel auf ihr Gesicht und seine Mundwinkel zuckten.

»Was willst du?«, fragte Jessica schroff.

Seinem Grinsen nach zu urteilen, bildete er sich ein, dass sie ihn abchecken wollte, was überhaupt nicht der Fall war.

»Ich wollte nur sehen, wie es dir geht. Ich hab mir Sorgen gemacht.«

»Danke, mir geht's gut. Und ich möchte dich nicht von der Arbeit oder sonst was abhalten. Außerdem habe ich selber zu tun. Ich erwarte nämlich meinen Freund.«

»Wirklich?«

Er rührte sich immer noch nicht vom Fleck.

»Ja, wirklich. Ich habe einen Freund – Jamie – und er wird jeden Moment hier sein.«

»Du siehst aber gar nicht aus, als ob du viel zu tun hättest – du steckst ja immer noch im Schlafanzug.«

»Sehr witzig. Warum machst du dich jetzt nicht …«

Mattie atmete hörbar ein. »Jessica weiß nicht mehr, was sich gehört, und hat *außerdem* vergessen, mir zu sagen, dass Jamie sie heute auch noch besuchen wird.« Sie warf Jessica einen strengen Blick zu. »Bitte setz dich, Zak. Ich hol dir etwas zu trinken und stecke diese wunderschönen Blumen in eine Vase. Hättest du gern einen Tee oder lieber Kaffee?«

Jessica funkelte ihre Großmutter an. Warum musste sie ihr Elend in die Länge ziehen? Merkte sie denn nicht, dass sie ihn nicht hier haben wollte? Nach all den Täterprofilen, die sie während ihrer Ausbildung als Spionin erstellen musste, sollte sie es doch schließlich besser wissen.

»Danke.« Zak ließ seine perfekten Zähne blitzen. Er setzte sich neben Jessica auf das Sofa. Bildete sie es sich nur ein oder berührte sein Knie tatsächlich ihres? Sie rutschte zur Seite und stopfte ein Kissen zwischen sich und Zak.

Er lächelte wieder. »Ich hätte gern eine Tasse Kaffee, Miss Farr. Schwarz und ohne Zucker, bitte.«

»Nenn mich Mattie. Das tun alle.«

»Natürlich. Das ist eine wunderschöne Kette, Mattie. Meine Mutter mag Perlen auch sehr. Sie sagt, sie bringen das Gesicht einer Frau zum Leuchten.«

Mattie strahlte, als sie ihre Kette berührte. »Danke. Das ist meine Lieblingskette.« Sie beugte sich schnuppernd über den Armvoll Blumen. »So ein wundervoller Duft! Du hast gut gewählt.«

Oh, nein! Becky war schon hin und weg. Und jetzt fiel ihre Großmutter auch noch auf seine Charmeoffensive herein – wie die meisten Frauen, die ihm begegneten. Außer Jessica. *Sie* bestimmt nicht.

Ihr Vater saß neben Becky, auf einem kleineren Sofa gegenüber. Beide schauten Jessica erwartungsvoll an. Sie blickte grimmig zurück. Hatte ihr Vater nichts Besseres zu tun? Und was war mit Beckys Englisch-Aufsatz? Wie es aussah, waren Jessica und Zak die Abendunterhaltung für die beiden. *So* hatte sie sich den Abend aber nicht vorgestellt.

»Es tut mir leid, dass dich jemand verletzt hat.« Zak gruppierte die Sofakissen um und setzte sich so, dass er ihr ins Gesicht sehen konnte. »Ich kann kaum glauben, was passiert ist. Die Mädchen auch nicht. Sasha war völlig aufgelöst.«

Jessica sah ihren Vater an. Dies war der richtige Moment, um ihre frühere Diskussion heimlich wieder aufzunehmen – die mögliche Beteiligung eines Westwood-Mädchens. »Wo hast du sie gesehen? Was weißt du noch von der Nacht?«

Zak guckte sie verblüfft an. »Ähm, warum?«

»Jessicas Gedächtnis ist ein bisschen angeschlagen«, sagte Becky. »Sie vergisst einiges – zum Beispiel mir zu sagen, dass sie dich getroffen hat.«

Ihr Vater verkniff sich ein Lächeln. »Es würde uns helfen, wenn du die Lücken von dem Augenblick an, als die Lichter ausgingen, füllen würdest.«

Zak schwieg, als Mattie mit einer großen Kristallvase und seinen Blumen zurückkam. Sie stellte sie auf den Tisch in der Mitte des Raumes und ging wieder hinaus.

»Natürlich, der Stromausfall«, fuhr er fort. »Das war merkwürdig. Glauben Sie, dass es eine Verbindung gibt zwischen dem Stromausfall und dem, was Jessica passiert ist? In der Zeitung steht, es hätte nichts miteinander zu tun gehabt, aber ich habe mich gefragt, ob das sein kann. Es wäre schon ein enormer Zufall, wenn so viele Dinge gleichzeitig geschehen.«

»Ich bin sicher, dass die Polizei alles genau untersucht«, erwiderte Jessicas Vater unverbindlich.

Zak schien nicht bemerkt zu haben, dass Jack seiner Frage ausgewichen war. »Ja, klar. Die Lichter gingen aus, und zuerst fanden es alle lustig, aber dann wurden ein paar Leute nervös, als sie merkten, dass es nicht so schnell wieder hell wurde und wir evakuiert werden mussten.«

Als Mattie mit Zaks Kaffee erschien, warf Jessica ihren Pferdeschwanz nach hinten. »Hast du die anderen Models gesehen?«

Zak strahlte Mattie an und nahm einen Schluck.

»Ich habe Natalia und Sasha entdeckt. Von den anderen Gebäuden kam genug Licht, um noch etwas erkennen zu können. Bree habe ich erst gesehen, als die Polizei den abgesperrten Bereich betrat. Ich bin ihnen dann gefolgt.«

»Du bist tatsächlich nach oben gegangen? Bis hoch?«

Zak lächelte verlegen. »Andere Leute haben es auch getan. Es war die einzige Chance, mal bis zur Spitze zu gelangen. Außerdem war das Ganze wie ein Krimi – der Hubschrauber, das Einsatzkommando der Polizei. Dem konnte man kaum widerstehen. Der Adrenalin-Kick setzte ein, und ich folgte der Herde wie ein Schaf. Määääh!«

Es klingelte an der Tür, aber Jessica ignorierte es. »Und dort hast du Bree gesehen? Ganz oben?«

»Bree war schon wieder auf dem Weg nach unten, als wir alle umkehren mussten«, erklärte Zak. »Sie war total aufgelöst und hat gesagt, dass dich jemand attackiert hätte. Ich hab sie gefragt, ob noch andere Models oben wären, aber sie sagte, nein, nur du, und dass sie es bis zur Spitze geschafft habe.«

Das war jetzt *wirklich* ein interessantes Fitzelchen an Information. Jessicas Vater beugte sich vor. Zak hatte seine Neugier geweckt; Bree war also ganz in der Nähe des Tatorts gewesen … Jessica und Bree waren nie besonders gut miteinander ausgekommen: Bree nannte sie ständig »Streberin«, weil sie eine familiäre Beziehung zu Nathan hatte. Steckte vielleicht noch mehr dahinter? Seit Jessica sie bei einem Observierungs-Training in einem MI6-Zentrum mit ihrem Handy auf dem Damenklo erwischt hatte, wo das Telefonieren strengstens verboten war, hatte sich Bree wie eine blöde Kuh benommen. Bei einer Stichprobenkontrolle ihrer Handtaschen am selben Tag wurden Brees und Kats Handy konfisziert. Beide gaben Jessica dafür die Schuld. Sie warfen ihr vor, sie bei ihrem Patenonkel verpetzt zu haben. Jessica hatte das nicht getan, aber es war unmöglich gewesen, sie davon zu überzeugen.

Hatte Bree auf der Toilette im Ausbildungszentrum des MI6 wirklich nur mit einer Freundin telefoniert, oder steckte etwas anderes dahinter? Auch vor der Modenschau hatte sie ununterbrochen gesimst und schien ziemlich nervös zu sein. Hatte sie vielleicht vertrauliche Informationen an einen Außenseiter weitergegeben? War das der Grund, warum sie Jessica hasste? Weil sie Angst hatte, Jessica könnte das Puzzle zusammensetzen und sie als Verräterin outen? Bree war auf jeden Fall Jessicas Hauptverdächtige.

»Warum seid ihr – du und Bree – zur Spitze des Shard gelaufen?«, fragte Zak. »Habt ihr den Kerl raufgehen sehen? Du weißt schon, den Typ mit dem PR-Gag? Wurdest du dort überfallen?«

Jessica ignorierte Zaks Trommelfeuer irritierender Fragen. Zuerst musste sie mit ihrem Vater über die neuesten Entwicklungen sprechen. Und dann mit Nathan. Vielleicht konnte sie ihn später noch anrufen, nachdem Becky gegangen war, oder sie konnte ihren Vater bitten, Nathan anzurufen und ihm zu berichten, was Zak gesehen hatte.

»Ich könnte den Typen umbringen, der dir das angetan hat«, fuhr Zak fort. »Kannst du ihn identifizieren? Ich würde mich besser fühlen, wenn ich wüsste, dass der Täter bald gefasst würde.«

»Nein«, sagte sie leise. Zaks Informationen hatten sie äußerst misstrauisch gemacht, aber sie konnte Bree nicht einfach so festnehmen lassen. Jedenfalls noch nicht.

»Jess?«

Mist! Sie hatte nicht gesehen, dass ihr Freund hinter Mattie ins Zimmer getreten war.

»Jamie!« Sie verlor das Gleichgewicht, als sie abrupt aufstand, und musste sich kurz auf Zaks Schulter abstützen. Sie spürte, dass sie wieder rot wurde.

Jamie fuhr sich stirnrunzelnd mit der Hand durch die wirren blonden Haare. »Ich wusste nicht, dass du noch andere Gäste hast. Sorry. Ich wollte nur Hallo sagen und dir das hier geben.«

Er hielt eine weiße Kuchenschachtel hoch, deren Seite mit dem Namen einer bekannten Bäckerei bedruckt war. »Es sind deine Lieblingsstückchen – die rot glasierten Muffins. Ich dachte, du und Becky könntet heute Abend gut welche gebrauchen.« Sein Blick wanderte zur Vase mit dem riesigen Blumenstrauß, die Mattie netterweise mitten ins Zimmer gestellt hatte.

Jessica biss sich auf die Lippe. »Das ist wirklich sehr aufmerksam. Danke schön. Zak hat nur vorbeigeschaut, um zu sehen, wie es mir geht. Er wollte sich gerade wieder auf den Weg machen, stimmt's?«

Zak ignorierte sie geflissentlich. Er nahm noch einen Schluck Kaffee und ging langsam auf Jamie zu.

»Zak Dane, Freund von Jess.«

Das Paar schüttelte sich die Hände. »Jamie Tyler. Jess' *fester Freund*.«

»Also hat sie *doch* einen Freund«, sagte Zak gedehnt. »Ich hatte keine Ahnung.«

»Stimmt.« Jamie entriss ihm seine Hand, als ob ihn etwas gestochen hätte. Er sah Jessica stirnrunzelnd an.

Sie starrte wütend auf Zak. Wieso zog er Jamie auf? Machte es ihm auf eine abgedrehte Art Spaß? Er wusste ganz genau, dass sie einen Freund hatte, und gab mit Absicht vor, sie hätte sich nicht die Mühe gemacht, diese Tatsache zu erwähnen. Jetzt fühlte sich Jamie in die Defensive gedrängt. Dabei brauchte er sich überhaupt keine Sorgen zu machen. Sie war nicht mit Zak befreundet, geschweige denn irgendetwas anderes.

Zak boxte Jamie leicht auf den Oberarm und durchbrach damit die peinliche Stille. »Alles ist cool, Alter. Ich lass euch zwei Turteltäubchen mit euren Muffins mal allein. Ich muss heute Abend noch ein paar Promos für Dolce & Gabbana hinter mich bringen. Und vergiss nicht, den Blumendünger ins Wasser zu tun, Jessica. Dann blühen sie länger.«

Er konnte der Versuchung einfach nicht widerstehen, mit noch einem Model-Auftrag anzugeben *und* den Hinweis auf seinen Riesenstrauß vor ihrem Freund fallen zu lassen. Sie würde die Blumen, sobald er weg war, in den Abfall schmeißen.

»Super«, sagte Jamie zähneknirschend. »Tu, was du nicht lassen kannst, *Alter*.«

»Bis später, Jessica.« Zak schlenderte zur Tür und warf sich den Mantel über die Schulter. »Es war mir ein Vergnügen, Becky, Mr Cole, Mattie. Danke für den Kaffee. Ich hoffe, euch alle bald wiederzusehen.«

»Genau!«, rief Becky aus. »Hoffentlich ganz bald! Jessica hat meine Telefonnummer.«

Er strahlte Becky an und zwinkerte Jessica zu. Was bildete er sich eigentlich ein? Ihre Wege würden sich bestimmt nicht wieder kreuzen. Soweit sie wusste, war er für keines der Fotoshootings, an denen sie teilnehmen würde, gebucht worden. Wer hatte ihm überhaupt ihre Privatadresse gegeben? Eines der Models? Sie hatte vergessen, ihn zu fragen.

»So was von selbstverliebt«, stellte Jamie fest, nachdem sich die Tür geschlossen hatte. Er überreichte Jessica die Muffins und küsste sie leicht auf den Mund. Der Geruch nach frischer Seife ließ ihr Herz schneller schlagen.

»Das kannst du laut sagen. Er denkt, dass er unwiderstehlich ist.«

»Er sieht *echt* heiß aus«, sagte Becky. »Unglaublich, nicht-von-dieser-Welt superheiß. Du musst mir unbedingt seine Telefonnummer geben, Jessica. Ich kann kaum glauben, dass du mir bis jetzt noch nichts von ihm erzählt hast! Wie viele andere süße männliche Models, die keine feste Freundin haben, kennst du noch?«

»Ähm.« Wieso hatte Becky Zaks angebliches Superaussehen bloß erwähnt? Jessica würde sie nie mehr von diesem Thema abbringen können.

Jamie starrte Jessica neugierig an. »Findest *du* Zak auch heiß?«

»Was? Nein! Überhaupt nicht. Das siehst du doch. Das sagen nur die anderen.«

Jessica schaute über ihre Schulter. Sie wollte hinzufügen, dass Jamie der einzige Junge war, den sie toll fand, dass er der Einzige war, für den sie sich interessierte, aber Mattie, ihr Vater und Becky lauschten gespannt. Es war viel zu peinlich, sich vor diesem Publikum so offenzulegen.

Jamie machte einen Schritt rückwärts. »Egal. Mir kam er wie ein totaler Idiot vor.« Er zuckte mit den Achseln und wandte sich ab.

»Mir nicht«, sagte Becky. »Er ist *so* was von schnuckelig!«

»Und charmant«, fügte Mattie hinzu. »Vergiss das nicht!«

Jessica seufzte. Sie machten alles noch viel schlimmer. »Jamie hat recht. Ihr kennt ihn nicht. Er ist ein totaler Idiot. Ihr habt ja keine Ahnung, wie oft er davon quatscht, wie toll er ist. Er …«

Sie brach ab. Warum ließ sie sich von Zak irritieren? Und warum ließ sie es zu, dass er Jamie angriff? Vielleicht hatte das lähmende Pulver ihrem Hirn geschadet. Sie war heute Abend ganz schön verpeilt. Als Mattie und ihr Vater endlich aus dem Zimmer gingen, starrte sie ihnen nach. Hätten sie nicht eine Minute früher verschwinden können? Ihr Timing konnte nicht schlechter sein. Aber ihr eigenes ließ ebenfalls zu wünschen übrig.

»Ich sollte jetzt wohl auch besser gehen und euch den Abend genießen lassen«, sagte Jamie. »Ich wollte nicht einfach so reinplatzen.«

»Du bist nicht reingeplatzt und gerade erst angekommen«, protestierte Jessica. »Wir haben uns ja noch gar nicht richtig unterhalten.«

Becky gähnte theatralisch. »Ich muss los. Ich bin hundemüde und muss meinen Aufsatz noch fertig schreiben.« Sie gab Jamie einen Kuss auf die Wange, umarmte Jessica und machte beim Rausgehen mit den Fingern eine Ruf-mich-an-Geste.

»Deutlicher ging es wohl nicht«, sagte Jessica und verdrehte die Augen.

Jamie lachte. Seine Schultern entspannten sich ein bisschen. »Becky meint es gut, auch wenn sie in Bezug auf potenzielle Partner einen furchtbaren Geschmack hat.«

»Genau. Ich glaube, dieser PP ...«

Sie schwankte, als die Zeitschriften auf dem Fußboden ihr entgegensprangen und vor ihren Augen zu tanzen begannen. Glühend heiße Kneifzangen zerquetschten ihre Beine.

»Was ist?« Jamies Arme umfassten ihre Taille. Jessica legte den Kopf auf seine Schulter, während sich das Zimmer wie wild drehte. Er ergriff ihre Hand, die unkontrollierbar zitterte. Sie klammerte sich fest an seine und versuchte das peinliche

Zittern zu unterdrücken. So sollte er sie doch nicht sehen! Sie fühlte sich wie eine *sehr* alte Frau.

»Das sind die Nachwirkungen …« Ihre Stimme brach weg. Wie Becky durfte auch ihr Freund die Wahrheit über ihre Ausbildung und ihre Einsätze für Westwood nicht erfahren.

»Der Arzt hat gesagt, ich würde vielleicht solche Zitteranfälle bekommen, weil ich mir bei meinem Sturz den Kopf angeschlagen habe, aber es ist nichts, worüber man sich Sorgen machen muss. Es wird alles wieder gut.«

Jamie biss sich auf die Unterlippe. »Sonst willst du mir nichts erzählen?«

»Was meinst du damit? Du denkst doch nicht, dass ich Zak mag? Zwischen uns läuft gar nichts. Er ist urplötzlich aufgetaucht.«

»Was? Nein, das habe ich nicht gemeint.«

Wieso musste sie diesen Zak wieder erwähnen? »Was dann?«

»Ich hab das Gefühl, dass du mir etwas verschweigst. Du hast schon eine Menge Dates abgesagt – immer in letzter Minute vor meinen Auftritten – und scheinst mich regelrecht wegzustoßen. Ich musste von Becky erfahren, dass du dich verletzt hast.«

Seine Worte taten weh. Er hatte recht. Sie war in letzter Zeit nicht für ihn da gewesen. Einige ihrer Trainingsstunden beim MI6 waren überzogen worden, was sie sehr enttäuscht hatte, weil sie dadurch seine Gigs verpasste. Es war nicht leicht gewesen, sich eine Reihe von glaubhaften Gründen auszudenken, warum sie freitags nicht ausgehen konnte. Ja, klar, sie hätte ihn anrufen sollen, um ihm zu sagen, dass sie im Shard überfallen worden war, aber sie hatte Becky schon angelogen und brachte es nicht fertig, ein zweites Mal zu lügen. Sie war so ein Feigling! Wenn sie ihm doch bloß die Wahrheit sagen könnte …

Aber beim MI6 gab es die strenge Vorschrift, dass junge Agenten ihren Partnern erst nach jahrelangen Sicherheitsprüfungen von ihrer geheimen Tätigkeit erzählen durften.

Sie war die schlechteste Freundin auf der ganzen Welt. Sie holte tief Luft. »Tut mir leid. Ich will dich nicht wegstoßen, wirklich nicht. Ich hab dir alles erzählt, ich verspreche es dir.«

Kapitel Vier

»Was hat Nathan gesagt?« Jessica ließ sich auf einen Stuhl am Frühstückstisch sinken und sah ihren Vater prüfend an.

Er rückte seine Krawatte gerade, obwohl sie perfekt geknotet war. Das war eine seiner Angewohnheiten, wenn er nervös war. Aber was beunruhigte ihn so? Er hatte ihr versprochen, Nathan anzurufen; sie hatte sich am Abend zuvor zu unwohl gefühlt, um es selbst zu tun. Gleich nachdem Becky und Jamie gegangen waren, hatte sie sich wieder ins Bett gelegt.

»Er hat gefragt, wie es dir geht«, antwortete ihr Vater zögernd. »Er macht sich natürlich Sorgen.«

Jessica beugte sich vor und legte ihre wunde Hand auf den Tisch. »Du hast aber schon meine Nachricht an ihn weitergegeben, oder?«

Ihr Vater rutschte auf seinem Stuhl herum und wurde rot. Er starrte auf die Zeitung, die vor ihm lag.

»Dad?«

Endlich schaute er sie an. Seine blauen Augen bohrten sich in ihre. »Nein. Tut mir leid. Ich habe Nathan nichts von deinem Verdacht erzählt.«

»Aber Dad! Ich glaube wirklich, dass an der Sache was dran ist. Bree könnte darin verwickelt sein.«

»Wer ist das gleich noch mal? Die Agentin, mit der du dich nicht verstehst?«

Gelinde ausgedrückt. Jessica wurde rot. »Darum geht es

nicht. Zak hat zugelassen, dass sie den abgesperrten Bereich betreten konnte. Sie hatte Zeit genug, um mich anzugreifen und die Treppe wieder hinunterzugehen.«

Jessicas Vater schüttelte den Kopf. »Ich wollte gestern Abend nicht mit dir darüber reden, aber es ist zu früh, um mit dem Finger auf jemanden zu zeigen. Es sieht nicht gut aus, wenn du eine Kollegin beschuldigst, vor allem eine, mit der du Probleme hast. Es ist zwar eine interessante Vermutung, aber eben nur das. Der MI6 wird selbst ermitteln. Du musst es seinen Mitarbeitern überlassen, den Job zu machen.«

Jessica seufzte genervt. Sie verloren wertvolle Zeit. Wenn Bree gestand, dass sie an der Sache beteiligt war, und den Namen des Käufers verriet, konnten sie die Zeichnung immer noch zurückbekommen.

»Ich weiß, dass ich nichts beweisen kann. Aber ich möchte, dass Nathan meine Theorie wenigstens überprüft. Der maskierte Täter hat jedenfalls *meine* Puderdose benutzt, stimmt's?«

»Das Einsatzkommando der Polizei fand sie zerbrochen neben dir. Nathan hat gesagt, das Zitat deiner Mutter sei eingraviert gewesen.«

Jessica zupfte wieder an ihrem Verband herum. Damals, als Nathan ihr die silberne Puderdose übergeben hatte, war sie gleich damit zu einem Juwelier gegangen und hatte ein Zitat aus *Jane Eyre*, dem Lieblingsbuch ihrer Mutter, eingravieren lassen.

Ich bin kein Vogel, und kein Netz umgarnt mich. Ich bin ein freier Mensch mit einem freien Willen.

Nathan war wütend gewesen, als er davon erfuhr. Er hatte behauptet, sie hätte die Sicherheitsvorschriften missachtet. Der Juwelier hätte die verborgene Funktion entdecken können. Zum Glück hatte er sie nicht bemerkt, und das Zitat bewies, dass der Angreifer *ihre* Puderdose gestohlen hatte und keine, die einem anderen Westwood-Model gehörte. Immerhin glichen sich die Dosen sonst bis aufs Haar.

»Jemand hat sie aus meinem Make-up-Beutel genommen. Alle Westwood-Models hatten Zugang zum Umkleideraum des Hotels. Bree, Sasha oder Natalia hätten sie vor der Modenschau stibitzen können. Wer immer es war, wollte wahrscheinlich nicht das Risiko eingehen, die eigene Dose zu benutzen, falls der Puder DNA-Spuren enthielt, mit denen man die Sache auf sie zurückführen könnte.«

»Oder jemand anderes hätte sie entwenden können«, sagte ihr Vater. »Du hast zugegeben, dass du verschiedene Leute kommen und gehen sahst. Zum Beispiel die Maskenbildner und Friseure. Waren sie legitim dort? War einer von ihnen dafür bezahlt worden, das Ding zu klauen? Nathan hat gesagt, man hätte keine Fingerabdrücke an der Puderdose gefunden. Also lässt sich nicht nachweisen, ob eines der anderen Models dich niedergeschlagen hat.«

Jessica klopfte ungeduldig mit den Fingern auf dem Tisch herum. »Und wieso haben sie die Anweisungen nicht befolgt? Sie haben nicht versucht, das Treffen zu verhindern. Sie haben es *mir* überlassen, mit dem Käufer fertigzuwerden. Hatten sie Angst, Victoria Beckham und Stella McCartney zu enttäuschen oder wollte eine von ihnen den Deal stoppen? Wo genau haben sie sich aufgehalten, als ich auf der Spitze des Shard war? Wir wissen jedenfalls mit Sicherheit, dass Bree sich auf den Weg nach oben machte.«

»Nathan hat zugegeben, dass das Ganze verwirrend ist. Sie versuchen immer noch, das Puzzle zusammenzufügen. Leider haben einige Gäste – wie Zak – versucht herauszufinden, was los war, und ebenfalls den abgesperrten Bereich betreten. Darum ist die Erfassung von Fingerabdrücken so schwierig. Der Tatort wurde nicht abgeriegelt und ist deshalb kontaminiert.«

Jessica legte ihren Kopf in die Hände. Der Sonntagabend war von vorne bis hinten eine Anleitung dafür, wie eine Mission *nicht* ablaufen sollte.

Warum musste bei ihrem ersten offiziellen Einsatz alles so furchtbar schiefgehen? Sie musste Nathan und seiner Chefin, Mrs T, doch beweisen, dass sie einem derartigen Job gewachsen war, wenn sie nach der sechsmonatigen Probezeit für Westwood weiterarbeiten wollte.

Jessica warf ihre Haare zurück. An eine Alternative wollte sie nicht denken; sie konnte es nicht ertragen. »Es kann doch immerhin sein, dass ein Westwood-Model mich attackiert und die Drohne programmiert hat, den USB-Stick vom Gebäude zu entfernen?«

»Ja, aber das ist äußerst unwahrscheinlich. Warum sollte jemand die Mission absichtlich sabotieren?«

»Für Geld? Oder vielleicht wurde jemand erpresst?« Sie schob den Teller mit Toast von sich, den Mattie vor sie auf den Tisch gestellt hatte. »Nathan muss die Bankkonten aller Mädchen überprüfen und vielleicht auch bei ihnen zu Hause nach Beweismaterial suchen, vor allem bei Bree.«

Jessicas Vater streckte die Hand aus und drückte ihren Arm. »Ich verstehe, dass du dich für die missglückte Mission verantwortlich fühlst, aber es ist nicht deine Schuld. Du musst aufhören, dir Vorwürfe zu machen.«

»Das kann ich aber nicht!« Ihre Augen füllten sich mit Tränen. »Wenn die Technik an einen Terroristen weitergegeben wird, werden wegen mir Menschen sterben. Wie kann ich dann noch weitermachen? Hätte ich schneller reagiert, hätte ich den Angreifer abwehren und die Drohne unbrauchbar machen können. Ich hätte sie zerstören sollen, als ich die Gelegenheit dazu hatte.«

Warum hatte sie den Mini-Hubschrauber nicht zerlegt? Seit Sonntagabend wütete sie mit sich selbst. Wenn sie das Fluchtgerät sabotiert hätte, wäre der USB-Stick nicht davongeflogen.

»Nachträgliche Einsicht ist etwas Wunderbares«, sagte ihr Vater, »und wir wünschen uns alle, dass wir sie hätten. Aber die Wahrheit ist, dass einige Missionen erfolgreich verlaufen und andere nicht.«

»Jack hat recht«, sagte Mattie und setzte sich neben ihn. »Du kannst dich nicht unentwegt selbst anklagen. Du musst aus dem Geschehenen lernen und weitermachen. Das musste ich auch immer und immer wieder.«

Jessica wollte ihr widersprechen, bremste sich aber. Sie gab es nur ungern zu, aber Mattie war eine *gute* Spionin.

»Was, wenn ich es nicht kann?«

»Dann solltest du Westwood verlassen«, sagte Mattie geradeheraus. »Weil du ständig Entscheidungen treffen musst. Einige werden richtig sein und andere falsch. Du musst mit den Konsequenzen fertigwerden. Ich hab's geschafft, und deine Mutter und dein Vater haben es auch geschafft.«

Westwood zu verlassen war keine Option. Sie konnte nicht aufgeben, egal wie schwer die kommenden Monate sein würden. Es war die einzige Möglichkeit herauszufinden, was ihrer Mutter vor all den Jahren passiert war.

Kapitel Fünf

»Bitte wenden Sie sich an einen unserer Mitarbeiter!«

Jessica knallte gegen die U-Bahn-Schranke, die sich nicht öffnete, als sie die Oyster-Card, ihre elektronische Fahrkarte, durchzog. Na toll. Die Karte funktionierte nicht. Jessica hatte sie kurz vor ihrem Einsatz im Shard mit dreißig Pfund aufgestockt, und Mattie hatte ihr in den letzten fünf Tagen Hausarrest erteilt, also musste doch mehr als genug für eine Fahrt nach Pimlico und zurück auf dem Konto sein. Sie hielt ihre Karte auf den Sensor und rollte frustriert mit den Augen, als die Meldung erneut aufleuchtete. Der Zugang blieb gesperrt. Typisch. Es war kein guter Tag, um zu spät zu kommen.

Sie sollte in einer Dreiviertelstunde zur Einsatznachbesprechung im Hauptquartier des MI6 erscheinen. Ein MI6-Agent hatte sie bereits zu Hause aufgesucht und einen ausführlichen Bericht über die Vorkommnisse im Shard verfasst. Zweifellos wollte er prüfen, ob ihre Aussage mit den Versionen der anderen Models übereinstimmte. Nathan hatte ihr die Nachricht zukommen lassen, dass sie nichts zu befürchten hätte, dass der Fall einer anderen Abteilung übertragen worden sei und dass nur noch ein paar unwichtige Details besprochen werden mussten. Trotzdem wollte sie früh dort sein, um Nathan erklären zu können, warum sie Bree verdächtigte, in die Sache mit dem geheimnisvollen Käufer verwickelt zu sein. Von Angesicht zu Angesicht ging das viel besser als am Telefon.

Blöderweise hatte ihr Vater sie auch schon aufgehalten. Er hatte Schwierigkeiten gehabt, sich von seinem Computer aus in das Online-Banking-Programm einzuloggen. Das ganze System schien ausgefallen zu sein, weil sie auch nicht per App auf sein laufendes Konto zugreifen konnte. Nachdem sie es zehn Minuten lang versucht hatte, musste sie aufgeben. Sie konnte es sich nicht leisten, heute wegzubleiben, auch wenn es hieß, dass sie ihre übliche Verabredung zum Samstags-Brunch mit Jamie absagen musste. Sie hatte behauptet, sie würde zu Becky gehen, um ihr beim Einstudieren eines Textes für eine neue Produktion des Nationalen Jugendtheaters zu helfen. Er fand es nicht so toll, dass sie ihn schon wieder sitzen ließ, aber was konnte sie tun? Sie musste sich etwas einfallen lassen, um das wiedergutzumachen. Aber erst nachdem der ganze Stress wegen der Shard-Sache vorbei war.

Auf dem Weg zum Ticketautomaten schaute Jessica auf ihre Uhr und rechnete sich aus, wie lange die Fahrt dauern würde. Es waren elf Haltestellen ab South Ealing, wobei sie einmal – in der Station Green Park – umsteigen musste. Sie kalkulierte drei Minuten pro Station ein. Wenn die Züge pünktlich fuhren, würde sie es gerade noch schaffen. *Daumen drücken!* Aber am Ende müsste sie wie eine Wahnsinnige rennen. Hoffentlich ging das. Sie fühlte sich wieder total fit. Jedenfalls zu achtundneunzig Prozent. Okay, fünfundneunzig Prozent.

Auf dem Bildschirm drückte sie auf »Aufladen«. Auf ihrer Oyster-Card war überhaupt kein Guthaben mehr. *Was?* Das konnte nicht stimmen. Warum tauchten die dreißig Pfund nicht auf? Egal. Sie müsste eben noch mal zahlen und den fehlenden Betrag später ausfindig machen. Seufzend holte sie die Kreditkarte ihres Vaters für dringende Notfälle aus der Tasche, gab die PIN ein und wartete.

Nummer ungültig.

Nein! Sie versuchte es noch einmal, aber die Karte wurde verweigert, genau wie draußen am Geldautomaten, als sie versucht hatte, Bargeld abzuheben. Das fehlte gerade noch! In ihrer blauen Victoria-Beckham-Tasche kratzte sie genug Münzen für eine einfache Fahrt nach Pimlico zusammen. Über die Rückfahrt würde sie sich später Gedanken machen.

Jessica rannte die Treppe hinunter und schaffte es in einen Zug, als sich die Türen schon schlossen. *Puh!* Glück gehabt. Der heutige Tag musste einfach besser werden!

Jessica platzte atemlos und mit rotem Gesicht in den Besprechungsraum. Sie hatte die letzten zwanzig Minuten damit verbracht, am Empfang im Erdgeschoss durchzukommen, weil ihr Ausweis nicht funktionierte und das System weder ihren richtigen noch irgendwelche Decknamen anerkannte, die sie ab und an benutzte. Was war denn heute bloß los? War das ihr Karma, weil sie Jamie belogen hatte?

»Du kommst zu spät«, sagte Nathan vorwurfsvoll. »Wir mussten ohne dich anfangen.«

Er hatte den Vorsitz. Natalia, Bree und Sasha saßen zu seiner Rechten. Gegenüber waren unbekannte Gesichter: ein Mann mit einem grauen Spitzbart und eine rothaarige Frau in den Dreißigern mit feuerrot geschminkten glänzenden Lippen. Sie sahen nicht aus, als ob sie sich über ihren Anblick freuten. Die Frau musterte sie mit einem vernichtenden Blick. Zugegebenermaßen machte Jessica keinen besonders guten ersten Eindruck, aber man konnte doch ein bisschen nachsichtig sein, oder nicht? Es war ja nicht ihre Schuld, dass sie so spät erschienen war. Wer waren die Leute überhaupt?

Sie warf ihre schwarze Cabanjacke von Ossa Cosway über

einen Stuhl und setzte sich schnell auf einen leeren Platz am Ende des Tisches. »Es tut mir wirklich leid, Nathan. Du hast ja keine Ahnung, was heute schon alles los war.«

Er nickte ihr kurz zu und richtete den Blick wieder auf seinen Laptop.

Jessica leerte ein ganzes Glas Wasser. Sie war kurz vorm Verdursten. Zum Glück hatte sie es doch noch hierher geschafft.

Natalia sah sie mitfühlend an. Ihre Wangen waren feuerrot und ihre Augen glitzerten feucht. Bree und Sasha schienen auch nicht in Bestform zu sein. *Hilfe!* Nathan musste ihnen die Hölle heißgemacht haben. Oder die anderen MI6-Agenten hatten sie zusammengestaucht. Nathan hatte sich nicht die Mühe gemacht, sie ihr vorzustellen. Vielleicht war es doch ein Segen gewesen, das Schlimmste der Nachbesprechung verpasst zu haben.

Nathan tippte ohne aufzublicken auf seinem Laptop herum. »Dir geht es hoffentlich wieder besser? Jack hat mich regelmäßig über deine Genesung informiert.«

»Ja, danke.« Ab und zu wurde ihr noch übel, aber das Gefühl war in allen ihren Gliedern zurückgekehrt. Sie hatte es ja sogar geschafft, hierher zu rennen, ohne Krämpfe zu bekommen. Der blaue Fleck im Gesicht war verblasst, und bald würden die Fäden in ihrer Hand gezogen werden.

»Super. Damit du Bescheid weißt – der Mann ist immer noch in Gewahrsam.« Nathan machte einen Mausklick.

Auf dem großen Bildschirm an der Wand tauchte ein Foto auf. Es war der Franzose. Jessica hatte ihn zuletzt hilflos am Seil der Fensterputzer vor dem Shard baumeln sehen.

»Kooperiert er?«, fragte sie. »Dafür schien er nicht der Typ zu sein.«

»Bis zu einem gewissen Grad«, sagte Nathan. »Er hat einen Deal mit uns ausgehandelt und liefert Informationen über seine Kontakte mit der chinesischen Unterwelt, für die er als Mittelsmann gearbeitet hat – als Zwischenhändler sozusagen.«

»Das heißt, wir sind in diesem Fall weitergekommen?« Jessica holte ihr Notizbuch aus der Tasche.

»Bis auf die Tatsache, dass wir einen unbekannten Mitspieler haben«, warf der Mann mit dem Spitzbart ein. »Die dritte Partei, die über den Deal mit den Chinesen Bescheid wusste und uns den USB-Stick vor der Nase weggeschnappt hat.«

Jessica zuckte zusammen. Er meinte *ihre* Nase.

Die Frau beugte sich vor und fixierte sie mit ihrem Blick. »Das Pulver, das du eingeatmet hast, löst eine vorübergehende Gedächtnisstörung aus. Erinnerst du dich noch an irgendetwas, das mit dem Angreifer zu tun hat? Einen flüchtigen Blick auf ein bestimmtes Merkmal? Den Geruch eines Aftershaves oder Parfums? Ein Geräusch? Irgendwas, das uns helfen kann, ihn aufzuspüren?«

Jessica sah die anderen Models an. Bree starrte zurück. Sollte sie jetzt etwas sagen? Es war vielleicht ihre Chance, den MI6 auf ihre Theorie aufmerksam zu machen, aber irgendetwas in den Augen der Frau hielt sie davon ab. Ihr Vater hatte recht. Sie konnte nicht einfach vor völlig Fremden über eine Kollegin herziehen, ohne irgendwelche Beweise zu haben. Das würde unprofessionell oder – noch schlimmer – rachsüchtig wirken. Sie würde sich Nathan anschließend schnappen müssen und versuchen, das Thema wieder aufs Tapet zu bringen.

»Ich kann mich nicht erinnern. Tut mir leid.«

Die Frau verschränkte ihre roten Krallen ineinander und beugte sich noch weiter vor. »Schade. Wir haben keine Hinweise und keine Informationen, daher kommen wir einfach nicht weiter. Wir haben nichts außer *deiner* Schilderung vom Hergang.«

Ihr Ton machte Jessica fast sprachlos. »Und Sie zweifeln daran?«

Die Lippen der Frau verzogen sich zu einem Lächeln, aber ihre blauen Augen blieben hart. »Sollten wir das?«

Was wollte sie damit andeuten? Dass sie sich das alles nur ausgedacht und den USB-Stick selbst geklaut hatte? Vielleicht sollte sie bei dieser Gelegenheit doch ihren Verdacht aussprechen und die anderen Models mit reinziehen? Hatte Bree vielleicht schon Zweifel an Jessicas Story geweckt, um sich selber abzusichern?

»Ich habe die Wahrheit gesagt und ich vertusche nichts.«

»Gut zu wissen. Ich bin sicher, dass du voll und ganz mit uns kooperieren wirst.«

Jetzt starrten der Mann *und* die Frau sie an. Was war denn bloß los?

»Natürlich«, sagte Jessica. »Wer sind Sie übrigens?«

»Tut mir leid. Ich hätte sie vorstellen sollen.« Nathan zeigte auf die Rothaarige. »Das ist Agentin Clare Hatfield.«

Sie sah Jessica an, ohne zu lächeln.

»Und das ist ihr Kollege, Agent George Booth.«

»Sie gehören wahrscheinlich beide der Abteilung an, die beauftragt wurde, den USB-Stick zurückzuholen?«, fragte Jessica.

Die Frau lachte und tauschte einen Blick mit ihrem Kollegen aus. »Nein, das ist überhaupt nicht unser Aufgabenbereich.«

»Ähm. Okay. Und was machen Sie beide?«

»Wir untersuchen kolossale Schlamassel wie diesen und bestimmen, ob eine Abteilung – in diesem Fall Westwood – durch eine undichte Stelle gefährdet worden ist«, blaffte die Agentin Hatfield.

Jessica lehnte sich zurück. »Dann glauben Sie also *doch*, dass es ein Insider-Job war?«

»Wenn du pünktlich eingetroffen wärst, hättest du hören können, dass es haargenau *das* ist, was ich gesagt habe.« Die eisblauen Augen der Frau sahen sie herausfordernd an. »Jemand wusste, dass wir den Franzosen im Shard abfangen wollten, und hat vorausgeplant. Dieser Jemand hat die Ablenkung genutzt und den USB-Stick gestohlen.«

Hallo? Danach zu urteilen, wie sie Jessica anstarrte, war *sie* in ihren Augen die Hauptverdächtige. »Ich kann Ihnen versichern …«

Die Tür flog krachend auf und ein Mann mit Brille platzte schnaufend herein.

»Hab ich nicht gesagt, dass ich nicht gestört werden will?«, fauchte Nathan. »Wir sind in einer wichtigen Besprechung.«

»Tut mir leid, Sir. Aber es hat einen schlimmen Vorfall gegeben.«

Nathan war schon auf den Füßen. »Reden Sie!«

»Der MI6 und das ganze Land werden angegriffen.«

»Was?«

»Sam Hewitt sagt, Sie sollen sofort kommen.«

Ohne ein weiteres Wort folgte Nathan dem Mann aus dem Raum. Die Handys der Agenten Hatfield und Booth vibrierten.

»Ich hab's schon gehört«, bellte die Agentin ins Telefon. »Notfall-Protokolle erstellen! Operation Chaffinch starten!«

Jessica tauschte Blicke mit Sasha und Natalia, aber Bree wich ihnen aus. Glaubte sie, noch einmal davongekommen zu sein? Jessica packte ihre Handtasche und ihre Jacke und rannte hinter den Agenten her. In den Korridoren schrillten Sirenen und Lampen gingen an und aus. Sie musste Nathan und die anderen einholen. Das Gebäude verriegelte sich. Sie stürmte durch ein paar Türen, die sich sofort hinter ihr schlossen. Sasha und Natalia waren nicht so schnell, sie blieben im Flur gefangen. Nathan drehte nach rechts ab und sauste in ein Zimmer. Die Agenten Hatfield und Booth folgten ihm. Die Rothaarige hatte beim Sprint ihre hochhackigen Schuhe von sich geschleudert.

Jessica schaffte es gerade noch durch die Tür, die hinter ihr klickend ins Schloss fiel. Sie befand sich in einem Großraumbüro. Männer und Frauen hämmerten auf Tastaturen herum, hatten Headsets auf und sprachen aufgeregt in ihre Mikrofone. Der Mann, der ihre Besprechung unterbrochen hatte, ließ sich schnell auf einen Stuhl gleiten und setzte sich Kopfhörer auf. Ein anderer Mann schritt auf sie zu. Er war groß und schlank, trug eine Brille mit grünem Gestell und schwarze Handschuhe. Er hatte einen roten Lockenkopf. Jessica schaute von Nathan zu den beiden anderen Agenten. Keiner schien sein Aussehen komisch zu finden.

»Das ist unser Systemanalyst Sam Hewitt«, sagte Nathan. »Bringen Sie uns auf den neuesten Stand, Sam.«

»Vor ungefähr dreizehn Minuten haben Computerviren unsere Firewalls angegriffen. Zuerst schien es nichts Außergewöhnliches zu sein. Mit solchen Cyber-Attacken beschäftigen wir uns hundert, wenn nicht tausend Mal am Tag.«

»Erzählen Sie uns was Neues!«, fauchte Agentin Hatfield ihn an.

Der Analyst wischte sich eine Schweißperle von der Stirn. »Dieses Virus war anders. Innerhalb von wenigen Sekunden hatte es sich verändert und uns mit unzähligen Daten bombardiert, die unseren Server für ein paar Augenblicke zum Absturz brachten. Dann gab es gleichzeitig mehrfache Attacken auf verschiedene Standorte in ganz Großbritannien.«

»Wo?« fragte Nathan.

Sam schwenkte seine behandschuhte rechte Hand, und plötzlich tauchte aus dem Nichts ein riesiger Bildschirm auf, der den Raum in zwei Hälften teilte. »Das ist die augenblickliche Szene am Hyde Park Corner.«

Filmmaterial aus Überwachungskameras zeigten einen großen Verkehrskreisel. Jessica schnappte nach Luft, als Autos und Busse zusammenstießen. Die verschiedenen Kameras gaben Verkehrsampeln wieder, die alle auf Grün standen.

Sam wischte mit der Hand durch die Luft und die Szene wurde durch eine andere ersetzt. »Das Gleiche spielt sich am Oxford Circus und Trafalgar Square ab. Alle Ampeln sind entweder ausgeschalten, oder funktionieren nicht und stehen auf Grün.«

Jessica trat vor, aber Sam hatte die Aufnahme schon weggewedelt. Jetzt blätterte er mitten in der Luft durch eine Videodatei. Wie machte er das bloß? Es sah aus, als würde er mit diesen komischen Handschuhen eine Art berührungsfreien Touchscreen bedienen. Das Ganze erinnerte sie an *Minority Report*, den alten Film mit Tom Cruise, den sie sich vor Jahren mit ihrem Vater angeschaut hatte.

»Während die Polizei versuchte, mit dem Verkehrschaos fertigzuwerden, ist dies am Buckingham Palace geschehen«, fuhr Sam fort.

Er schnipste mit den Fingern und erweiterte den Bildschirm, wobei er den Blick auf die Polizeiautos und Krankenwagen, die das bekannte Gebäude umringten, vergrößerte.

»Ein Computervirus hat die Firewall der Notdienste angegriffen und die Steuerung der Kommunikationsgeräte übernommen, wobei die Polizei und die Krankenwagen zum Palast geschickt wurden. Außerdem wurden Polizisten zum Wohn- und Amtssitz des Premierministers in der Downing Street, zum Innenministerium und zu sämtlichen ausländischen Botschaften in London gesandt. Alle wurden in höchste Alarmbereitschaft versetzt.«

Er wedelte mit beiden Händen und holte Großansichten auf jede Szene heran, die er vor Jessica und den anderen aufreihte. Alle gaben Echtzeit-Filmmaterial wieder, wie man am digitalen Zeitstempel am unteren Rand der Aufnahmen erkennen konnte.

»Das bringt die Polizei bestimmt an den Rand ihrer Leistungsfähigkeit«, sagte Nathan.

»Genau. Und jetzt passiert dies.«

Die Bilder verschwanden und die Ansicht eines Gefängnisses tauchte auf. Hubschrauber schwebten darüber.

Sam teilte den Bildschirm. »Das ist die Strafanstalt Belmarsh und das ist Wakefield Prison.«

Nathans Gesicht wurde kreidebleich. »Sagen Sie mir bitte nicht, dass wir uns Massenausbrüche anschauen!«

»Noch nicht. Viren attackieren Sicherheits-Firewalls in Hochsicherheits-Gefängnissen. Aber alle Türen in Belmarsh und Wakefield haben sich automatisch verriegelt. Insassen und ihre Familien werden in Wartezimmern festgehalten und Wärter bleiben mit den Häftlingen in den Werkstätten eingeschlossen. Über mögliche Verletzte hat es bisher noch keine Informationen gegeben.«

»Wie lange wird es dauern, bis wir wieder die Kontrolle haben?«, fragte die Agentin Hatfield.

»Mindestens dreißig Minuten. Die Armee rückt an, wir bekommen aber auch Meldungen von Computer-Hackings in den Sicherheitssystemen von Dutzenden anderer Strafanstalten im Land, einschließlich Low Newton in Durham und Long Lartin in Worcestershire.«

Nathan sah geschockt aus. »Wir können uns keine Sicherheitsverstöße im geschlossenen Vollzug leisten. Ich will maximale Überwachung der Gefängnisse. Die Haftanstalten mit Insassen, die eine große Gefahr für die Öffentlichkeit darstellen, werden vorrangig behandelt.«

»Wir bleiben dran«, sagte Sam.

»Haben Sie eine Ahnung, wer so was tut?«, fragte Jessica.

Agentin Hatfield wirbelte herum. »Darf das Mädchen überhaupt hier sein?«

»Jessica ist unser geringstes Problem«, blaffte Nathan sie an.

Die Agentin strafte sie mit einem vernichtenden Blick und wandte sich wieder dem Bildschirm zu.

»Bisher hat sich noch niemand dazu bekannt, und wir versuchen immer noch, die Quelle der verschiedenen Viren zu erforschen«, fuhr Sam fort. »Der Virus, der den MI6 angreift, macht uns die meisten Sorgen. Alle zwei Sekunden verändert sich der Code bei dem Versuch, unsere Firewall zu durchbrechen. Wir tun alles, was wir können, um ihn von unserem System fernzuhalten. Bisher klappt es, aber wir können den Ursprung des Hacker-Angriffs nicht finden. Wir konnten die IP-Adresse zu Hunderten von Internet-Cafés auf der ganzen Welt zurückverfolgen, von Indien bis Australien. Während wir versuchen, die Adresse zu ermitteln, tauchen anderswo weitere Virusattacken auf.« Er berührte seinen Ohrstöpsel. »Wie zum Beispiel jetzt. Unzählige Geldautomaten geben im ganzen Land Bargeld aus. Die Computer der Banken lassen sich nicht herunterfahren, und die Polizei kann nicht an jedem Standort sein.«

Mit einer Drehung seines Handgelenks tauchten Kampfszenen vor ihnen auf. Ein Mann schwenkte ein Bündel Geldscheine durch die Luft. Sekunden später wurde er in der Stadtmitte von Manchester von einer Männergruppe zu Boden gerissen.

»Wir erhalten auch Berichte darüber, dass WhatsApp, Twitter und Facebook betroffen sind«, fuhr Sam fort. »Ein anderer Virus erlaubt es den Leuten, Spiele, Musik und Filme von mehreren Webseiten kostenlos herunterzuladen. Soll ich sie auch abrufen?«

»Kommen Sie wieder auf den Boden!«, wies Agentin Hatfield ihn zurecht. »Wenn Tausende von Teenagern nicht twittern oder ein Foto von sich hochladen können, dann ist das ja wohl kaum ein nationaler Notstand.«

Jessica runzelte die Stirn. *Das* war seltsam. Der Hacker hätte Banken ausrauben, Millionen von Konten abräumen oder eine Börsenkrise auslösen können. Stattdessen verschenkte er Geld und Computerspiele und verursachte Chaos.

»Es ist, als ob jemand angeben will«, murmelte sie und starrte auf den Bildschirm.

»Wie bitte?« Die Agentin wirbelte ein zweites Mal herum. »Was hast du gesagt?«

»Der Hacker will Aufmerksamkeit erregen und beweisen, was er alles kann.«

»Er hat bereits unsere Aufmerksamkeit«, erwiderte Agentin Hatfield. »Aber du irrst dich. Hier will niemand angeben. Das ist die größte gemeinschaftliche Cyber-Attacke, die dieses Land je erlebt hat.«

Jessica zuckte mit den Schultern. »Wie Sie meinen. Aber wer immer das alles verursacht, hätte Banken oder die Regierung zu Fall bringen können. Stattdessen führt er die Notdienste an der Nase herum und zielt auf Computerspiele ab. Warum?«

»Warum nicht?«, fragte Nathan. »Wir wissen nicht, was er vorhat, außer dass er chaotische Zustände heraufbeschwört und in den MI6 eindringen will.«

»Die Gefahr ist gebannt!«, schrie eine Frau durch den Raum. »Wir haben die Banken, Verkehrsampeln, die Kommunikationsgeräte der Notdienste und die Sicherheit der Haftanstalten wieder unter Kontrolle.«

»*Ja!*« Der Agent Booth stieß seine Faust in die Luft.

Jessica konnte an Nathans Miene ablesen, dass die Euphorie wahrscheinlich verfrüht war. Er ging zum Arbeitsplatz der Frau.

»Und der Hacker?«

»Die gute Nachricht ist, dass wir ihn aus dem MI6-System herausgehalten haben«, antwortete sie.

»Und die schlechte Nachricht?«

»Es ist nicht das Werk *eines* Hackers. Es sind Tausende – eine bestens organisierte Armee von Hackern, die alle gleichzeitig arbeiten.«

»Wie ist das möglich?« Nathan schob seine Brille auf dem Nasenrücken nach oben.

»Sam? Kannst du ihnen das zeigen?«, fragte die Frau und tippte auf ihrer Tastatur herum.

Sam nickte. »Was hast du?«

»Dutzende von Webseiten, die verlangen, dass Hacker sich mobilisieren und angreifen«, antwortete sie. »Wir sehen einen Cyber-Flashmob des einundzwanzigsten Jahrhunderts. Ich schicke die Details gleich rüber.«

Die Webseiten tauchten vor der Gruppe in der Luft auf.

»HackMeNow, hackus, telltheworld, uhavearite2no«, las Jessica leise vor.

»Alle Webseiten sind vor sechs Monaten mit ähnlichen Aufrufen als Werbung für Hacker online gegangen«, fuhr die Frau fort. »Sam, bitte!«

Der Analyst winkte und eine Webseite kam in Sicht.

AN ALLE HACKER – ACHTUNG

Bereitet euch auf das Spiel aller Spiele vor, indem ihr dem Kollektiv beitretet! Wo könnt ihr euch einhacken? Haut uns mit euren Kenntnissen vom Hocker! Wir sind allerdings nicht so schnell beeindruckt. Dringt in unsere Webseite ein. Dann werdet ihr den Preis finden. LibertyCrossing

»Das ist ein Spiel?«, fragte Nathan skeptisch.

»Vielleicht«, erwiderte die Frau. »Hacker wurden von LibertyCrossing aufgefordert, dem *Kollektiv* beizutreten, indem sie sich mit unauffindbaren E-Mail-Adressen anmelden. Sie wurden angewiesen, zu warten, bis sie das Codewort – Bluebird – erhalten haben, um ihre allerbesten Hacks zu starten, wobei der Gewinner vier Tage später eine Million Dollar erhält. Gemäß den Einträgen von LibertyCrossing auf allen Hacking-Webseiten wurde das Codewort um zwölf Uhr mittags UTC freigeschaltet. Danach geriet alles aus den Fugen.«

»Dafür warteten die Hacker sechs Monate ab?«, fragte die Agentin schnaufend. »Das war alles vorgeplant?«

Die Frau nickte. »Aus irgendeinem Grund ist das Timing der heutigen Attacken von großer Bedeutung.«

»Sagen Sie mir bitte, dass Sie LibertyCrossing zurückverfolgt haben!«, warf Nathan ein.

»Noch nicht. Wir arbeiten daran und versuchen, jeden einzelnen Hacker aufzuspüren, aber wir reden hier von Tausenden von Leuten, möglicherweise weltweit, die ermutigt werden, Ziele in Großbritannien und den Vereinigten Staaten bis zur Verkündung des Hauptgewinns am Mittwoch anzugreifen.«

Sam vergrößerte ein Bild. Hacker meldeten bereits Einzelheiten zu ihren Heldentaten auf den Webseiten. Bei allen handelte es sich um Hacks in beiden Ländern.

»Dieser hier behauptet, in die amerikanische Bundesbank eingedrungen zu sein.«

»Ich werde mit unseren Freunden über dem großen Teich reden und sehen, ob sie das alles bestätigen können«, sagte Nathan. »Wenn ja, bedeutet dies, dass wir die CIA mit ins Boot holen müssen.«

Agentin Hatfield verschränkte die Arme. »Na toll. Eine Zusammenarbeit mit den Yankees. Das funktioniert ja immer *so* gut.«

Ein Alarm ertönte. An jedem Computer leuchteten rote Lampen und die Meldung »Unberechtigter Zugriff« auf. Zahlen scrollten auf den Bildschirmen rasant nach unten.

»Nein, nein, nein!«, schrie Sam. Er versuchte, in der Luft nach den Bildern zu schlagen, aber sie wurden eines nach dem anderen weggeschnappt.

»Das ganze System ist defekt«, brüllte die Frau. »Das Virus ist im Mainframe.«

»Sofort alles abschalten!«, befahl Nathan. »Alles offline!«

»Das geht nicht«, erwiderte Sam. »Sie haben die Kontrolle, nicht wir.«

»Sie müssen doch irgendwas tun können!«, schrie Nathan. »Brechen Sie die Verbindung ab!«

»Ich versuch's«, sagte die Frau.

»Was machen sie jetzt?«

»Sie laden die Identitäten der Geheimagenten runter, die an aktiven MI6-Fällen arbeiten.«

»Verhindern Sie das!«, brüllte Nathan.

Plötzlich tauchte sowohl auf den Bildschirmen sämtlicher Computer als auch in einem riesigen Hologramm in der Luft eine Gestalt auf. Eine grüne Kapuze, eine dunkle Sonnenbrille und ein schwarzer Schal verbargen das Gesicht der Person.

»Haben wir jetzt eure Aufmerksamkeit?«, donnerte eine männliche Stimme. »Ich bin LibertyCrossing, Leiter des *Kollek-*

tivs, und setze mich für die absolute Freiheit und Verbreitung von Informationen im Internet ein. Keine Geheimnisse, vollkommene Offenheit, ohne Einmischung der Regierungen und Sicherheitsdienste weltweit.«

»Unmöglich«, murmelte Nathan kaum hörbar. »Ist das live?«

Sam nickte. »Es wird via LibertyCrossing in unseren Mainframe hochgeladen. Wir können es nicht abschalten.«

»Kann er hören, was wir sagen?«

»Nein. Es ist eine einseitige Übertragung. Sie können nicht mit ihm kommunizieren.«

Die Gestalt fing wieder an zu reden. »Ihr habt gesehen, wozu wir fähig sind, und es gibt noch eine Menge mehr, was wir tun können, wenn ihr den Forderungen des *Kollektivs* nicht nachkommt. Entlasst Lee Caplin aus dem Gefängnis in den Vereinigten Staaten und bringt ihn nach Großbritannien zurück.«

Auf dem Bildschirm tauchte das Bild eines jungen Mannes auf. Jessica erkannte ihn sofort. Es war der berühmt-berüchtigtste Cyber-Terrorist, den das Land je hervorgebracht hatte. Mehr Aufnahmen folgten, darunter auch eine, auf der er eine kleine blonde Frau umarmte, die ein rosa Kleid und eine lange Kette mit Anhänger trug. Sie war oft in den Nachrichten erschienen und war seine Mutter, Louise Caplin. Anschließend tauchten Titelblätter von Zeitungen auf, die bestätigten, was Jessica bereits wusste. Vor drei Jahren war der Teenager aus Basildon, Essex, in die Computer des Pentagons, der NASA und der CIA eingedrungen und hatte Hunderte von streng geheimen Daten auf seinen Computer heruntergeladen. Der Sechzehnjährige hatte zudem eine Vielzahl von anderen Daten gelöscht und Viren hochgeladen, wobei er einen Schaden in Höhe von mehreren Millionen Dollar angerichtet hatte. Außerdem warf man ihm vor, amerikanische Raketen aufgerüstet und sie auf russische Kriegsschiffe im Schwarzen Meer gerichtet zu haben.

Lee nahm sehr schnell den Spitzenplatz auf der Liste der meistgesuchten Verbrecher des FBI ein. Er wurde von einem amerikanischen Bundesgericht in Abwesenheit wegen Computerkriminalität angeklagt; ein Auslieferungsverfahren wurde eingeleitet. Der Präsident der Vereinigten Staaten hatte sich geweigert, Lee trotz seines Alters ein Gnadengesuch zu bewilligen. Mrs Caplin, die verwitwet war, hatte unermüdlich gegen seine Auslieferung an die Vereinigten Staaten gekämpft, den Kampf aber schließlich verloren. Es wurde angenommen, dass dieser Stress unter anderem dazu beigetragen hatte, dass sie vor Kurzem an einem Herzinfarkt gestorben war. In den Zeitungen dieser Woche stand, dass man Lee erlaubt hatte, an der Beerdigung seiner Mutter teilzunehmen, bevor er seine dreißigjährige Gefängnisstrafe in der Justizvollzugsanstalt Leavenworth in Kansas antrat.

»Kommen Sie unserer einfachen Aufforderung nach und vermeiden Sie so, dass die Identitäten Ihrer Agenten online – für alle Welt sichtbar – gestellt werden«, tönte die Stimme weiter.

»Warnen Sie alle Kontaktpersonen und Geheimagenten, dass ihre Tarnidentitäten aufgedeckt werden können! Holt sie von den Straßen und bringt sie in Sicherheit!«, wies Nathan an, indem er sich abrupt seinen Leuten zuwandte.

Männer und Frauen wählten Nummern und fingen an, in ihre Mikrofone zu sprechen.

»Ich spreche direkt mit dem MI6, weil Sie die Macht haben, Lee Caplin nach Großbritannien zurückzubringen«, fuhr die Stimme fort. »Falls Sie sich weigern, unsere Anforderungen zu erfüllen, bringen Sie Ihre Agenten eigenhändig in Gefahr. Sie haben vier Tage Zeit, um Lee Caplin freizubekommen, bevor die vertraulichen Daten, die wir gesammelt haben, im Internet veröffentlicht werden. Informationen wie diese …«

Die Gestalt verschwand und das Foto einer dunkelhaarigen jungen Frau erschien an ihrer Stelle.

»Dieses Bild ist gerade hochgeladen worden«, meldete die Stimme.

Der Bildschirm veränderte sich wieder und vertrauliche Details tauchten auf einer der Hack-Webseiten auf.

Agentin Andrea Lockwood, Alter: 21 Jahre. Tätig unter dem Decknamen Jasmine Underwood. Standort: Paris. Mission: Infiltrierung der Diebesbande The Crystals.

»Wir sind dran!«, brüllte Sam und rannte zu einem Computer. Er tippte wie wild auf einer Tastatur herum.

»Konnten wir sie schon warnen?«, fragte Jessica und drehte sich zu Nathan um.

Nathan entriss einer Frau die Kopfhörer. »Jasmine ist enttarnt worden! Holt sie auf der Stelle raus!« Er lauschte. »Gute Arbeit. Ruft mich an, sobald sie in Sicherheit ist!«

Die Kapuzen-Gestalt tauchte wieder auf dem Bildschirm auf. »Ihre Frist endet am Mittwoch um fünfzehn Uhr. Bis dahin setzen die Hacker ihre Arbeit fort und die Identität eines MI6-Agenten wird jeden Tag um drei Uhr nachmittags als Erinnerung daran, was noch kommen wird, im Internet veröffentlicht. Nach Ablauf der Frist werden wir Ihre gesamte Agenten-Datenbank bekannt machen und eine neue, ungekannte Zerstörungswelle auslösen, was die Infrastruktur dieses Landes in die Knie zwingen wird. Sie haben die Warnung des *Kollektivs* erhalten. Der Phönix steigt aus der Asche!«

Die Gestalt verschwand.

»Ich habe es geschafft, die Webseite abstürzen zu lassen und Andreas Namen rauszuwerfen«, sagte Sam und brach damit das fassungslose Schweigen. »So hat sie wenigstens eine Atempause. Wir werden Twitter und Nachrichten-Websites überwachen, um zu sehen, ob sich jemand da bedient hat, aber bis jetzt scheinen wir aus dem Gröbsten raus zu sein.«

»Und unser Computersystem?«, bellte Nathan.

»Wir haben den Mainframe wieder in unserer Kontrolle«, sagte Sam. »Teile des Virus-Codes haben sich selbst zerstört, aber wir arbeiten mit dem, was übrig ist. Wir können die Möglichkeit nicht ausschließen, dass das Virus mutiert und einen neuen Angriff startet.«

»Halten Sie mich auf dem Laufenden!«

Sam nickte und feuerte Anweisungen auf seine Mitarbeiter ab. Nathan drehte sich um. Sein Gesicht war voller Falten. Er hatte die Augen zusammengekniffen und schien in den letzten Minuten enorm gealtert zu sein.

»Werdet ihr auf die Forderungen des *Kollektivs* eingehen?«, fragte Jessica leise. »Werdet ihr Lee Caplin freilassen?«

»Das ist unmöglich«, antwortete er. »Die Amerikaner werden sich niemals darauf einlassen, egal, womit gedroht wird. Das sollten die Hacker eigentlich wissen.«

»Und was machen wir dann?«, fragte Agentin Hatfield.

»Wir bereiten uns auf das Schlimmste vor«, sagte Nathan. »In der Zwischenzeit müssen wir die Identität von LibertyCrossing herausfinden und feststellen, wie seine Anhänger in den MI6 eindringen konnten. An die Arbeit, Leute! Der Countdown hat begonnen.«

Es hatte nicht lang gedauert, bis London in totaler Anarchie versank: Um genau zu sein – sechsundneunzig Minuten seit der ersten Angriffswelle des *Kollektivs*. Jessica hatte sich das Geld für die Heimfahrt von Sasha geliehen. Sie hatte den Zeitpunkt nicht für geeignet gehalten, Nathan gegenüber zuzugeben, dass sie vielleicht auch ein Opfer der Hacker geworden war. Dass sich jemand an ihrer Oyster-Card und ihrem Ausweis zu schaffen gemacht hatte, und die Kreditkarte ihres Vaters gesperrt worden war, waren kleine Fische im Vergleich zu dem, was im Hauptquartier des MI6 passierte. Nathan hatte eine Menge mehr um die Ohren, als ihre vorübergehenden Transport- und Geldprobleme.

Zwei Jugendliche, die ihre Gesichter hinter Halstüchern verbargen, rannten vor ihr aus einem Supermarkt, eine Kiste mit Getränken auf den Armen. Andere Jugendliche mit Kapuzen drängten sich vor. Die Kassen größerer Supermarktketten waren laut den letzten Informationen, die sie noch vom MI6 erhalten hatte, bevor sie losgezogen war, gesperrt worden. In allen Städten des Landes wurde geplündert.

Jessica hielt den Kopf gesenkt, um Augenkontakt zu vermeiden, und lief vorbei. Sie konnte nicht eingreifen. Sie hatte den braunen Gürtel im Kickboxen, aber hier waren zu viele Schlägertypen versammelt und kein einziger Polizist in der Nähe. Sie hatten anderweitig zu tun. Es würde eine lange Wanderung nach Hause werden, quer durch die Stadt. Hacker hatten die Funkverbindungen der U-Bahn gestört und zwischen den Zügen in den Stationen Westminster, King's Cross und Upminster Beinah-Zusammenstöße verursacht. Das ganze Netz war gelähmt und sämtliche U-Bahnen standen still. In den Flughäfen Heathrow, Gatwick und Stansted waren vorsichtshalber alle Flüge gestrichen worden. Der Busverkehr war eingeschränkt, was bedeutete, dass es überall riesige Schlangen gab.

Jessica hatte es nicht riskieren wollen, dass ihr Vater sie mit dem Auto abholte, weil die Straßen wegen der vielen Unfälle verstopft waren. Sie nahm sich vor, so lange zu Fuß zu gehen, bis sie eine Buslinie erreichte, die hoffentlich normal funktionierte. Zumindest gab ihr das Zeit, über alles nachzudenken. Sie googelte LibertyCrossing auf ihrem iPhone. Interessant. Liberty Crossing war der Name der beiden Hauptquartiere der Nationalen Terrorzentrale und des amerikanischen Büros des Direktors der Nationalen Nachrichtendienste in Virginia. Der Hacker hatte also Sinn für Humor. Er benutzte den Namen eines amerikanischen Spionage-Hauptquartiers, um ein britisches anzugreifen.

Als Nächstes gab sie »Der Phönix steigt aus der Asche« ein. In der griechischen Mythologie war ein Phönix ein Vogel, der ein neues Leben gewinnt, wenn er der Asche seines Vorgängers entsteigt. Was bedeutete das? War es das Ziel von LibertyCrossing, eine neue Weltordnung zu erschaffen, aufsteigend aus der, die das *Kollektiv* gerade zerstören wollte? Als Jessica eine Schlägerei vor einem Geldautomaten sah, überquerte sie die Straße. Wie würde der MI6 mit einer Cyber-Armee, die aus Tausenden bestand, fertigwerden? Zum allerersten Mal bezweifelte sie, ob dies ein Gegner war, den der Geheimdienst besiegen konnte.

Kapitel Sechs

Auf Jessicas silberfarbener digitaler Robe funkelten Tausende von Swarovski-Kristallen. Plötzlich leuchteten darauf mehr als dreitausendfünfhundert kleine Dioden auf. Der außergewöhnliche Anblick lenkte sie kurz davon ab, dass sie fror und müde war. Sie hatte um fünf Uhr morgens aus dem Bett steigen müssen, um zur Lagerhalle in East London zu radeln, wo um halb acht ein Shooting stattfinden sollte. Sie lechzte nach einem Kaffee und einem Croissant vom Tisch des Partyservice, der verlockend nahe stand.

»Test drei, zwei, eins!«, schrie Ossa Cosway durch die Halle. »Und – los!«

Jessica schaute auf den Text, der an ihrem Abendkleid nach unten rollte: *Ossa Cosway rocks!*

»Wahnsinn!«, rief sie aus.

Dann funkelte ein neuer Text auf dem Stoff: *#Ossa Cosway-Couture.*

Ossa hatte vor Kurzem eine ungewöhnliche Art der Werbung für seine Haute Couture entdeckt, indem er Mode mit der neuesten digitalen Technik verband. Diese Technik wurde auf der ganzen Welt präsentiert, während er seine Kollektion auf der London Fashion Week vorführen ließ. Seine jungen Assistenten standen etwas abseits und schickten dem Kleid per Hashtag #OssaCosway auf Twitter eine Nachricht nach der anderen. Fasziniert starrte der Designer auf den Effekt. Der zierliche, blonde junge Mann strich sich mit der Hand über seinen Spitzbart und strahlte. Plötzlich schlang er die Arme um Christine Cooper, seine Schneidermeisterin. Die kleine Frau in den Fünfzigern, die mit dem Anhänger ihrer langen goldenen Kette spielte, fuhr erschrocken zusammen.

»*Waaaa*!« Sie klammerte sich an Ossa, weil sie das Gleichgewicht verlor.

»Du hast dafür gesorgt, dass es klappt, Chrissy!«, schwärmte ihr Chef. »Wirklich wahr!«

Christine strich sich die Haare ihres schwarzen Pagenkopfes hinter die Ohren, dabei erhaschte man einen Blick auf ihren lila Nagellack, der zu ihrem Lippenstift passte.

»Wir sind ein gutes Team«, sagte sie lachend. »Auch schon deshalb, weil die hübsche Jessica deine Werbekampagne anführt. Wir haben gut gewählt, Ossa. Das Kleid sieht fantastisch an ihr aus, das hatte ich von Anfang an im Gefühl. Sie weiß, wie sie das Kleid perfekt zur Geltung bringen kann.«

Jessica wurde rot, als Ossa ihr eine Kusshand zuwarf und Christine klatschte.

»Dann lass uns anfangen!«, brüllte Bryn, der Fotograf, um sich bei der donnernden Musik von Calvin Harris Gehör zu verschaffen. »Zeig's uns, Jessica! Ich will sehen, was das Kleid alles kann!«

Jessica ließ den Rock von einer Seite zur anderen wirbeln und drehte sich um sich selbst. Es war das beste und prestigeträchtigste Shooting, das sie bisher ergattert hatte – Cover und eine Doppelseite von *Teen Vogue*, um ihre Zusammenarbeit mit Ossa, dem heißen, heißen, heißen Designer hervorzuheben. Seit er vor drei Jahren von der Kunsthochschule Central Saint Martin's College in London abgegangen war, interessierten sich sämtliche Redakteure von Modezeitschriften auf der ganzen Welt für ihn. Der Aufstieg des Vierundzwanzigjährigen war unglaublich. Er war zum *In*-Designer für Hollywood-Schauspielerinnen und Superreiche geworden, die es sich leisten konnten, Zehntausende für Couture-Kleidung auszugeben.

»Dreh dich weiter!«, schrie Bryn. »Gefällt mir. Mehr davon!«

Jessica wirbelte herum und hielt ihren Blick auf einen Punkt an der Wand zwischen Ossa und Christine gerichtet, so, wie sie es im Ballettunterricht gelernt hatte. Das half, nicht aus dem Gleichgewicht zu geraten. Theoretisch jedenfalls. Es hinderte ihre Gedanken aber nicht daran, abzuschweifen. Als sie gestern am späten Nachmittag das Hauptquartier des MI6 verlassen hatte, war Andrea, die MI6-Agentin, die das *Kollektiv* geoutet hatte, in einem sicheren Haus untergekommen, aber sieben weitere Agenten waren unerreichbar gewesen und hatten keine Ahnung von der Drohung des *Kollektivs*.

»Noch mal, noch mal, noch mal!«, verlangte der Fotograf.

Wie lange würde sie das durchhalten? Ihr Kopf fühlte sich an, als ob er gleich platzen würde. Am selben Tag würde wieder der Name eines Agenten oder einer Agentin bekannt gegeben werden, und Sam wäre vielleicht dieses Mal nicht in der Lage, die Details schnell von der Webseite zu entfernen. Wer würde es sein, und war derjenige schon in Sicherheit? Sie hoffte, dass es nicht einer der sieben sich im Einsatz befindenden Vermissten war.

»Fertig!«, rief Bryn. »Lass uns als Nächstes die Nahaufnahmen …«

Jessica schwankte leicht, als sie von Maskenbildnern, Friseuren und Stylisten umringt wurde, die ihre Frisur und ihr Make-up ausbesserten und an ihrem Kleid herumfummelten. Christine kniete zu ihren Füßen und steckte den Saum hoch, den Jessica aus Versehen mit dem Absatz ihrer High Heels heruntergetreten hatte.

»Das Kleid ist toll«, sagte Jessica und betrachtete die funkelnden Lichter. Eine neue Nachricht tauchte auf: *Ossa beherrscht die Welt!* Seine Assistenten, die Handys umklammert, klatschten begeistert, und Ossa verbeugte sich und grinste noch breiter.

»Wie lange hat es gedauert, bis das Kleid fertig war?«

Christine nickte über ihre Schulter hinweg zu ihrem Näh-Team, das etwas abseits stand. Sie waren viel jünger als ihre Chefin und einige waren gepierct. »Wir haben sechs Wochen Tag und Nacht gearbeitet, um die Swarovski-Kristalle anzunähen. Dann mussten wir uns auch noch um die Leuchtdioden kümmern, was ziemlich kompliziert und zeitraubend war.«

»Sie haben fantastische Arbeit geleistet«, sagte Jessica.

»Danke. Zum Glück habe ich hervorragende Unterstützung. Wir arbeiten seit Jahren zusammen für verschiedene Designer. Für Ossas Kollektion zu seinem College-Abschluss sind wir ins Boot gekommen und seitdem zusammengeblieben. Er war als Student schon anspruchsvoll. Du kannst dir nicht vorstellen, was er alles von uns verlangt hat, aber wir haben ihn nie enttäuscht. Niemand möchte ihn enttäuschen.«

»Und ich bin sicher, dass du das niemals tun wirst, Chrissy.« Ossa zog seine graue Weste zurecht und kam näher. »Sie ist mein Fels in der Brandung, Jessica. Ich hätte keine meiner Kollektionen ohne sie präsentieren können. Egal, worum ich bitte – sie und ihr Team erledigen das einfach so.« Er schnipste mit den Fingern. »Nichts ist für sie unmöglich, einschließlich dieser Digitaltechnik, die die meisten Näherinnen aus der Fassung gebracht hätte. Ich hatte diesen Traum – ein Kleid, das die Welt zum Erleuchten bringt – und Chrissy machte daraus Wirklichkeit.«

»Ossa, ich finde, deine Glücksfee hat eine schöne Gehaltserhöhung verdient.« Christine zwinkerte Jessica zu und schob eine Reihe breiter goldener Reifen an ihrem Arm nach oben. »Ich bin Näherin, seit ich die Schule verlassen habe, und wurde noch nie um so etwas Verrücktes gebeten. Aber wenn Ossa bittet, springen wir alle so hoch, wie wir können.«

Ossa warf ihr eine Kusshand zu. »Chrissy ist allen Leuten, die ich kenne, haushoch überlegen. Sie schafft es nicht nur, meine Entwürfe zum Leben zu erwecken, sie jongliert auch mit meinem Terminkalender, hilft mir beim Model-Casting, beruhigt mich, wenn ich kurz vorm Ausflippen bin und sorgt ganz allgemein dafür, dass ich meinen Verstand nicht verliere.«

»Also, das ist jetzt aber leicht übertrieben.« Christine johlte regelrecht vor Lachen. »Ich glaube, nicht einmal ich kann dafür sorgen, dass du *vollkommen* bei Verstand bist, und wahrscheinlich schafft es auch niemand, dich mindestens dreimal täglich am Ausflippen zu hindern.«

Ossa drohte ihr mit dem Finger. »Na, na.«

Jessica lächelte, als das Paar abzog und sich dabei immer noch neckte.

Bryn klatschte in die Hände. »Okay, Leute. Sehen wir zu, dass wir die Sache zum Abschluss bringen. Es gibt immer noch die Wasseraufnahmen zu machen.« Er tippte ungeduldig mit dem Fuß auf, während sich die Stylisten verteilten und die Crew noch schnell ein paar Veränderungen an der Beleuchtung vornahm.

»Wunderbar. Das ist hervorragend. Und jetzt schau direkt in die Kamera, Jessica, und mach ein entspanntes Gesicht!«

Sie legte ihre Hände an die Wangen und versuchte, die lauten Stimmen im Hintergrund auszublenden. Bei diesem Schreiduell, das vor wenigen Minuten am Set begonnen hatte, war es schwierig, gelassen zu wirken. Wer machte denn so einen Wahnsinnslärm? Das war wirklich unprofessionell.

»Ruhe da hinten!«, brüllte Bryn über seine Schulter.

Jessica erhaschte einen Blick auf Ossa, der Christine einen Finger ins Gesicht stieß. Dem Fotograf war es egal, dass einer der Streithähne der Designer war.

»Um Himmels willen – wir haben zu arbeiten!«, schrie Bryn. »Macht gefälligst draußen weiter!«

Ein Assistent drehte die Lautstärke des iPods auf, bevor Ossa mit bitterbösem Gesicht vom Set stürmte. Jessica schaute wieder direkt in die Kamera. Wieso hatte er Christine so angefahren? Aus dem Augenwinkel konnte sie sehen, wie die Näherin mit einem Papiertaschentuch an ihren Augen herumtupfte. Sekunden später war sie verschwunden. Jessica konnte sie im Hintergrund wieder leise streiten hören, während der Song von Ellie Goulding verklang. Christine hatte zugegeben, dass der Designer anspruchsvoll war und leicht seine Beherrschung verlor. Sie hatte ganz offensichtlich nicht übertrieben.

Aber warum behandelte Ossa seinen »Fels in der Brandung« so schlecht?

Eine halbe Stunde später war die Aufnahme für das Titelblatt im Kasten und klargeworden, weshalb sich Ossa und Christine an die Gurgel gingen. Für die Wasseraufnahmen waren die falschen Kleider eingepackt worden, und Ossa spuckte Gift und Galle. Er hatte eigenhändig ein dunkelrotes Abendkleid und eine mitternachtsblaue Robe für Jessica ausgesucht, die sie tragen sollte, wenn sie sich auf einer nassen Plastikfolie niederließ. Stattdessen hatte Christine zwei sehr ähnliche Gewänder mit einer etwas anderen Saumlänge und unterschiedlichen Ausschnitten gewählt.

»Sie werden auf den Wasserbildern nahezu gleich aussehen«, behauptete Christine, als Jessica mit dem mitternachtsblauen Kleid aus der Umkleide kam.

»*Nahezu* ist nicht perfekt«, sagte Ossa zähnefletschend. »*Ich* weiß, dass die Kleider anders sind. Ich verstehe nicht, wie du so gedankenlos sein konntest. Ich habe die richtigen Sachen auf den Kleiderständer gehängt.«

»Dann muss sie jemand vertauscht haben«, giftete Christine zurück.

»Unmöglich! Warum sollte jemand die Kleider absichtlich austauschen?«

»Genug!«, sagte Bryn und hielt eine Hand hoch. »Darüber haben wir schon hundert Mal gesprochen. Ich bin mit den Outfits zufrieden. Die Lagerhalle steht uns nur wenige Stunden zur Verfügung. Deshalb schlage ich vor, dass wir jetzt weitermachen. In Ordnung, Jessica?«

Sie nickte. Sie begriff sowieso nicht, weshalb Ossa so ein Theater machte. Er benahm sich wie ein kleines Kind. War ihm nicht aufgefallen, dass es im Augenblick wichtigere Probleme gab? Der MI6 hatte es geschafft, das *Kollektiv* aus den Nachrichten rauszuhalten, aber jede aktuelle Meldung enthielt Geschichten über Automaten, die Geld ausspuckten, Flugzeuge, die aufgrund technischer Fehler landen mussten, und Züge, die im ganzen Land wegen Signalausfällen entgleisten. Nur ein paar Kilometer weiter fanden Plünderungen und Randale statt.

Ein Mann half ihr die Stufen zu einem riesigen gläsernen Laufsteg hinauf, der sich quer durch die Halle erstreckte. Wasser aus einem Gummischlauch schwappte über die Matte. Bryn fotografierte von unten und konnte dadurch interessante Wassermuster im Bild festhalten.

»Du musst rennen und dann anmutig eintauchen!«, brüllte der Fotograf. »Keine Bruchlandung, bitte!«

»Okay, auf geht's!«, rief sie zurück.

Jessica holte tief Luft, lief los und tauchte mit vorgerecktem Kopf ab. Als sie auf der Matte entlangsauste, raubte ihr das eiskalte Wasser fast den Atem. Aber es lenkte sie ab. Etwas Ähnliches hatte sie gemacht, als sie fünf Jahre alt war und mit einer Freundin im Garten hinter dem Haus auf einer Wasserrutsche spielte.

HUWAAAAAH! Hier lief es viel schneller und war umso spaßiger!

»Ich bin wieder da!«, rief Jessica, als sie die Haustür öffnete. Sie ließ ihre Handtasche auf den Boden fallen.

»Ich bin hier drin«, antwortete ihr Vater. »Ist das Shooting gut gelaufen?«

Jessica stieß die Tür zum Arbeitszimmer auf und trat ein. Ihr Vater saß an seinem Schreibtisch und betrachtete den Bildschirm mit zusammengekniffenen Augen.

»Ja. Das Wasser war eisig, aber inzwischen bin ich fast wieder aufgetaut. Ist alles okay?« Sie blickte über seine Schulter.

»Mein Konto funktioniert normal und es fehlt kein Geld. Du müsstest die Kreditkarte wieder benutzen können.«

»Das sind gute Nachrichten. Das Geld ist wie durch ein Wunder auch wieder auf meiner Oyster-Card erschienen. Ich hab sie im U-Bahnhof getestet. Schade, dass die Züge noch nicht fahren.«

»Hast du dir ein Taxi genommen? Ich will nicht, dass du in London herummarschierst, solange es so gefährlich ist.«

»Ja, klar hab ich ein Taxi genommen«, flunkerte Jessica. »Die Busse fahren heute auch wieder.«

»Hast du Nathan informiert, dass wahrscheinlich ein Hacker bei uns eingedrungen ist?«

Jessica schüttelte den Kopf. »Ich hatte noch keine Gelegenheit dazu. Aber, wie du schon gesagt hast, jetzt ist ja alles wieder normal. Ich bezweifle, dass der MI6 die Zeit hat, sich mit so was Geringfügigem zu befassen, vor allem, weil es vor dem Start des Hacking-Wettbewerbs am Mittag passiert ist.«

Ihr Vater runzelte die Stirn. »Ich weiß, es erscheint im Vergleich zu allem, was vor sich geht, unwichtig, aber du solltest es trotzdem melden. Wir wissen nicht, ob noch jemand anderes beim MI6 in Mitleidenschaft gezogen worden ist. Vielleicht bist du die Einzige.«

»Du hast recht. Ich werde Nathan morgen Bescheid sagen. Es hat keinen Sinn, ihn jetzt noch zu informieren, er hat alle Hände voll zu tun.«

»Du musst es ihm unbedingt sagen.« Jessicas Vater stand auf, und humpelte mit seinem Gehstock zur Tür. »Hast du Hunger? Möchtest du ein getoastetes Sandwich?«

»Ja, bitte. Kann ich deinen Computer benutzen?« Der Hauptcomputer ihres Vaters stand in einem geheimen unterirdischen Bunker, dessen Eingang sich hinter einem Bücherregal befand. Aber alltägliche Dinge erledigte er an seinem Computer im Arbeitszimmer.

»Natürlich.«

Jessica setzte sich auf seinen Stuhl und las ihre E-Mails. Alles schien okay zu sein. Sie hatte keine Spam-Mails erhalten, was darauf hingewiesen hätte, dass der Hacker versuchte, an ihr Konto zu kommen. Twitter war immer noch gesperrt, aber Instagram und Facebook funktionierten seit Kurzem wieder.

Und was war mit dem MI6? Hatte es Sam geschafft, die Firewalls zu schützen? Sie loggte sich über ein Remote-Konto mit ihrer Geheimzahl ein. Obwohl sie nur sehr beschränkten Zugriff hatte, könnte sie vielleicht trotzdem herausfinden, ob die vermissten Agenten sichere Unterschlupfe erreicht hatten.

Verflixt!

Ihr Posteingang war leer. Nathan hatte eindeutig keine Zeit gehabt, sie auf den neuesten Stand zu bringen, vor allem, da um fünfzehn Uhr die Bekanntgabe des nächsten Geheimagenten stattfinden würde. Außerdem lag diese Information wahrscheinlich außerhalb ihrer Sicherheitseinstufung. Sie hätte sich nicht in der Zentrale befinden dürfen, als das Hacking begonnen hatte. Bestimmt hat keine andere von Westwood einen Blick auf diese verborgene Welt werfen können.

Jessica versuchte, die Homepage zu schließen. Vor sechs Monaten hatte Nathan ihr ein vorübergehend gültiges Passwort für das Computersystem des MI6 gegeben. Damals hatte sie in Monaco mit ihm zusammengearbeitet und versucht, eine Doppelagentin namens Margaret Becker zu entlarven. Sie hatten beide vermutet, dass Margaret den Hubschrauber, in dem ihre Mutter umgekommen war, im Auftrag des notorischen Terroristen Vectra manipuliert hatte. Jessica hatte heimlich eine Suche nach »Sargasso« gestartet, was aber nichts gebracht hatte. Sie hatte nicht die Genehmigung, in den besonders gesicherten Bereichen des MI6 nach heiklen Daten zu suchen. Kurz nachdem Jessica Nathan geholfen hatte, Margaret festzunehmen, hatte er ihren Zugriff auf das Computersystem wieder eingeschränkt.

Eine Anzeige leuchtete auf, die erneut nach einer PIN verlangte. Jessica gab die Nummernfolge wieder ein. Sie öffnete ein neues Display und klickte YouTube an, um sich beim Warten das letzte Video von *The Vamps* anzusehen. Nachdem der Filmausschnitt zu Ende war, wechselte sie wieder zum MI6.

Juhu – sie war drin! Sie klickte und klickte und navigierte durch die Website. Sie hatte jetzt vollständigen und uneingeschränkten Zugriff. Das musste ein Fehler sein! Nathan hätte ihr nie das Okay gegeben, sich ohne Überwachung vertrauliche Daten anzuschauen. Das durfte sie ja nicht einmal damals machen.

Was war hier los?

Hatte es beim MI6 eine Sicherheitslücke gegeben, während die Firewalls repariert wurden? Vielleicht hatte Sam die Sicherheitsstufen der Agenten beim Rebooten geändert. Oder war das *Kollektiv* wieder eingedrungen und hatte ihr und anderen Mitgliedern von Westwood dabei absichtlich den Zugriff erweitert? Es könnte ein Trick sein, um ein neues Virus in das System einzuschleusen, wenn sie vertrauliche Daten abrief.

Was sollte sie tun? Sam konnte die Sicherheitspanne bemerken und ihren Zugriff innerhalb von Minuten beenden. Ihr Verstand befahl ihr, die Webseite sofort zu verlassen und Nathan über eine sichere Telefonverbindung anzurufen. Aber ihr Herz sagte ihr etwas anderes. Sie würde nie wieder die Chance bekommen, herauszufinden, welche Daten der MI6 über Sargasso gesammelt hatte. Kat würde in naher Zukunft ganz bestimmt nicht mit irgendwas Nützlichem herausrücken. Sie enthielt ihr absichtlich – als Trumpf in der Hand – Informationen vor. Irgendwann würde sie wahrscheinlich einen Gefallen benötigen, hatte sie gesagt, und bis dahin keine weiteren Einzelheiten preisgeben.

Jessica schaute zur Tür. Ihr Vater klapperte in der Küche herum. Sie *musste* es tun. Falls sie merken sollte, dass irgendwas nicht stimmte, würde sie den Computer sofort ausschalten. Mit klopfendem Herzen gab sie »Sargasso« ein und drückte Enter. Eine Datei mit der Bezeichnung »Vertraulich: Beschränkter Zugriff« leuchtete auf. Als sie sie öffnete, erschienen Dutzende von Dokumenten. Sie wählte die erste Datei aus. Es war ein Durcheinander aus Zahlen und Buchstaben, wahrscheinlich eine Art Code. Die zweite war ähnlich verschlüsselt.

Jessica lehnte sich zurück und öffnete die dritte Datei. Ein Passfoto ihrer Mutter schaute sie an. Daneben war das Bild eines dunkelhaarigen Mannes mit Brille und Bart. Er war ein ehemaliger KGB-Agent namens Sergei Chekhova, der bei einem Autounfall in der Ukraine ums Leben gekommen war. Ihre Mutter war mit ihrem Mädchennamen, Lily Matilda Farr, identifiziert worden. Beide Todesfälle wurden als unnatürlich bezeichnet.

»Hier hab ich was für dich.« Ihr Vater schob die Tür mit dem Fuß beiseite und balancierte einen Teller, während er sich auf seinen Stock stützte. »Hast du mich nicht rufen hören?«

»Nein, tut mir leid.« Jessica war schuldbewusst zusammengezuckt und versuchte, auf YouTube zurückzuklicken, aber der Computer hatte sich aufgehängt. Sie schob die Maus hin und her, konnte aber das Display nicht verkleinern oder herunterziehen.

Ihr Vater stellte den Teller neben der Tastatur ab und erstarrte, als er auf den Bildschirm schaute.

»Wie bist du an das Foto des Mannes gekommen?«

»Du kennst ihn?«

»Ja, ich kannte ihn früher mal. Er war ein russischer Agent, mit dem deine Mutter zu tun hatte. Sie sagte immer, er sei ihre beste Quelle nach dem Kalten Krieg, aber er ist verschwunden.«

»Hier steht, er starb sechs Monate nach Mum bei einem Autounfall. Die beiden Todesfälle müssen irgendwie zusammenhängen. Beide werden als unnatürlich bezeichnet und befinden sich in derselben MI6-Datei.«

»Sargasso«, las ihr Vater laut vor.

»Sagt dir das was?«

Er schüttelte den Kopf. »Sollte es? Was geht hier vor?«

Jessica berichtete kurz, dass die Organisation irgendwie mit dem Tod ihrer Mutter und von Sergei zu tun gehabt hatte und ließ die Tatsache aus, dass der Tipp von Kat gekommen war.

»Woher weißt du das so genau?« Ihr Vater ließ nicht locker.

Jessica kaute an einem Fingernagel. Kat hatte sie gewarnt – falls sie irgendjemandem auch nur ein Wort über Sargasso verriet, würde sie die Datei, die sie über das Thema gefunden hatte, vernichten. Sie war nicht in der Lage gewesen, ihr zu widersprechen. Als Gegenleistung für die wenigen Informationen, die Kat ihr gegeben hatte, hatte sie Jessica erpresst und verlangt, dass sie nichts über die Diebstähle verriet, die sie mithilfe eines Tarnmantels begangen hatte.

»Ich kann dir nicht sagen, von wem ich es weiß, aber ich glaube ihnen.«

»Nathan hat dir also erlaubt, aufgrund eines Hinweises von irgendeiner Quelle MI6-Dateien durchzugehen?«, fragte ihr Vater streng.

Jessica wurde rot. »Nicht genau. Ich hab mein MI6-Konto angeklickt und gemerkt, dass ich – na ja – tiefer reinkann als vorher.«

Ihrem Vater blieb der Mund offen stehen. »Das heißt, du hast totalen Zugriff auf das Computersystem des MI6?«

Sie biss sich auf die Unterlippe und nickte.

»Bist du wahnsinnig? Mach den Computer aus! Ausloggen!«

»Er hat sich aufgehängt.«

»Ich kann nicht glauben, dass du so etwas Dummes tust! Das kann eine Falle des *Kollektivs* sein. Wenn sie gestern bei dir eingedrungen sind, dann wissen sie, dass du für den MI6 arbeitest. Sie möchten dich vielleicht im System haben. Begreifst du das nicht? Möglicherweise hacken sie sich im Hintergrund schon wieder ein.«

»Ich weiß. Es tut mir leid.«

Jessicas Vater riss die Maus hin und her und versuchte, den Computer auszuschalten. »Mist!«

Er bückte sich und zog den Stecker raus. Der Bildschirm wurde dunkel.

»Hast du eine Ahnung, in welche Schwierigkeiten du gerätst, wenn dieser Trick auf dich zurückgeführt wird?«

In Jessicas Augen brannten Tränen. »Ich muss herausfinden, was mit Mum passiert ist. Ich kann nicht länger mit der Ungewissheit leben. Ich will wissen, ob Vectra wirklich den Angriff befohlen und Margaret den Hubschrauber sabotiert hat. Du nicht?«

»Nicht um jeden Preis. Nicht, wenn du dabei zu Schaden kommst«, sagte er leise. »Wenn der MI6 herausfindet, dass du dem Hacker auf irgendeine Weise geholfen hast, können Nathan und ich dich nicht mehr schützen. Westwood würde dich rauswerfen und du müsstest dich möglicherweise vor Gericht verantworten.«

Kapitel Sieben

»Wirklich?«, knurrte Nathan. »Das willst du jetzt tun?«

Jessica fummelte an ihrem Ohrstöpsel herum, während sie sich im Schatten hinter der Internationalen Schule in West Kensington versteckte. Nathan hatte die Kommunikation mit Sasha, Natalia und Bree vorübergehend gesperrt, damit er und Jessica sich privat unterhalten konnten. Jessicas Vater hatte ihr geraten, keine Kollegin anzuschwärzen, aber sie musste endlich den Mund aufmachen. Ein in Moskau ansässiger Akademiker, Andrew Docherty, war am Sonntagnachmittag – Stunden zuvor – auf einer Nachrichten-Website als MI6-Spion geoutet worden und hielt sich jetzt mit seiner Familie versteckt. Jessica konnte nicht zulassen, dass Westwood den Überraschungsangriff auf ein hochrangiges Mitglied des *Kollektivs* gefährdete, nur weil Bree sich an der Mission beteiligte. Es war die einzige zuverlässige Spur, die sie hatten.

»Ich sage dir, es ist ein Fehler, Bree die Führung zu überlassen«, erklärte Jessica und starrte auf ihre eisigen Atemwolken. »Ich traue ihr einfach nicht.«

Nathan seufzte genervt. »Hängt das mit dem Shard zusammen?«

»Ich habe keine Beweise, aber ich glaube, dass sie mit der Sache zu tun hatte.«

»Wir haben alle Mädchen gründlich überprüft, vor allem Bree, nachdem sie dort wie angewurzelt stehen blieb. Alle sind sauber, hast du mich verstanden? Du kannst ihnen vertrauen. Sie hatten nichts mit dem Diebstahl des USB-Sticks oder dem Überfall auf dich zu tun. Da sind wir uns sicher. Also, lass uns weitermachen!«

Jessica kickte einen Stein zur Seite. Warum war Nathan so überzeugt, dass Bree keine Doppelagentin war? Es klang nicht, als ob er seine Meinung ändern würde. Sie musste es mit einer anderen Taktik versuchen. »Was passiert, wenn Bree heute Abend wieder erstarrt, wenn wir reingehen?«

Oder wenn sie mich verrät und Alarm schlägt, wollte sie hinzufügen.

Nathan schwieg. Dann sagte er: »Gut. Planänderung. Du und Natalia – ihr geht rein. Bree und Sasha halten vorne Wache. Zufrieden?«

Nein. Natalia war unerfahren und hatte im Shard auch nicht brilliert. Sie hatte Jessica jedenfalls nicht unterstützt und war bei dem Debakel auf Brees Seite gewesen. Aber diese Einteilung war besser als die Alternative, sich bei einer derart riskanten Mission auf Bree verlassen zu müssen. Jessica lauschte Nathans Beschreibung, wie er die anderen Westwood-Mädchen im Umkreis aufstellen wollte. Sie zog ihre schwarze Wollmütze tiefer über die Ohren, lehnte sich an die Mauer und stampfte mit den Füßen, um sich warmzuhalten.

Der MI6 hatte schnell gearbeitet. Die Hacker-Angriffe auf sämtliche Gefängnisse in Großbritannien, die Verkehrsampeln und die Kommunikationsgeräte der Notdienste waren bis zum exklusivsten Londoner Internat zurückverfolgt worden, auf das schwerreiche Briten, die im Ausland lebten, Diplomaten und einige der mächtigsten Leute der Welt ihre Kinder schickten. Dank der IP-Adresse hatte man sogar den genauen Standort des Laptops ausfindig gemacht, nämlich Zimmer Nummer 59 im Highfield Boarding House, das von einem siebzehnjährigen Schüler namens Henry Murray bewohnt wurde.

Henry war der einzige Sohn eines kanadischen Diplomaten. Er war außerdem verwöhnt und hochintelligent und galt – laut hastig erstellter MI6-Datei – als einer der fleißigsten und unverfrorensten Hacker, den das Land seit Lee Caplin erlebt hatte. In den letzten Stunden wurden noch andere männliche Teenager identifiziert, die sich als Hacker betätigten, aber nur Henry wurde genauer ins Visier genommen. In den vergangenen neun Monaten war er in ständiger Verbindung mit LibertyCrossing gewesen, der geheimnisvollen Person, die die Hacking-Websites eingerichtet, das Codewort »Bluebird« freigeschaltet, und alle Cyber-Attacken am Samstag initiiert hatte. Mit etwas Glück könnte Henry sie direkt zu diesem schattenhaften Leiter des *Kollektivs* führen, der im ganzen Land Chaos anrichtete.

Das Ziel der Razzia war einfach: Henrys Laptop schnappen und ihn überreden, mit dem MI6 zusammenzuarbeiten. Im Gegenzug würden sein Vater, die Polizei und die Presse nichts von seinen Verbrechen erfahren. Nathan hatte Jessica erklärt, dass sie die Polizei aus der Sache heraushalten müssten. Sobald die Metropolitan Police nämlich einen offiziellen Durchsuchungsbefehl erhalten würde, könnte Henrys Vater für sich und seinen Sohn diplomatische Immunität beanspruchen. Henry wäre dann unangreifbar und man könnte nicht mehr herausfinden, was er wusste.

Die Sache war äußerst gefährlich. Wenn es jemals ans Licht käme, dass der MI6 eine verdeckte Operation genehmigt hatte, bei der der Sohn eines hochrangigen ausländischen Beamten die Zielperson war, würde dies einen diplomatischen Vorfall von ungeheuren Ausmaßen verursachen. Deshalb war Westwood beauftragt worden, trotz der Ereignisse im Shard, ins Haus zu gehen. Ein Erwachsener, der im Gebäude erwischt werden würde, hätte direkt einen Notruf ausgelöst und eine polizeiliche Untersuchung in Gang gesetzt. Ein junges Mädchen aber, das dabei ertappt wurde, wie es sich in ein Internat schlich, könnte so tun, als ob es sich heimlich mit einem Freund treffen wollte.

Jessica beobachtete, wie Natalia bis ans Ende der Mauer radelte. Auch sie war von Kopf bis Fuß schwarz gekleidet und hatte sich einen dicken Schal um den Hals gebunden. Sie hatten eine Stunde im Voraus den Befehl erhalten, mit dem Fahrrad zur Schule zu fahren, wo sie eine andere Westwood-Agentin trafen, die in einem Van in einiger Entfernung am Straßenrand gestanden hatte. Celia Tyler informierte sie über die Sachlage und stattete die Westwood-Agentinnen mit Spionage-Werkzeug aus, mit dem sie am Sicherheitsdienst der Schule vorbeikämen. Der Computeranalyst Sam Hewitt war ebenfalls dabei. Er hatte ihnen erklärt, dass ihre Kommunikationsgeräte sicher waren und der Hacker auf ihre Pläne nicht zugreifen könnte. Jessicas Sicherheitsverstoß am Computer hatte er nicht erwähnt. Vielleicht war Sam Hewitt so damit beschäftigt gewesen, weitere Hacker-Angriffe zu verhindern, dass ihm nicht aufgefallen war, dass die Sargasso-Datei geöffnet und gelesen wurde.

»Ist bei dir alles okay?«, fragte Jessica. Sie sprach in ihr verborgenes Mikrofon.

»Alles gut. Ich hätte allerdings lieber ausgeschlafen«, sagte Natalia. »Gleich morgen früh muss ich einen Chemietest schreiben. Wenn ich ihn verhaue, krieg ich riesigen Ärger. Und noch größeren, wenn Mum und Dad entdecken, dass ich mich heute unerlaubt von der Truppe entfernt habe.«

»Ich weiß, was du meinst«, erwiderte Jessica.

Sie war um ein Uhr früh durch einen kurzen Anruf von Nathan geweckt worden und hatte das Haus verlassen, ohne ihrem Vater Bescheid zu sagen. Er würde sie umbringen, wenn er herausfand, dass sie bei einem gefährlichen Nachteinsatz war. Sie sollte alle Westwood-Jobs zuerst mit ihm abklären, aber er hatte sich nicht wohlgefühlt und sie wollte ihn deswegen nicht stören. Außerdem hätte er einem derart riskanten Einsatz niemals zugestimmt. Auch Jessica musste am folgenden Tag einen Test schreiben – unregelmäßige französische Verben –, der auch ohne Schlafentzug schwer genug wäre.

»Lasst den Tratsch, Mädchen!«, blaffte Nathan. »Seid ihr auf euren Plätzen?« Er bildete, gemeinsam mit Sam und Celia, die Kommandozentrale im Van.

Die Mädchen antworteten der Reihe nach mit Ja.

»Gut. Bree und Sasha, bleibt, wo ihr seid, es sei denn, wir brauchen Rückendeckung. Jessica und Natalia betreten das Grundstück über die rückwärtige Mauer. Jessica ist Teamleiterin. Geht direkt zum Gebäude und betretet Henrys Zimmer. Sollte ein Alarm ausgelöst werden, übertragt den Inhalt seines Laptops sofort an uns, mithilfe des Geräts, das Sam euch gegeben hat. Jessica, du bleibst, um Henry ins Gewissen zu reden, während Natalia mit dem Laptop verschwindet. Weicht nicht vom Plan ab. Verstanden?«

»Ja«, sagte Jessica.

»Natalia?«

»Okay. Wenn Sie meinen.«

»Das *meine* ich!«, fauchte Nathan. »Jessica hat mehr Erfahrung im Einsatz als du. Du folgst ihren Anweisungen. Verstanden?«

»Natürlich. Ich werde den Anweisungen Ihres Patenkinds Folge leisten.«

Jessica zuckte zusammen. Das war schwach. Sie kamen meist gut miteinander aus, aber Natalia fühlte sich offenbar übergangen. Sie war also genau wie Bree der Meinung, dass sie wegen ihrer familiären Verbindungen bevorzugt behandelt wurde. Würde sie heute Probleme machen? Sie konnten es sich nicht leisten, die Operation aufgrund ihrer Egos oder kindischen Streitereien zu gefährden. Natalia hatte keine Ahnung, an welchen gefährlichen MI6-Missionen sie schon teilgenommen hatte, bevor sie bei Westwood einsteigen konnte.

»Okay, Mädchen, nachdem das jetzt geklärt ist, geht rein!«, sagte Nathan. »Viel Glück.«

Jessica und Natalia holten ihre speziell angefertigten Fahrradpumpen aus ihren Rucksäcken und zielten auf die Oberkante der Mauer. Enterhaken schossen heraus und hakten sich in den Ziegeln fest. Ein paar Sekunden später fielen dünne Seile herab. Gemeinsam erklommen sie die Mauer und zogen sich hoch. Natalia war zuerst oben. Jessica folgte ihr kurz danach. Sie schwang ihre Beine über die Mauer, holte das Seil ein und richtete ihre Armbanduhr auf die Lampe der Grundstücksüberwachung. Ein Pfeil zerschnitt das Glas.

»Guter Schuss«, murmelte Natalia.

»Danke. Drei, zwo, eins. Los!«

Sie sprangen auf den Kies und rannten auf ein hohes Backsteingebäude zu, das neben dem Haupthaus stand. Im Highfield Boarding House waren sechzig Jungen im Alter zwischen dreizehn und achtzehn Jahren, ihr Hausvater und die Hausmutter untergebracht. Falls einer von ihnen aufwachte und ihnen entgegenstolperte, wäre ihre Mission im Eimer. Die Eingänge befanden sich vorn und hinten, aber beide wurden nachts abgeschlossen und ließen sich nur durch die Eingabe eines Sicherheitscodes benutzen.

Jessica hatte ihren diamantenen Schlüsselring schon in der Hand. Er enthielt einen Scanner, der die Zahlen identifizieren würde, die sie drücken musste. Als sie den Eingang erreichte, holte Natalia sie ein.

»Irgendwas stimmt nicht«, hauchte sie.

Jessica blickte über Natalias Schulter. Die Tür war nur angelehnt. Das sah nicht gut aus. Die Schule würde so etwas niemals erlauben; jeder konnte rein und raus, was die Sicherheit sämtlicher Schüler gefährdete.

»Was sollen wir tun, Nathan?«, fragte Jessica, die sich das Zahlenfeld am Eingang genauer ansah. »Die Tür steht offen. Jemand hat daran herumgedoktert.«

»Mit äußerster Vorsicht weitermachen!«

Man hatte sie gewarnt, dass alle Korridore mit Nachtlichtern ausgestattet wären, aber das Haus war völlig dunkel. Noch ein schlechtes Zeichen!

»Wir brauchen Nachtsicht.« Jessica wühlte in ihrem Rucksack.

Die Mädchen setzten Brillen auf und betraten die finstere Eingangshalle. Henrys Zimmer lag im dritten Stock. Den Plänen entsprechend, auf die Sam zugegriffen hatte, bewohnten der Hausvater und seine Familie das gesamte Erdgeschoss. Sie hatten zwei große Labradorhunde, Silky und Sabba, die gebändigt werden mussten. Natalia hielt eine kleine Haarspraydose in der Hand, deren Inhalt der MI6 bearbeitet hatte. Ein paar Spritzer würden die Hunde sofort in Tiefschlaf versetzen; nach ein paar Stunden würden sie unversehrt wieder aufwachen.

»Stopp!«, wisperte Jessica und hielt Natalias Hand fest. »Schau – dort drüben!« Beide Hunde lagen nicht weit voneinander entfernt auf dem Fußboden.

Natalia schlich sich auf Zehenspitzen heran und streichelte ihr Fell. »Sie sind betäubt worden. Jemand war vor uns da.«

»Das *Kollektiv* ist hier, Nathan«, zischte Jessica.

»Verstanden! Bree und Sasha – geht rein! Ich fordere weitere Rückendeckung an.«

Jessica rannte, zwei Stufen auf einmal nehmend, die Treppe hoch. Natalia folgte ihr. Sie erreichten ungestört das erste Obergeschoss. Als sie den dritten Stock betraten, schlug eine Tür zu. Die Mädchen drückten sich auf dem Treppenabsatz an die Wand. Sie warteten ein paar Sekunden, bevor sie weitergingen.

»Lass mich zuerst die Lage prüfen«, sagte Jessica leise. »Warte hier, bis ich dir ein Zeichen gebe.«

»Nein, das kann ich selber! Ich hab zwar keinen Verwandten beim MI6, aber ich bin genauso gut wie du!« Bevor sie Natalia stoppen konnte, lief sie schon los. Ein helles weißes Licht ließ den Treppenabsatz explosionsartig aufleuchten. Ein lauter Schrei – dann ein Knall.

»Wir werden angegriffen!« Jessica lief im Korridor zu Natalia, die reglos am Boden lag. Wieder blitzte ein Licht auf, das sie blendete. Als sie sich die Brille herunterriss, prallte Jessica mit etwas Festem zusammen. Abrupt wirbelte sie herum und konnte eine dunkle Gestalt ausmachen, die wegrannte. Sie nahm die Verfolgung auf, dabei hielt sie sich die Seite. Am Ende des Korridors barst eine Glasscheibe. Ohne abzubremsen sprang die Gestalt durch das gesplitterte Fenster. Eine Taschenlampe, die pulsierendes weißes Licht ausstrahlte, schepperte zu Boden.

»Der Eindringling ist auf der Westseite des Gebäudes aus einem Fenster gesprungen«, meldete Jessica keuchend.

»Wir sind dran«, antwortete Nathan.

Sie kniff die Augen zusammen und hob die Lampe auf. So ein Ding hatte sie erst ein einziges Mal bei ihrer Ausbildung gesehen. Damit sollten Nachtsichtgeräte unbrauchbar gemacht werden. Der Angreifer war gut vorbereitet gewesen, indem er ein militärisches Spionage-Werkzeug benutzte.

Jessica lief zu Natalia und fühlte ihren Puls. Sie war bewusstlos, atmete aber noch. Als sie die Taschenlampe auf ihren Hals richtete, fielen ihr zwei nebeneinander liegende Brandflecken auf. Der Angreifer hatte einen Elektroschocker benutzt, um Natalia außer Gefecht zu setzen. Jessica leuchtete den Gang auf und ab. Sie konnte Rauch riechen. Woher?

Eine Tür flog auf und ein Junge starrte mit zusammengekniffenen Augen auf die Taschenlampe.

»Was ist hier los?«, murmelte er. »Wer bist du?«

Sie ignorierte ihn, weil Nathan wieder in ihrem Ohr zu hören war. »Hol den Laptop und such Henry Murray! Lauf, bevor dich jemand entdeckt!«

Zu spät. Sie sprang auf die Füße, als der Feueralarm losheulte. Noch mehr Jungen kamen aus ihren Zimmern und rieben sich die Augen.

»Okay, hört mir mal alle zu!«, brüllte Jessica, um die Sirene zu übertönen. »Das ist keine Übung. Ihr müsst das Gebäude räumen. Geht nicht in eure Zimmer zurück.« Sie reichte einem der älter aussehenden Jungs die Taschenlampe. »Nimm die und bring die anderen raus!« Sie nickte seinen Kumpels zu. »Helft das Mädchen rauszutragen – sie ist ohnmächtig geworden.«

Die Schüler hoben Natalia hoch und beteiligten sich an der Evakuierung.

Jessica lief schnell auf Henrys Zimmer zu. Als sie die Tür aufriss, schlug ihr eine stickige Woge aus Dampf und Hitze entgegen. Sie trat einen Schritt zurück. Flammen krochen aus einem Papierkorb, an der Wand entlang und steckten die Vorhänge in Brand. Daneben lag ein blutverschmierter Baseballschläger.

Ein blonder Junge in Jeans, Pullover und Turnschuhen lag auf dem Teppich, aus seiner Stirn sickerte Blut. Er versuchte, auf den Ellbogen zur Tür zu robben.

»Henry!« Jessica bedeckte Mund und Nase mit dem Ärmel ihres Pullovers und machte einen Satz nach vorn. Sie packte den Jungen unter den Achselhöhlen und zog ihn auf die Füße. »Hier. Komm, stütz dich ab!«

»Krieg keine Luft.« Henry hustete stark, als er einen Arm um ihre Schulter legte.

»Los!«, rief sie.

Sie stolperten aus der Tür. Jessica zog sie zu und half ihm weiter den Flur entlang. Doch Henrys Beine knickten unter ihm ein, und er sank zu Boden. Er berührte seine Stirn, die blutig und feucht war. Die klaffende Wunde war ungefähr zwölf Zentimeter lang und tief.

»Mein Laptop brennt«, stammelte er. »Er liegt im Mülleimer. Er ist meine Lebensversicherung. Ohne ihn bin ich tot.«

»Ich hol ihn.« Sie packte einen Feuerlöscher, riss die Zimmertür auf und rang im Flammenmeer und beißenden Rauch nach Atem. Ihre Augen brannten. Immer und immer wieder besprühte sie den Mülleimer und rückte näher. Sie konnte kaum noch atmen.

Plötzlich spürte sie, wie jemand ihren Arm packte und zurückzog.

»Wir müssen von hier verschwinden, bevor man uns erwischt«, sagte Bree. »Die Mission wurde abgeblasen.«

»Lass mich los! Ich muss doch den Laptop holen!« Jessica versuchte, sich aus Brees Griff zu befreien.

»Er ist weg.«

Jessica schubste sie von sich. »Nein! Für wen arbeitest du überhaupt?«

Warum hatte Nathan nicht auf sie gehört? Das war jetzt der zweite Einsatz, dem Bree zugeteilt worden war und der furchtbar danebenging. Das *Kollektiv* wusste, dass sie kommen würden, und hatte schneller gehandelt. Hatte Bree irgendwelchen Leuten ihre Pläne verraten?

Bree runzelte die Stirn. »Wovon redest du?«

»Sie arbeitet für mich«, war Nathan in Jessicas Ohrstöpseln zu hören. »Ich habe Bree losgeschickt, um dich herauszuholen. Sie folgt meinen Anweisungen. Brecht die Mission ab und macht euch rar, bevor man euch festnimmt. Los jetzt!«

Jessica stolperte rückwärts. Der Brand hatte sich bis zum Bett und zur Decke ausgebreitet. Mit einem einzigen Feuerlöscher konnte sie ihn nicht bekämpfen. Innerhalb von Minuten würde das ganze Zimmer in Flammen stehen. Sie schlug die Tür zu und schaute den Korridor entlang. »Wo ist Henry? Er war doch eben noch hier!«

»Sasha hilft ihm die Treppe runter, Nathan wartet unten auf sie. Er bringt ihn und Natalia ins Krankenhaus.« Bree schwieg, als sie Sirenen hörten. »Die Feuerwehr wird gleich hier sein. Wir müssen weg.«

»Warte einen Moment!«

Jessica lief durch den Flur und sah nach, ob alle Jungen ihre Zimmer verlassen hatten. »Alles klar.«

»Was macht ihr hier?«, brüllte jemand. »Habt *ihr* das Feuer gelegt?« Ein Mann mittleren Alters, der einen roten Bademantel trug, stand am Ende des Korridors. Jessica erkannte ihn vom Foto der MI6-Datei. Es war der Hausvater, Sean Hughes.

»Wir haben nichts damit zu tun«, brüllte sie zurück. »Wir haben von der Straße aus die Flammen gesehen und wollten helfen. Die Eingangstür stand offen. Alle Jungs sind weg. Schauen Sie in den anderen Stockwerken nach!«

Mr Hughes zögerte und stolperte dann davon. Er hielt sich den Ärmel seines Bademantels vor den Mund. Draußen heulten Sirenen, die Feuerwehr war vorgefahren.

»Die Mannschaft wird gleich hier oben sein. Wie kommen wir raus?« Brees Gesicht war angstverzerrt.

Sie war wieder einmal – mitten in einem Einsatz – wie erstarrt. Was war nur mit ihr los?

»Mir nach!« Jessica lief auf das Fenster zu, aus dem der Eindringling entwischt war. Sie konnten es ihm gleichtun. Jessica spähte hinaus. Der Sammelpunkt für Feuerwehr und Bewohner musste sich an der Vorderfront befinden. Jessica und Bree könnten also unbeobachtet fliehen und sich am Boden wieder zusammenfinden. Jessica kletterte durch das Fenster, wobei sie achtgab, dass sie sich nicht schnitt: aus dem Fensterrahmen ragte eine Glasscherbe heraus. Am Holz war immer noch ein Enterhaken, und daran ein Seil befestigt. Die Person, die Henry überfallen und seinen Laptop in Brand gesetzt hatte, musste den Haken ans Fenster geschossen haben. Er sah dünner und leichter aus als der, den der MI6 benutzte. Trotzdem hatte er das Glas völlig zerschmettert. Wies der Haken vielleicht einen pulsierenden Mechanismus auf? Wenn ja, dann war diese Technik deutlich fortgeschrittener als die des MI6.

Jessica richtete ihre Taschenlampe auf den Fensterrahmen. Bree war hinter ihr.

»Warte kurz!« Jessica zog einen dünnen silbrigen Faden aus dem Holz und steckte ihn in den kleinen Plastikbeutel, den sie aus ihrer Tasche holte.

»Was ist das?«

»Der Eindringling hat ihn zurückgelassen. Er stammt wahrscheinlich von seiner Kleidung.«

»Interessant. Jetzt aber los!«

Jessica ergriff den Strick und seilte sich ab. Einen Meter über dem Boden sprang sie auf den Kies.

»Nathan? Bist du da? Hast du Henry?« Sie berührte ihr Ohr.

»Er ist bereits mit Natalia im Krankenwagen«, erwiderte er. »Entfernt euch vom Grundstück! Unser Standort ist ungeschützt. Mindestens zwei Polizeiwagen sind unterwegs.«

Jessica schaute nach oben. Bree baumelte immer noch am Fensterrahmen.

»Nun mach schon!«, zischte Jessica.

Bree ließ sich vorsichtig herunter.

»Spring!«, drängte Jessica. »Jetzt!«

Bree blickte in die Tiefe. Sie machte ein entsetztes Gesicht. Endlich ließ sie los.

»Wir gehen so raus, wie Natalia und ich hereingekommen sind.«

Jessica rannte zur Mauer und packte das Seil. Geschickt zog sie sich hoch, eine Hand über die andere greifend. Dicht hinter ihr folgte Bree. Sie sprangen auf die Straße. Unten angekommen sackte Bree zusammen und steckte den Kopf zwischen ihre Knie.

»Komm schon! Wir haben keine Zeit zum Ausruhen.« Jessica packte Bree am Arm und zog sie auf die Füße.

Bree schüttelte ihre Hand ab. »Ich brauche deine Hilfe nicht. Was hast du damit gemeint, als du mich gefragt hast, für wen ich arbeite? Hat das was damit zu tun, dass Nathan mich in der letzten Minute gegen Natalia ausgetauscht hat? Ich wette, du hast deinen Patenonkel darum gebeten, stimmt's? Wieso?«

»Das kannst *du* mir vielleicht sagen. Woher wusste das *Kollektiv*, dass wir heute Abend kommen wollten?«

Brees Augen wurden schmal. »Sie müssen in unser Kommunikations- oder Computersystem eingedrungen sein. Das ist die einzige Erklärung.«

»Wenn du meinst.« Das war allerdings nicht die Theorie, die Jessica hatte.

»Was unterstellst du mir? Was hast du schon wieder hinter meinem Rücken zu Nathan gesagt?«

Jessica schüttelte den Kopf. Bree zitterte vor Wut. Es hatte keinen Sinn, die Sache jetzt zu besprechen. Sie würde nur abstreiten, eine Doppelagentin zu sein.

»Sie könnten uns erwischen. Natalias Fahrrad steht dort drüben. Nimm's dir und hau ab!« Jessica zeigte auf die Büsche. Schnell rannte sie los, um ihr eigenes zu holen. Es stand immer noch da, wo sie es abgestellt hatte. Als sie sich auf den Sattel schwang, wackelte das Rad hin und her.

Ein Reifen war platt.

Bree machte eine Kehrtwende. »Nimm meins! Ich schaffe es auch zu Fuß.«

Jessica blickte überrascht auf. »Nein, fahr du! Es geht schon.«

Bree zögerte. »Ich weiß nicht, was du Nathan heimlich von mir erzählt hast, aber du liegst wirklich total daneben. Einige von uns mussten nämlich richtig schuften, um einen Platz in diesem Team zu ergattern.« Sie fuhr davon, ohne noch einmal zurückzuschauen.

Jessica warf das Fahrrad beiseite. Täuschte sie sich, was Bree betraf? Vielleicht. Vielleicht auch nicht. Möglicherweise hatte Bree ihre Hilfe nur angeboten, um sie von ihrem Verdacht abzubringen. Jessica rannte an der Mauer entlang und spähte hindurch. Dutzende Jungs in Schlafanzügen und Bademänteln hatten sich in Grüppchen versammelt. Der Hausvater stand etwas abseits und hielt ein Klemmbrett in den Händen, dabei brüllte er Namen. Als zwei Krankenwagen mit heulenden Sirenen losfuhren, unterbrach er den Appell.

»Natalia und Henry sind auf dem Weg ins Krankenhaus«,

sagte Nathan in ihrem Ohr. »Ich folge mit dem Van. Geh nach Hause, Jessica! Für heute ist es genug. Du musst später zur Nachbesprechung vorbeikommen. Ich werde dir die Einzelheiten mitteilen. Bitte deinen Vater, ein Entschuldigungsschreiben für die Schule zu verfassen.«

»Mach ich.«

Super. Jamie würde ihre Abwesenheit bemerken und wissen wollen, was los war. Also müsste sie sich noch eine weitere Lüge ausdenken. Als sie sich abwandte, fiel ihr ein großer Junge auf, der sich von den anderen entfernte. Er trug einen blauen Bademantel mit einer Kapuze, die sein Gesicht verdeckte. Das war seltsam. Er war nicht barfuß und hatte auch keine Hausschuhe an wie die übrigen Internatsschüler. Unter dem Mantel lugten Turnschuhe und Jeans hervor.

»Henry!« Jessica stürzte aus ihrem Versteck und rannte auf ihn zu.

Der Junge zuckte zusammen und fuhr herum. Sein blutverschmiertes Gesicht war angstverzerrt.

»Komm nicht näher!«, kreischte er.

Er lief los und warf im Rennen seinen Bademantel ab. Andere Jungen starrten ihm nach und zeigten mit dem Finger auf ihn.

»Nathan! Melde dich!«, schrie Jessica beim Rennen.

Stille.

Nathan hatte sein Kommunikationsgerät ausgeschaltet. »Sasha? Bree? Seid ihr da? Redet mit mir!«

Henry hatte sie ausgetrickst. Er musste einen Freund überredet haben, seinen Platz im Krankenwagen einzunehmen. Gerade noch rechtzeitig lief Jessica um die Ecke: Henry erklomm gerade die hohe Mauer eines Parks. »Stopp!«

Der Junge verharrte und schaute über seine Schulter. Er saß rittlings auf der Mauer. »Wer bist du? Was willst du von mir?«

Auf keinen Fall konnte sie ihren richtigen Namen nennen. »Ich bin Jenny. Der MI6 hat mich geschickt.«

»Es geht um LibertyCrossing, stimmt's?«

Jessica nickte. »Wir wollen dir helfen. Wir können dich schützen. Ich muss dich mitnehmen.«

»Du kapierst es nicht, oder? Du kannst mich nicht vor LibertyCrossing oder dem Rest des *Kollektivs* schützen. Das kann niemand.«

»Doch, wir schon. Versprochen. Wer ist der Anführer des *Kollektivs*? Wer hat heute Nacht versucht, dich zu töten?«

Henry zögerte. »Jemand, der viel mächtiger als der ganze MI6 ist.« Er schwang das andere Bein über die Mauer und sprang.

Kapitel Acht

»Ich fürchte, Ihre Tochter ist in großen Schwierigkeiten, Mr Cole.«

Jessica und ihr Vater saßen auf unbequemen Plastikstühlen im Büro des Schulleiters. Richard Reynolds musste seinen Schreibtischstuhl weit nach oben gedreht haben, denn er überragte sowohl sie als auch ihren Vater, obwohl der fast einen Meter neunzig groß war. Wahrscheinlich hatte er den Sitz seines Stuhls absichtlich verstellt. Sie schaute auf die Uhr an der Wand. Es war Punkt neun und der allerschlimmste Montagmorgen, den sie je erlebt hatte. Nach ihrem Einsatz konnte sie nur wenige Stunden schlafen, bevor ihr Vater sie mit der schlechten Nachricht geweckt hatte, man hätte sie wegen einer dringenden disziplinarischen Besprechung in die Schule bestellt.

»Könnten Sie uns bitte darüber aufklären, worum es geht?«, bat ihr Vater freundlich.

»Soll ich es ihm sagen, oder willst du es tun?« Der grauhaarige Mann starrte Jessica böse an.

»Ich hab keine Ahnung, worauf Sie hinauswollen.«

Mr Reynolds schlug mit der Hand auf den Schreibtisch. »Versuche nicht, mich für dumm zu verkaufen! Deine Aktivitäten am Wochenende werden bittere Konsequenzen haben. Es wäre besser, du gibst jetzt zu, dass du in das Computersystem der Schule eingedrungen bist.«

Oh, nein! Jessica tauschte besorgte Blicke mit ihrem Vater.

Mit leicht zitternden Händen klammerte sie sich an ihren Stuhl. »Ich weiß nicht, was Sie meinen, Mr Reynolds. Sagen Sie es uns bitte!«

»Gut. Wie du willst. Um genau dreizehn Uhr sechsundzwanzig hast du dich gestern in den Computer der Schule eingehackt und …«

»Nein, hab ich nicht!«

»Bitte lass mich ausreden!« Der Schulleiter sah sie wütend an. »Wie ich bereits sagte, hast du dich eingehackt und vertrauliche Informationen über jedes einzelne Mitglied des Lehrkörpers abgerufen – Geburtsdaten, Privatadressen, Telefonnummern und so weiter – und in der Online-Partnerbörse für Senioren www.oapsneedlove2 hochgeladen.«

Jessica fiel die Kinnlade herunter. »Ich kann Ihnen versichern …«

»Und wie mir die IT-Abteilung mitteilte, hast du gleich danach die ganze Schule samt Inhalt – einschließlich persönlicher Informationen über jede Schülerin und jeden Schüler der elften Klasse – auf eBay zum Verkauf angeboten, und zwar mit einem Eröffnungsgebot von einem Penny.«

Sprachlos schaute Jessica ihren Vater an. Der Hacker-Angriff hatte ungefähr zur gleichen Zeit stattgefunden, in der sie seinen Computer benutzt hatte, um sich in das MI6-Konto einzuloggen. Das musste das Werk des *Kollektivs* sein. Die Hacker hatten die Gelegenheit genutzt, um ihre Software zu Hause anzugreifen und sie selbst in Schwierigkeiten zu bringen.

»Findest du deine Heldentat lustig?«, fuhr Mr Reynolds fort. »Ich nicht, das kann ich dir versichern. Und von den Mitgliedern meines Lehrkörpers auch keiner. Lehrerinnen und Lehrer haben bereits Anrufe und E-Mails von der Online-Partnervermittlung erhalten.«

»Ich kann Ihnen versichern, dass Jessica nichts damit zu tun hat«, begann ihr Vater.

»Unsere IT-Abteilung hat die Spur bis zu ihrem Facebook-Konto verfolgt, wo sie mit ihrer Großtat prahlte. Mir wurde mitgeteilt, dass dies heute Morgen um vier Uhr erschien.« Mr Reynolds nahm ein Stück Papier in die Hand, das auf seinem Schreibtisch gelegen hatte. »›Guckt euch die Website www.oapsneedlove2 an – Hackebeil Hatcham findet seine Seelenverwandte. Nicht. Jessica ;)‹.«

Seit sie WhatsApp und Snapchat hatte, benutzte Jessica Facebook nur noch selten, und hätte den unbeliebtesten Lehrer an der Schule ganz bestimmt nicht angegriffen. Die Nachricht war kurz nach ihrer Rückkehr vom vermasselten Überfall auf die Internationale Schule erschienen. Wollte LibertyCrossing Rache nehmen, weil sie Henry Murray vor dem Brand gerettet hatte? Sein Angreifer hatte wahrscheinlich gehofft, dass er an einer Rauchvergiftung starb, nachdem er ihm eins mit dem Baseballschläger verpasst hatte.

»Das hab ich nicht geschrieben.«

»Wirklich nicht?«, fuhr Mr Reynolds fort. »Und was ist mit diesem Brief, der um halb fünf von deinem E-Mail-Konto aus an die Eltern sämtlicher Schülerinnen und Schüler dieser Schule geschickt worden ist?«

Jessica stöhnte innerlich. »Was steht drin?«

»Du willst dich also unbedingt weiter verstellen?« Er sah sie finster an und las vor:

»Liebe Eltern,
ich möchte Ihnen mitteilen, dass die Schule heute geschlossen bleibt. Machen Sie sich also nicht die Mühe, Ihre Gören in die Schule zu schicken, weil ich sie nicht reinlassen werde.

Mit unfreundlichen Grüßen
Ihr elender Schulleiter
Richard Reynolds.«

»Das war ich auch nicht.« Jessica spürte, wie ihr Gesicht noch röter wurde. Inzwischen war es vielleicht schon dunkelbraun.

»Wie erklärst du dir dann, was passiert ist?«

»Ich denke, jemand hat sich gestern in den Computer meines Vaters eingehackt. Er hat die Kontrolle über meine E-Mail- und Facebook-Konten übernommen und mir die Schuld in die Schuhe geschoben.«

»Glaubst du wirklich, dass sich jemand solche Mühe macht, um dich in Schwierigkeiten zu bringen?«

»Ja, das glaube ich«, sagte sie. »Und es ist ...«

»Jessica!«, bellte ihr Vater.

Sie starrte ihn an. Hielt er sie wirklich für so dumm? Sie würde doch nichts über den letzten Westwood-Fall verraten!

»Jessica sagt die Wahrheit, was die Probleme betrifft, die wir mit unserem PC haben«, erklärte ihr Vater. »Ich habe mich an meine Bank gewandt. Jemand hat sich definitiv in mein Konto eingehackt, und meine Gelder wurden gesperrt. Ich kann Ihnen eine Mitteilung der Internetbetrugs-Abteilung der Bank zukommen lassen, die das alles bestätigt. Ich würde auch gern die Dienste eines IT-Profis in Anspruch nehmen, der die Ausrüstung der Schule und unseren Heimcomputer überprüfen könnte. Auf diese Weise können wir dieser bedauerlichen Angelegenheit auf den Grund gehen.«

»Danke«, sagte Mr Reynolds steif. »Dies scheint die vernünftigste Maßnahme zu sein. In der Zwischenzeit habe ich leider keine andere Wahl, als Jessica vom Unterricht auszuschließen, bis dieser Vorfall gründlich untersucht worden ist.«

»Ist das wirklich nötig? Ich bin sicher, dass meine Tochter schon in wenigen Tagen entlastet wird.«

»Dann darf sie selbstverständlich gern wieder zur Schule kommen. Aber bis dahin kann ich nicht gestatten, dass sie sich auf dem Grundstück aufhält. Kein Lehrer wird nach allem, was passiert ist, bereit sein, sie zu unterrichten. Was ich ihnen nicht verdenken kann.«

»Es ist okay«, sagte Jessica und stand auf. »Ich verstehe. Mach dir keine Sorgen, Dad. Ich bin noch vor dem Wochenende wieder in der Schule.«

Jessicas Vater erhob sich unsicher. »Sie machen einen großen Fehler, Mr Reynolds. Ich erwarte eine persönliche Entschuldigung meiner Tochter und mir gegenüber, wenn das Ganze vorbei ist.«

»Die Sie bekommen werden, sobald und *wenn* der gute Ruf Ihrer Tochter wiederhergestellt worden ist. Ich muss mich jetzt jedoch um einige sehr unglückliche Lehrer und Eltern kümmern. Ich habe das Gefühl, dass dies ein sehr langer Tag werden wird.«

Er hatte ja keine Ahnung. Wenn Mitglieder des *Kollektivs* ein derartiges Chaos an der Schule verursachen konnten, nachdem sie ihre Identität geklaut hatten – welchen Schaden hatten sie dann erst beim MI6 angerichtet?

»Es gibt gute und schlechte Nachrichten«, sagte Nathan und eröffnete die Westwood-Krisensitzung.

Jessica hielt die Luft an. Hatte Sam Hewitt, der Systemanalyst des MI6, endlich entdeckt, dass sie wegen Sargasso die Sicherheitsbestimmungen verletzt hatte? Kurz nach dem Duell mit Mr Reynolds war sie per SMS zu einer dringenden Nachbesprechung ins Hauptquartier des MI6 gerufen worden und hatte seitdem wie auf glühenden Kohlen gesessen. Als sie eintrat, hatte Bree sich geweigert, Augenkontakt mit ihr aufzunehmen, was ebenfalls ein schlechtes Zeichen war, aber Celia hatte sie kurz angelächelt.

Die Tür flog auf und Sasha stürmte schnaufend und mit rotem Gesicht ins Zimmer. Sie warf sich auf einen Stuhl. »Tut mir leid, dass ich mich verspätet habe. Ich musste bei der Mathe-Arbeit so tun, als ob ich Migräne hätte, und dann hat es gedauert, bis die Krankenschwester in der Schule mich endlich gehen ließ.«

Arme Sasha. Vom Unterricht ausgeschlossen zu sein war zwar nichts Gutes, aber für Jessica war es dadurch viel leichter als sonst gewesen hierherzukommen.

»Jetzt bist du ja da, Sasha. Das ist das Wichtigste«, sagte Nathan schnell. »Die gute Nachricht ist, dass sich Natalia voraussichtlich vollständig erholen wird. Sie ist im Krankenhaus, weil sie einen schweren Elektroschock erhalten hat, wird aber keinen dauerhaften Schaden davontragen. Wir versuchen noch immer herauszufinden, welche Waffe in der Nacht bei diesem Angriff benutzt wurde.«

Jessica schauderte bei dem Gedanken an Natalias Brandwunden. Wenn sie doch bloß an ihr Training gedacht hätte – immer auf eine Attacke vorbereitet sein, wenn man sich in feindlicher Umgebung bewegte. Stattdessen hatte sie Jessica wie ein Kindskopf darauf hingewiesen, dass die Tatsache, ein Familienmitglied beim MI6 zu haben, ihr noch lange nicht das Recht gab, Befehle zu erteilen.

»Eine weitere gute Nachricht ist: Wir glauben nicht, dass das *Kollektiv* Henry Murray schon gefunden hat.« Nathan ließ seine Fingerknöchel knacksen. »Mitglieder vermelden, dass sie auf der Suche nach ihm sind.«

»Und die schlechte Nachricht?«, fragte Jessica zaghaft.

»Unser System ist achtundvierzig Stunden lang gehackt worden, und wir haben den Anführer des *Kollektivs* noch immer nicht gefunden. Außerdem haben wir keine Ahnung, wo Henry ist. Er ist heute Morgen nicht in der Schule erschienen und von seinem Schulleiter und Vater als vermisst gemeldet worden. Er hat auch nicht versucht, Verbindung mit seiner Familie in Kanada oder mit Freunden hier aufzunehmen. Er ist völlig abgekoppelt vom Netz – keine Anrufe oder SMS, keine Kontoabhebungen mit seiner Kreditkarte, keine E-Mails, und er ist in ganz London von keiner Überwachungskamera erfasst worden. Nichts.«

Puh! Nathan wusste also doch nichts von ihren Machenschaften am Computer. Sie räusperte sich. »Henry hat nicht geglaubt, dass der MI6 ihn vor dem *Kollektiv* schützen kann. Er hatte wahnsinnige Angst gestern Nacht. Bis er weiß, was er als Nächstes tun kann, ist er irgendwo untergetaucht. Bestimmt weiß Henry, dass seine einzige Chance die ist, unentdeckt zu bleiben. Das heißt, dass er weder sein Handy noch irgendwelche anderen elektronischen Sachen benutzt.«

Nathan nickte. »Er hat auch allen Grund, Angst zu haben. Vor ein paar Stunden ordnete LibertyCrossing an, dass alle Hacker Henry Murray suchen sollen, indem sie seine Kreditkarte, seine Oyster-Card, sein Handy und sonstige elektronischen Geräte überwachen. Sobald er eins davon benutzt, werden ihn Mitglieder des *Kollektivs* finden.«

»Wir müssen ihnen zuvorkommen«, sagte Celia. »Aber wie?«

Jessica warf einen Blick auf ihr Gegenüber. Die fantastisch aussehende dreiundzwanzigjährige Rothaarige hatte während ihrer Ausbildung ein Seminar mit dem Titel »Wie man ein Doppelleben führt« geleitet. Celia wusste, wovon sie sprach.

Man hatte sie vor Kurzem zum neuen Gesicht von Burberry und Thierry-Mugler-Parfum erklärt. Gleichzeitig rückte sie bei Westwood in die Spitzenliga auf.

»Wir werten Henrys SMS-Nachrichten und E-Mails der vergangenen Woche aus.« Nathan schob wieder mal seine Brille auf dem Nasenrücken hoch und ließ zum x-ten Mal die Fingerknöchel knacksen. Er hatte dunkle Ringe unter den Augen. Wann hatte er zum letzten Mal geschlafen? Wahrscheinlich Freitagnacht, bevor es mit dem Hacker-Angriff losging.

»Westwood-Agenten werden herangezogen, um mit Henrys Freunden zu sprechen, wobei sie vorgeben, als freiwillige Helfer für eine Anti-Mobbing-Organisation zu arbeiten«, fuhr er fort. »Seinen Mitschülern wurde bereits erklärt, dass er gemobbt worden ist. Jessica, du fragst seine Freunde nach möglichen Schikanen aus und holst dir gleichzeitig weitere Infos ein.«

Jessica nickte. Das würde sie glaubwürdig hinbekommen. Außerdem hatte sie ja den ganzen Tag Zeit. Sobald die Besprechung vorbei wäre, müsste sie Nathan berichten, was in der Schule passiert war.

»Wir müssen uns darauf konzentrieren, LibertyCrossing und die Person, die Henry gestern Nacht attackiert hat, zu identifizieren«, erklärte Nathan.

»Es könnte ein und dieselbe Person sein«, meinte Celia.

»Das ist gut möglich«, sagte Nathan. »Aber wieso hat LibertyCrossing sich plötzlich gegen Henry gewandt? Er ist einer der besten Hacker und treuesten Anhänger des *Kollektivs*. Er stand lange Zeit in direktem Kontakt mit LibertyCrossing.«

»Henry behauptete, dass der Laptop seine Lebensversicherung sei«, warf Jessica ein. »Er schien anzunehmen, dass der Laptop das Einzige war, was ihn am Leben halten könnte. Vielleicht hatte er sich mit dem Leiter des *Kollektivs* gestritten oder ihn erpresst.«

»Möglicherweise wurde LibertyCrossing klar, dass Henry zu viel wusste und zwangsläufig alles ausplaudern würde, wenn der MI6 ihn schnappt«, überlegte Celia. »Er muss Henry endgültig zum Schweigen bringen und das Beweismaterial vernichten.«

»Und wir müssen sobald wie möglich herausfinden, was Henry weiß. Für den MI6 heißt das: Alle Mann an Deck! Uns bleiben nur noch zwei Tage bis zum Ablauf der vom *Kollektiv* gesetzten Frist.«

Nathans Handy vibrierte. »Bringen Sie ihn hoch«, sagte er zu dem Anrufer. »Wir sind im Konferenzzimmer 304D.«

Jessica hob eine Augenbraue. »Wir kriegen Gesellschaft?«

»Die CIA hat sich bereit erklärt, uns zu helfen, weil sie auch die USA im Visier haben. Sie hatten schon früher mal mit dem *Kollektiv* zu tun. Die CIA leiht uns einen Agenten, der uns einen tieferen Einblick in die Hacker-Organisation ermöglichen kann.«

Nathan war nicht in der Stimmung, auf den Besucher zu warten. Er kritzelte irgendwelche Notizen, während Bree und Sasha vom Einsatz der vergangenen Nacht berichteten. Passenderweise ließ Bree den Teil aus, als sie vor Henrys Zimmer erstarrt und ihr kein Fluchtplan eingefallen war. Typisch. Jessica knabberte an ihren Fingernägeln herum. Wenn sie es doch bloß geschafft hätte, den Angreifer aufzuhalten oder sein Gesicht zu sehen. Sie konnte nur eine vage Beschreibung abgeben: eine schlanke Gestalt, eins siebzig oder eins zweiundsiebzig groß, die dunkle Kleidung und eine Sturmhaube trug. Der Faden, den sie am Fensterrahmen gefunden hatte, könnte einen Hinweis geben, aber sie hatte noch keine Gelegenheit gehabt, ihn der Forensik auszuhändigen. Gleich am Morgen hatte sie Lucas anrufen wollen, einen Freund, der dort arbeitete, war aber wegen der frühen Besprechung in der Schule aus der Bahn geworfen worden. Lucas war cool. Er würde dafür sorgen, dass jemand den Faden bei ihr zu Hause abholen und noch am selben Tag analysieren lassen würde. Wenn sie Glück hatten, stammte der Faden von einem Stoff, der nicht massenproduziert wurde. Damit könnte man den Besitzer vielleicht ausfindig machen.

Als es laut klopfte, blickte Jessica auf. Eine blonde Frau steckte den Kopf durch die Tür.

Nathan legte seinen goldfarbenen Füllfederhalter beiseite. »Führen Sie ihn rein, Lucy!«

Eine dunkelhaarige Person schob sich an ihr vorbei, über der Schulter hing ein schwarzer Rucksack. Jessica fiel die Kinnlade herunter. Was um alles in der Welt …?

»Danke, dass du so schnell gekommen bist«, sagte Nathan. »Lass mich dich vorstellen!«

Zak schaute sich flüchtig im Raum um. Sein Blick blieb auf Jessica ruhen. »Hallo, schon wieder.«

Kapitel Neun

Jessica spürte zu ihrer Verärgerung, dass sie rot wurde. »Was machst *du* denn hier?«

Ein leichtes Lächeln umspielte Zaks Lippen. »Ich bin gekommen, um eure Hintern zu retten. Du kannst dich später bei mir bedanken.«

»Wovon redet der?« Sie starrte Nathan entsetzt an. Das konnte doch nicht wahr sein!

»Oh, natürlich, das hab ich ganz vergessen. Du hast Zak im Shard kennengelernt, nicht wahr, Jessica? Bree und Sasha ebenfalls.« Nathan zeigte auf die anderen Westwood-Mädchen. »Celia Tyler, das ist Zak Dane. Setz dich bitte!«

»Ähm, ich meine, ja, okay«, stotterte Jessica. »Ich kenn ihn irgendwie, was aber nicht erklärt, was er hier macht.«

Zak ließ sich ihr gegenüber auf einem Stuhl nieder. »Schön, dich wiederzusehen, Jessica. Du siehst besser aus als beim letzten Mal.«

Sie schaute ihn böse an.

»Zak arbeitet für Rodarte, der CIA-Version von Westwood«, sagte Nathan.

»Ich bin Model und Spion, genau wie du.« Zak lächelte, als er seinen dunkelgrauen Mantel und Pullover auszog und ein frisches weißes Hemd zum Vorschein kam. »Wer hätte gedacht, dass wir so viel gemeinsam haben, was?«

»Du machst Witze«, knurrte Jessica.

»Seh ich so aus?«

»Hmm. Kapier ich nicht. Du ein Spion? Ein wahnsinnig eitles Model, das ja.«

Zak machte jetzt ein verärgertes Gesicht. »Warum? Weil du mich für einen doofen, oberflächlichen Typen hältst, der ständig über seine Calvin-Klein- und andere Model-Verträge labert? In Ordnung. Weil das nämlich bedeutet, dass ich meinen Job gut mache. Dir ist überhaupt nichts aufgefallen. Aber ich hab im Shard vermutet, dass du etwas vorhast. Ich wusste nicht, was los war, bis Nathan mich heute früh über den misslungenen Einsatz informiert hat.«

Jessica starrte ihn wütend an. »Ja, danke für den Abend im Shard. Du weißt schon – weil du Mike Bescheid gesagt hast, als ich die Treppe hochgehen wollte. Das war unheimlich hilfreich. Du bist wirklich ein super Geheimagent, Zak.«

»Ich hatte doch keine Ahnung, dass du bei einem Westwood-Einsatz warst, sonst hätte ich den Mund gehalten und dir geholfen. Schade, dass deine Leute Rodarte nicht informiert hatten. Ich sag es ungern, aber wenn Westwood mich gebeten hätte, mit an Bord zu kommen, hätte ich die Shard-Sache völlig anders angegangen. Das Gleiche gilt für gestern Nacht. Wie ich gehört habe, ist dir dein stichhaltigstes Indiz entwischt, Jessica. Das war sehr fahrlässig von dir – wenn es dir nichts ausmacht, dass ich das sage. Ts, ts, ts.«

Ihre Augen wurden schmal. »Doch, es macht mir was aus. Ich hab keine Ahnung, warum Nathan meint, dass wir dich hier brauchen. Ehrlich gesagt, ich wundere mich, dass du es durch die Tür geschafft hast, wenn man bedenkt, wie groß dein Ego ist.«

»Danke gleichfalls. Wieso glaubst du eigentlich, dass du die Einzige bist, die einen guten Job machen kann?«

»Was? Was fällt dir eigentlich ein?«

»Es reicht, ihr zwei!«, schnauzte Nathan sie an. »Wir haben jetzt also festgestellt, dass ihr beide Agenten der Regierung seid. Dann benehmt euch aber auch so. Wir haben größere Sorgen als verletzte Egos, falls euch das noch nicht aufgefallen sein sollte, wie zum Beispiel dem *Kollektiv* auf der Suche nach Henry zuvorzukommen und unsere Mitarbeiter im Außendienst zu schützen. Wir haben keine drei Stunden Zeit, bis der nächste MI6-Agent im Web genannt wird.«

Jessica schaute Zak böse an. Für wen hielt er sich eigentlich? Er marschierte einfach so hier rein und tat, als ob er ihr Chef wäre! Sie würde nicht auf ihn hören. Auf gar keinen Fall.

»Zak ist einer der besten Spione von Rodarte und steigt deshalb bei Westwood ein«, fuhr Nathan fort. »Ihr müsst alle mit ihm zusammenarbeiten. Er wurde einer vollständigen Sicherheitsprüfung unterzogen und darf als Geheimnisträger an der Besprechung der *Kollektiv*-Sache teilnehmen.«

Jessica blieb der Mund offen stehen. Das war unglaublich. Sie wusste, dass das *Kollektiv* ihre höchste Priorität bleiben musste, aber den Vorfall im Shard konnte sie auch nicht einfach so vergessen. Noch nicht. »Dann lass mich eines mal klarstellen, Zak. Als du zu mir nach Hause gekommen bist und wissen wolltest, ob ich die Person, die mich attackierte, erkannt hätte, hast du die Sache für Rodarte untersucht?«

Zak nickte. »Meine Chefs wollten einen Bericht, weil die Frau des amerikanischen Botschafters angeblich in eine bewaffnete Belagerung verwickelt worden war. Sie trauten den offiziellen Berichten über einen PR-Gag, der in die Hose ging, nicht. Uns war damals noch nicht klar, dass es sich um einen Westwood-Einsatz handelte. Korrektur. Einen verbockten Westwood-Einsatz.«

Jessica holte tief Luft. Sie dachte an den riesigen Blumenstrauß, den er ihr geschenkt hatte, den Kuss auf ihre Wange und überhaupt das Flirten, über das sich Jamie so geärgert hatte. Und sie sich auch.

»Warum? Du hast doch nicht wirklich angenommen …« Zak verstummte. Er grinste sie an.

»Nein, hab ich nicht!«, sagte Jessica patzig. Sie spürte, dass sie wieder errötete. Warum stieg ihr die Hitze immer so schnell ins Gesicht?

»Was angenommen?«, fragte Sasha. »Ich bin etwas verwirrt.«

»Vergiss es«, knurrte Jessica. Sie kam sich schon dumm genug vor, dass sie gedacht hatte, Zak hätte Interesse an ihr, ohne diesen blöden Fehler vor allen Anwesenden zugeben zu müssen. »Warum bist du *wirklich* in London?«

Zak schob plötzlich seinen Stuhl zurück. Aus irgendeinem Grund war sein Gesicht auch rot geworden. »In einer Woche wird sich der Präsident der Vereinigten Staaten mit eurem Premierminister zu Wirtschaftsgesprächen treffen. Ich habe mich dem Team des Geheimdienstes angeschlossen, das vorausgeschickt wurde, um akute Gefahren in der Hauptstadt einzuschätzen. Seit diesem Wochenende ist unser Hauptinteresse das *Kollektiv*. Der Anführer der Hacker ist seit Jahren in den Staaten aktiv – er attackiert Bankkonten –, hat sich aber erst wenige Tage vor der Ankunft des Präsidenten entschieden, sich in Großbritannien zu offenbaren. Das macht uns Sorgen.«

»Ich verstehe, warum der Geheimdienst bei einem solchen Besuch, der höchste Sicherheit verlangt, involviert ist, aber warum Rodarte?«, fragte Jessica.

»Der Präsident möchte sich mit Vertretern der britischen Modeindustrie treffen, während er hier ist«, antwortete Zak kurz angebunden. »Außerdem soll seine älteste Tochter Lydia ihn auf der Reise begleiten. Bei der London Fashion Week eröffnet sie die Show für Mulberry und wird bei einer Konferenz auch vor jungen Leuten, die an Diabetes leiden, sprechen.«

Natürlich! Lydia Eastwood war ein Star in Amerika und zog lukrative Verträge mit Mulberry, Coach, Michael Kors und Estée Lauder an Land. Sie war außerdem in einer exklusiven Strecke für *Vanity Fair* erschienen, in der sie berichtete, dass sie sich freiwillig als Botschafterin für eine Wohltätigkeitsorganisation betätige, um Diabetikern zu helfen. Die Reportage war veröffentlicht worden, nachdem ihr Vater, Robert Eastwood, auf der ganzen Welt damit Schlagzeilen gemacht hatte, dass er an dieser chronischen Erkrankung litt, wobei der Körper mit der Glukosemenge im Blut nicht fertigwird.

»Wenn ich für die London Fashion Week arbeite, habe ich eine gute Deckung, *falls* der Besuch stattfindet«, sagte Zak. »Ich werde bei der Modenschau zu Lydias Schutztruppe gehören, was sie allerdings nicht weiß. Ich falle nicht so auf wie die Leute vom Geheimdienst. Sie sind ja kaum zu übersehen – ihr wisst schon: dunkle Schuhe, dunkle Brillen und so weiter. Sie sehen genauso aus wie im Kino. Ich nicht. Ich hebe mich nicht von der Masse ab. Jedenfalls nicht so.«

Er lehnte sich zurück, verschränkte die Hände im Nacken und ließ seine Muskeln unter den Hemdsärmeln spielen. Bree, Celia und Sasha warfen ihm bewundernde Blicke zu. Was für ein arroganter Typ! Warum musste ausgerechnet *er* der Rodarte-Agent sein?

»Zaks Chef hat uns seine volle Unterstützung zugesagt, unter anderem hat er uns den vollen Zugriff auf die CIA-Daten über das *Kollektiv* angeboten.« Nathan schaute auf seine Uhr. »Vielleicht kannst du jetzt weitermachen.«

Zak holte einen Ordner aus seinem Rucksack. »LibertyCrossing fing vor ungefähr fünf Jahren an, auf die Vereinigten Staaten abzuzielen. Wir haben allen Grund zu der Annahme, dass diese Person in England ansässig ist.«

»Warum?«, fragte Jessica. »Welche Beweise habt ihr?«

»Phishing-Mails unter dem Namen LibertyCrossing, die auf Internet-Adressen in Großbritannien zurückzuführen waren. Der Betrug funktionierte damals so, dass man sich in Tausende von amerikanischen E-Mail-Konten einhackte und Passwörter für Dinge wie Online-Banking stahl. Das abgezapfte Geld wurde auf Offshore-Konten eingezahlt, während der Hacker auch gefälschte E-Mails im Namen der Leute, die er bestohlen hatte, versandte und um Geld bat. Er tischte ihnen herzerweichende Geschichten auf – dass ihm zum Beispiel auf einer Reise die Kreditkarte gestohlen worden sei und er dringend Hilfe brauche. Leider glaubten viele Leute, dass ihre Freunde oder Verwandten in Schwierigkeiten seien und überwiesen sofort Geld auf Konten, bei denen es sich tatsächlich um Offshore-Konten handelte. Wir glauben, dass sich der Hacker im Lauf der Jahre mit dieser Masche Millionen von Pfund unter den Nagel gerissen hat.«

Jessica hatte auf ihrem Notizblock herumgekritzelt. Sie blickte hoch. »Hatten die Hacks mal was mit Lee Caplin zu tun? Er wäre damals vierzehn gewesen.«

»Nach den Attacken auf das Pentagon und die CIA vor drei Jahren wurden sein Computer, sein Handy und sein iPad sichergestellt. Sie enthielten keine Spur von Phishing-Mails oder andere Hinweise auf LibertyCrossing. Außerdem blieb LibertyCrossing aktiv, obwohl Lees Computer-Ausrüstung während des Auslieferungsstreits beschlagnahmt blieb.« Zak blätterte die Akte durch. »Die Hacking-Methode wurde vor achtzehn Monaten plötzlich raffinierter. Statt nach dem Gießkannenprinzip zu handeln, fing LibertyCrossing an, sich amerikanische VIPs als Opfer auszusuchen, was dann erst recht unsere Aufmerksamkeit erregte.« Er warf eine Reihe von Fotos auf den Tisch. »Politiker, Diplomaten, Hollywood-Schauspieler und -Schauspielerinnen, die Vorstandsvorsitzenden von Großunternehmen und Multimillionäre.«

Jessica starrte Bilder der berühmtesten Leute Amerikas an. »Was ist mit ihnen passiert?«

»Das sind alles Hacking-Opfer, jedoch nicht mittels Spam- oder Phishing-Mails wie zuvor. Wir konnten noch nicht feststellen, wie der Hacker tatsächlich in ihre Computer eingedrungen ist. Bei den meisten wurden die Bankkonten leer geräumt, wobei die Gelder auf unauffindbare Offshore-Konten verteilt wurden. Anderen stahl man dagegen Fotos und Personendaten. Sie mussten mit ansehen, wie furchtbare Verleumdungen, was ihr Privatleben betraf, ins Internet gestellt wurden, und sollten riesige Geldbeträge dafür bezahlen, dass das Ganze gestoppt werde. Die Cyber-Attacken ließen sich alle auf LibertyCrossing zurückführen.«

»Warum gerade diese Leute? Was haben sie miteinander gemein?«

»Ha.« Zak grinste spöttisch. »Du meinst, außer stinkreich, berühmt und offensichtliche Zielscheiben zu sein?«

Jessica schaute ihn böse an. »Es könnte ja immerhin noch etwas anderes geben, worauf *du* nicht gekommen bist.«

Jetzt machte Zak ein wütendes Gesicht.

Nathan ignorierte beide und blätterte in den Fotos herum. »Komisch, dass der Modus Operandi von LibertyCrossing sich bei den Attacken in Großbritannien an diesem Wochenende erneut geändert hat. Er fing als Dieb an, der mit verschiedenen Cyber-Methoden Millionen stahl, und machte dann weiter, indem er eine Hacker-Armee rekrutierte, Chaos verursachte und zur totalen Informationsfreiheit im Internet aufrief. Fällt euch dazu etwas ein?«

Die Tür flog krachend auf. Alle zuckten zusammen. Die Agentin Hatfield stakste im schwarzen Kostüm und auf hochhackigen Schuhen herein, gefolgt vom Agenten Booth, dem Computeranalysten Sam und drei Wächtern. Die Agentin durchbohrte Jessica mit einem wütenden Blick. Jessica errötete schuldbewusst. Oh, Gott! Sie hatten also doch die Sache mit der Sargasso-Datei entdeckt. Sie hätte Nathan sofort die Wahrheit sagen sollen, anstatt zu warten, bis man ihr auf die Spur gekommen war.

»Beenden Sie diese Besprechung sofort!«, bellte die Agentin.

»Was ist denn los?«, wollte Nathan wissen.

»Sam hat herausgefunden, wer sich am Samstag in das Computersystem des MI6 eingehackt hat«, sagte sie.

Nathan ging auf die Leute zu. »Und?«

»Es war Jessica.«

Sie schob den Stuhl zurück und stand auf. »Das ist unmöglich.«

»Es stimmt«, sagte Sam. »Die erste Attacke erfolgte von *deinem* iPhone aus, genau in diesem Raum. Damit hast du dich in Nathans Laptop eingehackt und ein Virus losgelassen, um den Mainframe unseres Computersystems zu attackieren. Es war definitiv ein interner Angriff, der von dir ausging. Die zweite Attacke erfolgte ebenfalls vom Besprechungszimmer aus. Wieder ist dein Telefon der wahrscheinliche Täter.«

»Das war ich nicht! Ich bin ziemlich sicher, dass sich am Wochenende auch bei mir jemand eingehackt hat. Ich glaube, meine Oyster-Card, mein MI6-Ausweis, das Bankkonto und die Kreditkarte meines Vaters wurden am Samstagmorgen auch vom *Kollektiv* angegriffen.«

Zak holte tief Luft.

»Wieso erfahre ich das erst jetzt?«, wollte Nathan wissen. »Konntest du dir nicht denken, dass diese Dinge für unsere Untersuchung relevant sind?«

Jessica zupfte hinter ihrem Rücken an ihrem Finger herum. »Ich wollte dich nicht stören, wo doch im ganzen Land der Supergau ausbrach – es hat wichtigere Probleme für dich gegeben. Aber ich wollte dir heute nach der Besprechung wirklich alles erzählen.«

»Ist das deine Tarngeschichte?«, fragte die Agentin Hatfield bissig.

»Es ist keine Tarngeschichte. Es ist die Wahrheit.«

»Als das Hacking anfing, habe ich die Operation Chaffinch gestartet – eine separate interne Investigation, wobei die Computerkonten sämtlicher MI6-Mitarbeiter, von den Agenten im Außendienst bis zu den Sekretärinnen und Technikern, überwacht wurden. Also sag mir die Wahrheit, Jessica! Hast du oder hast du dich nicht am Sonntag um dreizehn Uhr fünfzehn in vertrauliche MI6-Daten eingehackt und auf ein geheimes Dokument mit dem Titel Sargasso zugegriffen?«

Jessica hatte das Gefühl, dass der Raum schwankte. »Ja, das hab ich getan. Aber weiter nichts.«

»Was?« Nathan starrte sie an.

»Ich hab mich nicht eingehackt. Das musst du mir glauben! Ich habe mich in mein MI6-Konto eingeloggt und festgestellt, dass ich uneingeschränkten Zugriff habe. Ich gebe zu, dass ich die Sicherheitspanne ausnutzte. Ich wollte doch nur etwas über den Tod meiner Mutter herausfinden. Danach habe ich in den letzten sechs Monaten geforscht. Ich weiß, dass er mit irgendwas zusammenhängt, das Sargasso heißt. Es war die einzige Möglichkeit für mich, nachzusehen, was der MI6 darüber weiß.«

Wie betäubt schaute Nathan sie an. Er hob eine Hand, um sie zum Schweigen zu bringen. »Ich rate dir, nichts mehr zu sagen, das dich noch weiter belasten wird.«

»Aber …«

»Du arbeitest mit dem *Kollektiv* zusammen, was erklärt, warum der Einsatz letzte Nacht fehlschlug«, behauptete die Agentin Hatfield. »Du hast der Gruppe geholfen, sich am Samstag einzuhacken, und dann jemandem den Hinweis gegeben, dass wir hinter Henry her waren. Du hast darauf bestanden, dass dein Patenonkel eine qualifizierte Agentin – Bree – gegen Natalia, eine viel weniger erfahrene Spionin, austauscht. Du wusstest, dass Natalia leichter zu handhaben wäre, um Henry bei seiner Flucht zu helfen, damit wir ihn nicht festnehmen können.«

»Sie täuschen sich total! Ich wollte Natalia bei mir haben, weil ich Bree nach der Sache im Shard nicht mehr traue.«

»Noch eine Mission, an der du teilgenommen hast, die – wie wir vermuten – einen Verrat involvierte«, stieß die Agentin Hatfield wütend hervor. »Schon komisch.«

Jessica sah Bree an, die böse zurückschaute. Sie hatte sich die Westwood-Agentin auf jeden Fall zur Feindin gemacht. Möglicherweise eine äußerst gefährliche, die Jessica beschuldigen würde, bevor sie die Gelegenheit hätte, dasselbe mit ihr zu tun.

»Ich hatte bei beiden Einsätzen nichts mit irgendwelchen undichten Stellen zu tun«, sagte Jessica. »Wenn ich nicht gewesen wäre, hätten Sie den Franzosen am Shard nicht erwischt und Sie hätten erst entdeckt, dass Henry fehlte, nachdem der Krankenwagen im Krankenhaus angekommen wäre.«

Die Agentin Hatfield schüttelte den Kopf. »Du hast den ganzen MI6 gefährdet und zahllose Agenten in Gefahr gebracht. Wie lange hast du schon mit dem *Kollektiv* zu tun?«

»Ich habe *nichts* mit dem *Kollektiv* zu tun! Sehen Sie denn nicht, was es macht? Es versucht, mich in die Pfanne zu hauen. Das *Kollektiv* hat sich gestern in den Heimcomputer meines Vaters eingehackt und ihn benutzt, um in mein Facebook-Konto und meine Schul-Datenbank einzudringen. Es hat die Namen von Lehrern auf der Website einer Online-Partnervermittlung veröffentlicht und in meinem Namen E-Mails verschickt.«

Jessica schwieg. Warum war es ihr nicht schon früher eingefallen? Das *Kollektiv* hatte ihr Facebook-Konto benutzt, um etwas über Hackebeil Hatcham zu posten. Woher kannten die Hacker den Spitznamen, den sie sich für ihren Lehrer ausgedacht hatte? Sie mussten SMS- und E-Mail-Mitteilungen zwischen ihr, Becky und Jamie gelesen haben. Nur da hatte sie den meistgehassten Lehrer an ihrer Schule namentlich erwähnt.

Cyber-Stalker hatten ihr Leben heimlich beobachtet.

»Das hättest du mir alles gleich, nachdem es passiert ist, melden müssen!«, sagte Nathan. »Das muss dir doch klar sein.«

»Ich habe erst heute Morgen von dem Hacking in der Schule erfahren, als der Schulleiter mich und Dad wegen einer disziplinarischen Besprechung in die Schule bestellte. Ich bin vom Unterricht ausgeschlossen, während Dad sich einen IT-Experten besorgt, der die gesamte Computer-Software überprüft.«

Die Lippen der Agentin Hatfield kräuselten sich. »Nehmen wir mal an, sie finden, was wir gefunden haben«, knurrte sie. »Ein geheimes Passwort, mit dem du auf das MI6-System zugreifen konntest. ›Lily‹.«

Jessica starrte sie fassungslos an. Das war der Name ihrer Mutter.

»Jemand, der mich kennt, hat mich reingelegt. Jemand, der weiß, wie er mich auf die Palme bringen kann.«

»Wirklich? Wer denn?« Die Agentin sah nicht überzeugt aus.

Es gab nur einen Menschen, der einen solchen Trick anwenden würde. »Margaret Becker.«

Sie runzelte die Stirn. »Die Ex-Agentin des MI6?«

Jessica nickte. Sie hatte sechs Monate zuvor unter Ausschluss der Öffentlichkeit vor Gericht gegen Margaret ausgesagt, und die Doppelagentin war wegen Hochverrats zu einer lebenslangen Freiheitsstrafe verurteilt worden. Sie hatte mit Kriminellen wie dem ehemaligen geistesgestörten Topmodel Allegra Knight und dem Terroristen Vectra zusammengearbeitet, bevor man sie endlich zur Rechenschaft ziehen konnte.

»Margaret sitzt in einem Hochsicherheitsgefängnis mit stark eingeschränktem Zugriff auf Computer«, sagte Nathan. »Sie kann nichts damit zu tun haben.«

»Ich sage dir – sie *muss* es sein! Sie benutzt meine Mutter wieder gegen mich. Das hat sie früher schon getan. Sie hat Allegra schon in Paris Dinge über meine Mutter erzählt. Genauso gut hätte sie LibertyCrossing von *mir* erzählen können. Die Sache hat was mit mir persönlich zu tun. Margaret versucht immer noch, mich aus Rache anzugreifen, weil ich geholfen habe, sie hinter Schloss und Riegel zu bringen.«

Jessica machte die Augen zu. Wie konnte das alles schon wieder passieren? Sie hatte geglaubt, nie wieder etwas von Margaret Becker zu hören, aber es war möglich, dass diese einen neuen Weg gefunden hatte, sie fertigzumachen, sogar aus dem Gefängnis heraus.

»Du klammerst dich an einen Strohhalm«, sagte die Agentin Hatfield.

Jessica riss die Augen auf. »Tu ich nicht! Du musst der Sache nachgehen, Nathan!«

»Wir stehen unter enormem Zeitdruck. Das bedeutet, dass ich Aufgabenschwerpunkte setzen muss, was die Spurenverfolgung betrifft«, erwiderte er. »Ich kann dir versichern, dass Margaret strengstens überwacht wird, sowohl online als auch offline. Die Mitarbeiter werten das gesamte Material, auf das sie Zugriff hat, aus und machen auf alles Bedenkliche aufmerksam. Ich kann dir versichern – bis jetzt ist nichts entdeckt worden. Ich weiß Bescheid, denn ich bekomme regelmäßige Updates aus der Haftanstalt Low Newton.«

Jessica zwinkerte. Den Namen hatte sie schon einmal gehört. »Low Newton. War das nicht eines der Gefängnisse, in das sich das *Kollektiv* am Samstag eingehackt hat?«

»Zusammen mit praktisch jeder Haftanstalt im ganzen Land«, sagte die Agentin Hatfield schnell. »Das ist kaum von Bedeutung, wenn man weiß, dass die Anstalten Belmarsh und Wakefield, in denen einige der schlimmsten Gewaltverbrecher des Landes untergebracht sind, noch viel schwerwiegendere Hacker-Angriffe erlitten haben.«

»Das stimmt«, sagte Nathan und schob die Brille wieder auf seinem Nasenrücken hoch. »Die Mitglieder des *Kollektivs* haben uns einen Gefallen getan. Sie haben riesige Schlupflöcher in den Sicherheitssystemen vieler Gefängnisse im Land aufgedeckt, die gestopft werden müssen. Die Firewalls von Low Newton gehören jedoch zu den stärksten. Keiner vom *Kollektiv* war in der Lage, auch nur eine einzige Tür zu öffnen oder zu schließen.«

Jessica biss sich auf die Unterlippe. Sie war sicher, dass sich Nathan in diesem Fall täuschte; Margaret hätte einen Weg an den Sicherheitskontrollen vorbei finden können, um mit LibertyCrossing Kontakt aufzunehmen. Sie war vielleicht sogar an der Attacke auf das Gefängnis, in dem sie selbst saß, beteiligt gewesen.

»Ich werde dir beweisen, dass ...«

»Du wirst gar nichts tun«, unterbrach sie die Agentin Hatfield. »Du gehörst nicht mehr zu Westwood.«

Aus dem Augenwinkel sah Jessica, wie Bree sich den Mund zuhielt. War das ein verstecktes Grinsen? Hatte sie Margaret und dem *Kollektiv* geholfen, sie reinzulegen?

»Haben Sie schon mal was von ›unschuldig bis zum Beweis der Schuld‹ gehört?«, fragte sie mit geballten Fäusten.

»Hast du schon mal was von einer zwanzigjährigen Gefängnisstrafe für die Mithilfe beim Einhacken in die Computer des MI6 gehört?«, blaffte die Agentin Hatfield zurück.

»Um Himmels willen!«, rief Nathan aus. »So weit wird es nicht kommen.«

»*Das* wird passieren, Jessica«, erklärte die Agentin ruhig. »Du überreichst uns deinen Ausweis und dein iPhone. Die Wächter werden dich nach Hause begleiten, und du wirst ihnen alle MI6-Geräte, die sich in deinem Besitz befinden, übergeben. Nathan wird eine Liste für uns erstellen, und die Wächter werden dein Zuhause erst verlassen, nachdem jedes einzelne Teil abgehakt worden ist.«

Jessica hielt sich mit zitternden Händen am Tisch fest.

»Wir werden außerdem sämtliche elektronische Geräte, die wir bei dir zu Hause vorfinden, mitnehmen – iPads, Computer, Laptops«, fuhr die Agentin fort. »Alles wird gründlich kriminaltechnisch untersucht werden, während wir das Ausmaß deiner Verbindung zum *Kollektiv* überprüfen. Danach überlegen wir uns, wie wir weiter verfahren werden. Aber Nathan hat recht – die Sache soll nicht vor Gericht gehen. Was passiert ist, darf nicht an die Öffentlichkeit geraten.«

Kam es Agentin Hatfield überhaupt nicht in den Sinn, dass sie unschuldig sein könnte? Die MI6-Agentin gründete ihr Vorgehen auf der einzigen Tatsache, die sie für wahr hielt: dass

Jessica der Maulwurf des *Kollektivs* beim MI6 war. Dachten die anderen das auch? Niemand würde ihr helfen, nicht einmal Nathan.

Bree durchbrach die Stille. »Was ist mit dem Faden passiert, den wir gestern Nacht gefunden haben, Jessica? Hast du ihn dem MI6 übergeben oder deckst du deinen Mitverschwörer?«

Jessica schwankte. Bree fiel ihr wegen der Handy-Sache, die vor Monaten geschehen war, voll in den Rücken. Beweismittel nicht sofort zu übergeben, machte einen ganz schlechten Eindruck, vor allem wenn man sowieso unter Verdacht stand. »Er befindet sich in einem geschlossenen Plastikbeutel zu Hause. Ich wollte ihn der Spurensicherung heute noch geben.«

»Jessica!«, sagte Nathan vorwurfsvoll. »Was hast du dir dabei gedacht?«

»Für dich ist die Sache vorbei«, erklärte die Agentin Hatfield und strafte sie mit einem vernichtenden Blick. »Die Wächter werden das Beweismaterial – *unser* Beweismaterial – und alle Spionage-Werkzeuge holen. Du hast Glück, dass ich dich nicht wegen Behinderung unserer Ermittlungen in eine Gefängniszelle sperren lasse! Wenn du nicht Nathans Patenkind wärst, würde ich es tun.«

Peng! Zak warf seinen Rucksack auf den Tisch.

»Im Ernst? Sind Sie tatsächlich so naiv zu glauben, dass Jessica etwas mit diesen Hackern zu tun hat? Das macht überhaupt keinen Sinn. Ja, klar, sie hat ein paarmal falsche Entscheidungen getroffen. Sie hätte die Hacker-Angriffe sofort melden sollen, hat sie aber nicht getan. Es ist doch offensichtlich, dass sie reingelegt worden ist. Was den Faden betrifft – wir reden hier von einer Verzögerung von wenigen Stunden. Das ist doch nicht der Rede wert!« Er wandte sich Nathan zu. »Hören Sie mit dem Blödsinn auf, bevor es zu spät ist!«

Jessica starrte ihn entgeistert an. Zak war wirklich der Letzte, von dem sie erwartet hätte, dass er sie verteidigte. Hatte er ihr nicht vorgeworfen, die Sache im Shard und den Einsatz der vergangenen Nacht vermasselt zu haben? Und hatte er nicht behauptet, er hätte alles besser gemacht?

»Die Regeln für die Operation Chaffinch sind klar«, sagte die Agentin Hatfield kalt. »Sofortige Suspension, danach Untersuchung, Rauswurf und Bestrafung. Jessica ist draußen und kommt auch nicht zurück.«

»Ach, halten Sie doch den Mund!«, schrie Zak. »Ich weiß nicht, was Sie sich reingezogen haben, aber jetzt lassen Sie es mal gut sein, ja? Sie brauchen Jessica bei Ihren Ermittlungen, und zwar hier drinnen und nicht draußen. Sie ist die Beste, die Sie haben.«

Jessica konnte kaum glauben, was sie da hörte. Was war denn bloß in Zak gefahren? Es war, als ob er durch einen viel netteren Zwillingsbruder ersetzt worden wäre.

»Pass auf, wie du mit mir sprichst, junger Mann!«, zischte die Agentin. »Du bist in diesem Land nur Gast. Dein Aufenthaltsrecht lässt sich jederzeit widerrufen. Dann findest du dich im ersten Flugzeug nach Washington wieder.«

»Ich übernehme das, Zak.« Nathan ging zu Jessica und legte eine Hand auf ihre Schulter. »Es tut mir leid. Ich werde alles tun, um deine Unschuld zu beweisen, aber du musst jetzt mit ihnen gehen.«

»Das ist alles?«, fragte Zak empört. »Mehr können Sie für Ihre Patentochter nicht tun?«

»Im Moment ist das alles.«

Zak ballte die Fäuste. Seine grünen Augen funkelten vor Zorn.

»Nein, Zak. Hör auf!« Jessica trat vor und versperrte ihm den

Weg. Es sah aus, als ob er Nathan einen Faustschlag verpassen wollte. »Es ist okay. Ich gehe mit. Ich kann meinen Namen selber reinwaschen – ich weiß, dass ich das kann.«

Sie drehte sich Nathan zu. »Ich habe auf die Sargasso-Daten zugegriffen, aber ich schwöre, das war alles. Ich hatte nichts mit dem Einhacken beim MI6 zu tun. Bitte überprüf Margaret für mich. Ich weiß, dass sie irgendwie in die Sache verwickelt ist.«

Nathan reagierte nicht.

Als Jessica an Zak vorbeiging, ergriff er ihre Hand. »Es ist noch lange nicht vorbei. Dafür sorge ich.«

Sie rang sich ein Lächeln ab. Hatte sie sich in ihm getäuscht? Er war mit fliegenden Fahnen hereingeplatzt und hatte sie zur Schnecke gemacht, und jetzt kämpfte er mit allen Mitteln, um sie vor ihrer Anklägerin, der Agentin Hatfield, zu schützen.

»Danke, Zak. Ich weiß das zu schätzen.«

Bevor sie sich dagegen wehren konnte, nahm er sie fest in die Arme. Sie atmete den Tannenduft seines Aftershaves ein, und als sie sich zurückzog, spürte sie, wie etwas Schweres in ihre Jackentasche fiel.

»Bitte hier lang, Miss Cole«, sagte einer der Wachleute.

Während sie ihm aus dem Zimmer folgte, tastete sie in ihrer Tasche herum. Ihre Finger umklammerten ein Handy. Zak tat alles, um ihr zu helfen, aber warum?

Kapitel Zehn

»Und wie fühlt es sich an, die Muse des zurzeit meistdiskutierten Modedesigners der Welt zu sein?«, fragte Hillary St Joseph.

Die Journalistin von *Teen Vogue* strich eine Falte ihres roten Etuikleids von Ossa Cosway glatt und strahlte Jessica an. Jessica wurde zusammen mit Ossa interviewt. Die Story sollte zum Cover und zum Fotoshooting vom Vortag passen. Normalerweise hätte Jessica sich über das köstliche Gebäck, das mit dem Nachmittagstee im Luxushotel *Claridge's* serviert wurde, hergemacht, aber sie hatte heute keinen Appetit. Sie war aus der Schule und Westwood geflogen, ihr iPad, ihre Computer, die Spionage-Geräte und das MI6-Telefon waren konfisziert worden. Das war erst gestern passiert, aber es kam ihr vor, als sei es vor einer Ewigkeit gewesen. Sie musste unbedingt ihre Unschuld beweisen, aber wie?

»Tut mir leid, wie war noch mal die Frage?«

Hillary verdrehte die Augen. Jessica spürte, dass der Journalistin allmählich der Geduldsfaden riss. Sie musste zugeben, dass sie keine traumhafte Interviewpartnerin war.

»Ich hatte gefragt, wie es sich anfühlt, Ossas Muse zu sein«, wiederholte die Frau.

»Es ist eine Riesenehre«, sagte Jessica und schob ihren Teller zur Seite. »Ich hätte nie erwartet, dass Ossa mich auswählt. Ich *liebe* seine Kleider.«

»Ich muss Sie fragen, Ossa, erhält Jessica viele Sachen umsonst? Ich konnte kaum glauben, dass ich dieses Kleid geschenkt bekommen habe. Ich bin Ihnen so dankbar.«

»Jessica erhält Kleider aus jeder Kollektion, die ich starte«, sagte Ossa und stach in einen Windbeutel. Er beobachtete, wie die Sahne heraussickerte, und ließ sich davon ablenken.

»Du Glückliche!« Die Journalistin seufzte neidisch.

Jessica lächelte pflichtbewusst. Wäre Hillary immer noch neidisch, wenn sie die Wahrheit kennen würde? Ihr Vertrag legte fest, dass sie Ossa Cosways Kleider ständig tragen musste – außer in der Schule –, für den Fall, dass Paparazzi sie fotografieren würden. Es war Werbung für die Modelinie des Designers, da die Bilder von Zeitungen und Magazinen auf der ganzen Welt veröffentlicht werden konnten.

Klar, sie mochte Ossas Sachen, aber manchmal hätte sie es auch cool gefunden, einfach ein paar alte Jogginghosen und ihr Lieblings-Sweatshirt von Topshop anzuziehen, um zum Laden an der Ecke zu laufen und sich eine Tüte Chips zu kaufen, anstatt für vornehme Designer-Klamotten zu werben. Aber sie durfte sich nicht beklagen. Mitleid konnte sie von der Journalistin nicht erwarten, die ihr die marineblaue Jacke und das graue Ministrickkleid am liebsten vom Leib gerissen hätte, die sie für das Interview tragen musste.

Hillary nickte Ossa aufmunternd zu. »Können Sie mir mehr darüber erzählen, wie Sie an die Spitze gekommen sind? Sie sagten, Sie hätten vor drei Jahren ihren Abschluss am Central Saint Martin's College gemacht?«

Ossa lächelte. »Das stimmt.« Er fummelte an seiner Uhr herum, die mit einem Goldkettchen an seiner Weste befestigt war. Er trug sein Markenzeichen, einen dreiteiligen Anzug, der seit Kurzem im Kaufhaus Macy in New York verkauft wurde.

»Wie haben Sie es geschafft, Ihre Kollektionen so schnell auf den Markt zu bringen?«, fragte Hillary weiter. »Sonst dauert das doch immer Jahre. Keiner aus Ihrer Abschlussklasse hat auch nur annähernd so großen und vor allem so schnell Erfolg gehabt wie Sie.«

»Ich hatte großes Glück«, erklärte Ossa. »Ich habe ein fantastisches Näh-Team, das aus Fachfrauen besteht und sehr schnell arbeitet. Außerdem ist mein Geldgeber äußerst großzügig gewesen. Mit diesen Mitteln konnte ich in meinem letzten Jahr am College die Firma Ossa Cosway Ltd. gründen.«

»Wer ist Ihr Geldgeber?«, wollte die Journalistin wissen.

»Das würde ich Ihnen gern sagen, aber er ist ein zurückhaltender Mensch. Er mag keine Publicity.«

»Arbeiten Sie noch mit ihm zusammen?«

»Ja, seine Gelder ermöglichen es mir, die globale Marke kontinuierlich zu erweitern. Wir haben inzwischen Niederlassungen in Paris, Tokio und New York. Ich kann mir außerdem leisten, mit innovativen Mitteln Outfits zu kreieren – wie zum Beispiel das Hashtag-Kleid –, die für die neueste Digitaltechnik werben.«

»Fantastisch!«, rief Hillary aus. »Ich möchte noch eines von dir wissen, Jessica. Wie schaffst du es, die Schule und das Modeln unter einen Hut zu bringen? Sind deine Lehrer verständnisvoll?«

Ihre Lehrer hassten sie im Moment wie die Pest, weil sie dachten, sie hätte private Informationen über sie auf einer Partnersuch-Website gepostet. Wenn ihre Lehrer sie jetzt so sähen, würden sie sie wahrscheinlich aufknüpfen. Sie hatte reichlich Zeit zum Modeln, seit sie zu Hause herumlungerte und absolut nichts zu tun hatte.

»Die Schule ist wunderbar«, sagte sie zähneknirschend. »Meine Lehrer sind wirklich entgegenkommend gewesen. Natürlich gebe ich mir Mühe, mich nicht zu sehr durch das Modeln vom Lernen ablenken zu lassen. Schließlich möchte ich gute Noten bekommen und irgendwann studieren.«

Die Journalistin nickte. »Möchten Sie dem noch etwas hinzufügen, Ossa?«

»Jessica ist stark, intelligent und schön – eine Inspiration für Mädchen und Frauen auf der ganzen Welt. Sie ist ein echtes Vorbild.«

Zum Glück wusste er nicht, was sie sonst noch war – eine Ex-Agentin von Westwood und im Verdacht stehend, Mitglied einer zwielichtigen Gruppe von Hackern, dem *Kollektiv*, zu sein. Das würde der Marke Ossa Cosway hundertprozentig schaden.

Als Jessica kurze Zeit später das Luxushotel verließ, summte ihr neues Handy.

»Treff mich im Café Panorama. Ich bin schon unterwegs.«

Zak hatte einen Ort in der Nähe ihres Zuhauses in Ealing, West London, ausgesucht. Sicher hatte er es aus praktischen Gründen getan. Er konnte nicht wissen, dass sie sich dort oft mit Jamie nach der Schule traf. Jessica schaute auf ihre Uhr. Die Zeit reichte, um schnell mit Zak etwas zu trinken; Jamie hatte heute Fußball-Training. Es war das Mindeste, was sie tun konnte, nachdem er sie gestern vor Agentin Hatfield verteidigt hatte. Er hatte ihr dieses Wegwerf-Handy geschenkt und war jetzt ihr einziger Kontakt zu Westwood. Ohne seine Hilfe konnte sie die weiteren Entwicklungen nicht verfolgen.

Die U-Bahn musste sich wieder mit Signal-Ausfällen herumschlagen. Nichts ging auf den Strecken der Piccadilly- und Central-Linien, höchstwahrscheinlich wegen eines neuen Hacker-Angriffs des *Kollektivs*. Trotz einer umständlichen Fahrt nach Ealing schaffte es Jessica, als Erste im Café einzutreffen und einen Tisch zu ergattern. Sie schickte Jamie eine SMS – sie hätte sich verspätet –, was ihn hoffentlich aufhalten würde. Während sie einen Kamillentee trank, nahm sie eine Zeitung in die Hand, die auf dem Tisch lag.

MI6-VERRAT: AGENT VON LYNCHMOB BEINAHE GETÖTET
Der MI6-Agent Aarash Sadai wurde gestern aus Afghanistan ausgeflogen, nachdem seine Identität auf mysteriöse Weise auf einer Nachrichten-Website veröffentlicht worden war.
Quellen in Afghanistan behaupten, dass Mr Sadai nur knapp mit dem Leben davongekommen ist, als eine wütende Menschenmenge eine Brandbombe auf sein Haus warf.
Bereits am Sonntag wurde eine im Iran tätige MI6-Agentin, Annette Oderra, auf einer anderen Nachrichten-Website genannt. Aus unbekannten Quellen geht hervor, dass sie sich jetzt an einem sicheren Ort befindet.
Der MI6 weigert sich, dazu Stellung zu nehmen. Insider behaupten jedoch, dass eine interne Untersuchung gestartet worden sei, um den Ursprung der katastrophalen Sicherheitslücke zu erkunden.

Jessica schob die Zeitung zur Seite. Was für ein Albtraum! Aber wenigstens waren die Agenten in Sicherheit. Das war immerhin etwas. Außerdem sah es nicht so aus, als ob sich das *Kollektiv* an die Presse gewandt und sich zu den Hacker-Angriffen bekannt hätte, weshalb der MI6 alles, was passierte, unter Verschluss halten konnte. Die Identität eines weiteren Agenten war allerdings an diesem Nachmittag bereits bekannt gegeben worden, was ein weiteres Menschenleben gefährdete. Hatte er so viel Glück gehabt wie die anderen?

Jessica blickte über ihre Schulter und fragte sich, ob sie noch einen Tee trinken sollte. Dann sah sie Zak hereinkommen und etwas an der Theke bestellen. Aus irgendeinem Grund hatte sie Schmetterlinge im Bauch und ihr Hals fühlte sich trocken an. Sie nahm einen letzten Schluck Tee und verknotete die Finger. Warum sollte sie nervös sein?

Zak ließ sich ihr gegenüber auf einen Stuhl fallen und fuhr sich mit der Hand durch die Haare. Sein Kinn war voller Bartstoppeln und er hatte dunkle Ringe unter den Augen.

»Du hast wohl auch nicht viel geschlafen?« Nachdem Jessica die Nacht auf dem Sofa damit verbracht hatte, sich mit der Fernbedienung durch die verschiedenen Kanäle zu zappen, musste sie sich vor ihrem Interview für die Zeitschrift eimerweise Concealer unter die Augen schmieren.

»Ich hab die Nacht durchgemacht«, sagte Zak. »Nathan auch. Mit der Liste und allem war das ganz schön hart. Dazu noch die allgemeinen Hackerprobleme.«

»Sie haben heute wieder die U-Bahn attackiert.«

»Den Flughafen von Manchester, eBay und die Twitter-Konten der Zeitungen *Guardian* und *Wall Street Journal* auch. Hacker überschwemmen die Webseiten mit Forderungen für den Millionen-Dollar-Jackpot. Sie versuchen verzweifelt, die Aufmerksamkeit von LibertyCrossing zu erregen, um den Hacking-Wettbewerb zu gewinnen.«

»Und, haben sie es geschafft?«, fragte Jessica.

»Wer weiß? Über den Jackpot hört man nichts Neues. In der Zwischenzeit werden die Truppen von LibertyCrossing leichtsinnig. Der MI6 hat heute einige Leute festgenommen. In dieser Woche werden noch mehr Hacker verhaftet.« Als die attraktive Bedienung ihm seinen Schokomuffin und seine heiße Schokolade brachte, strahlte er sie an. Jessica sah zu, wie er den Kuchen mit ein paar Bissen verschlang.

Zak wischte sich mit einer Papierserviette den Mund ab.

»Sorry. Heute keine Zeit zum Mittagessen gehabt.« Er warf einen Blick auf die Zeitung und zeigte mit dem Finger auf den Artikel über die entlarvten Agenten. »Hast du schon mal mit einem von ihnen zusammengearbeitet?«

Jessica schüttelte den Kopf. »Ich hab bisher noch an keinem Auslandseinsatz teilgenommen. Also – nicht offiziell.« Ja, klar, sie hatte in Paris und Monaco spioniert, aber sie gehörte damals noch nicht zu Westwood. Sie holte ihr Handy heraus und legte es auf den Tisch. »Trägst du immer Wegwerf-Handys mit dir herum?«

»In der Tat. Sie sind wichtig für den Job. Du solltest dich auch mit den Dingern eindecken.«

Jessica knabberte an einem ihrer Fingernägel. Meistens konnte sie Leute ganz gut einschätzen, aber aus Zak wurde sie einfach nicht schlau. Sie wusste immer noch nicht, was sie von ihm halten sollte.

»Warum hilfst du mir? Du bist doch der Meinung, dass ich die Sachen im Shard und im Internat verbockt habe.«

»Ich fand, dass deine Westwood-Rückendeckung nichts wert war, du aber schon. Nach allem, was Nathan mir erzählt hat, warst du die Einzige, die Initiative gezeigt hat. In der Nacht im Shard warst du furchtlos. Du konntest ja nicht wissen …« Er brach ab.

»Dass ich überfallen und attackiert werden würde?«

Zak wurde rot. »Ja. Jedenfalls sind wir nicht deshalb hier. Morgen Nachmittag ist der Tag X. Die Amerikaner werden Lee Caplin nicht freilassen, also wird die ganze Agenten-Datenbank ins Internet gestellt, wenn wir das *Kollektiv* nicht stoppen können.«

Jessica schauderte. Wie viele Agenten würden dabei ihr Leben verlieren?

»Was willst du dagegen tun?«, fragte sie.

»Nachdem du jetzt weg vom Fenster bist, soll ich mich mit Bree zusammentun.« Zak hob eine Augenbraue. »Was mich natürlich vor Begeisterung umhaut. Sie ist nicht gerade Miss-Super-Spy.«

»Es gibt Schlimmeres. Sie könnte eine Doppelagentin sein.«

»Echt? Red weiter!«

»Nathan behauptet, sie sei gut. Aber ich traue ihr nicht. Du hast gesehen, dass sie im Shard die Treppe heruntergekommen ist. Vielleicht hat *sie* mich angegriffen und den USB-Stick geklaut. Es ist möglich, dass sie dem *Kollektiv* geholfen hat, sich beim MI6 einzuhacken, und unseren Plan, Henrys Internat zu überfallen, ebenfalls verraten hat.«

»Ich werde dafür sorgen, dass Rodarte ihren Hintergrund überprüft«, sagte Zak und strich sich über die Bartstoppeln. »Aber, um ehrlich zu sein – ich bin nicht sicher, ob ich überhaupt jemandem beim MI6 über den Weg traue. Das solltest du auch nicht tun.«

»Nathan ist mein Patenonkel. Ihm kann ich vertrauen.«

»Bist du sicher? Also gestern hatte ich den Eindruck, dass er sich von Hatfield breitschlagen ließ, als sie dich fertigmachte.«

Jessica knabberte am nächsten Fingernagel. Sie wollte ihm widersprechen, konnte aber nicht. Er hatte recht. Nathan hatte sich der Agentin gegenüber nicht allzu sehr zur Wehr gesetzt. Vielleicht hatte er Angst gehabt, dass Jessica ihn mit runterziehen könnte, und versucht, seine eigene Karriere beim MI6 zu schützen.

»Warum sind wir eigentlich hier, Zak?«

»Ich brauche deine Hilfe.« Er spielte mit den Zuckertütchen in der kleinen Schale, ohne aufzublicken. »Arbeite mit mir zusammen, um das *Kollektiv* zu stürzen.«

»Westwood hat mich rausgeschmissen, schon vergessen? Ich kann keinem mehr helfen.«

»Offiziell bist du draußen, aber du kannst mich außerdienstlich unterstützen.«

»Ich fühl mich geschmeichelt, dass du mich fragst, aber was kann ich machen? Ich hab keinen Zugriff mehr auf Westwood-Infos. Ich hab keine Ahnung, wie weit sie mit ihren Ermittlungen gekommen sind. Ich bin überhaupt nicht mehr auf dem Laufenden.«

»Ich kann dich regelmäßig über alles, was Westwood und Rodarte in Bezug auf das *Kollektiv* unternehmen, auf den neuesten Stand bringen, wenn du mir einen Gefallen tust.«

Jessicas Kopf schwirrte. Sie konnte sich einfach nicht vorstellen, worauf er hinauswollte. »Und das wäre?«

»Hilf mir, an Margaret Becker ranzukommen.«

Sie beugte sich vor. »Ich höre.«

»Meine Chefs interessieren sich für deine Theorie, dass sie in die Sache verwickelt ist. Sie halten sie für eine Spur, die sich zu verfolgen lohnt. Aber der MI6, der berechtigt ist, ein Verhör im Knast zu veranlassen, hat diese Möglichkeit ausgeschlossen, weil er sich auf andere Hinweise konzentriert. Wir halten das für einen Fehler.« Zak rieb sich die Stirn. »Das erschwert das Ganze für uns enorm. Großbritannien und Amerika läuft die Zeit davon. Wenn die Liste morgen freigeschaltet wird, könnten britische Agenten, die in feindlichen Ländern arbeiten, gefangen genommen und gefoltert werden. Dadurch könnte auch auf amerikanische Spione geschlossen werden, und sie wären ebenfalls in Gefahr. Außerdem müssen wir uns um den Besuch des Präsidenten Sorgen machen. Entgegen der Empfehlung des Nationalen Sicherheitsrats besteht er darauf, an seinen Plänen festzuhalten, weil seine Tochter unbedingt an der London Fashion Week teilnehmen will. Die CIA muss handeln. Rodarte möchte, dass ich Margaret besuche. Aber ich kann das nicht alleine machen.«

Jessica blieb der Mund offen stehen. »Du möchtest, dass ich mitkomme?« Zak dabei zu helfen, Margaret im Knast zu besuchen, war *eine* Sache; der Verräterin gegenüberzutreten, die wiederholt versucht hatte sie umzubringen, eine ganz andere.

»Du kennst Margaret«, sagte Zak. »Sie wäre niemals bereit, mit mir zu reden, aber euch beide verbindet eure gemeinsame Vergangenheit. Vielleicht würde sie sich dir gegenüber öffnen.«

»Wieso um alles in der Welt würde sie mit mir reden wollen? Aufgrund meiner Aussage vor Gericht hat sie lebenslänglich bekommen. Sie hasst mich. Sie wünscht mir den Tod.«

»Wäre es nicht einen Versuch wert? Sollten wir uns nicht bemühen, all die Agenten zu retten, bevor es zu spät ist? Sie haben vielleicht nicht so viel Glück wie Aarash und Annette.« Er stieß mit dem Finger auf den Zeitungsartikel.

»Du hast doch sicher die Akte über Margaret gelesen. Du weißt, dass es möglicherweise eine Verbindung zwischen ihr und dem Tod meiner Mutter durch einen Hubschrauberabsturz gibt? Mein Vater und Nathan glauben, dass sie von einem Terroristen namens Vectra bezahlt worden ist, um den Helikopter zu sabotieren.«

»Dann hast du doch erst recht einen Grund, sie zu konfrontieren? Wie ich schon sagte – euch verbindet etwas aus der Vergangenheit. Du weißt, wie man mit ihr umgehen muss. Ich nicht.«

Jessica zupfte wieder an einem Finger herum. Die Nagelhaut war eingerissen und blutete. Zak hatte keine Ahnung, mit wem er es hier zu tun hatte. Selbst hinter Gittern war Margaret extrem berechnend und gefährlich.

»Margaret wäre nie im Leben bereit, uns zu helfen, wenn nicht irgendwas für sie dabei herausspringt«, sagte Jessica schließlich.

»Damit haben wir gerechnet.«

»Und was kriegt sie? Eine ›Ich-komme-aus-dem-Gefängnis-frei-Karte‹ gegen vollständige Kooperation? Mit so einem Deal will ich nichts zu tun haben. Ich möchte, dass Margaret hinter Gittern bleibt, wo sie hingehört, egal, was morgen passiert. Sie ist eine Psychopathin.«

Zak schüttelte den Kopf. »Nichts in der Art, das kann ich dir versprechen. Ein Häftling wünscht sich immer irgendwas – eine bessere Zelle, mehr Privilegien und einen besser bezahlten Job im Knast. Was meinst du? Hilfst du mir, wenn ich einen Besuch arrangieren kann? Es könnte unsere einzige Chance sein, dafür zu sorgen, dass die Liste nicht veröffentlicht wird.«

Jessica schloss die Augen. Ihr wurde schlecht, wenn sie nur daran dachte, Margaret wiederzusehen und sich ihre höhnischen Bemerkungen anhören zu müssen. Margaret würde es genießen, Jessica zu verletzen, indem sie ihre Mutter erwähnte, und sich anschließend weigerte, ihnen zu helfen. »Okay. Wenn's unbedingt sein muss.«

»Super! Danke! Wir haben noch eine Menge zu organisieren, damit die Gefängnisbehörden mitmachen. Ich schick dir eine SMS, wenn alles klar ist. Wir müssten dann morgen früh nach Durham fahren, also denk dir eine Geschichte aus. Du darfst niemandem etwas davon erzählen, auch nicht deinem Vater oder Mattie, damit sie Nathan nichts verraten.«

Sie war sowieso nicht scharf darauf, jemanden in ihrer Familie wissen zu lassen, dass sie Margaret besuchen würde, und könnte vorgeben, für ein zweites Fotoshooting bei Ossa erscheinen zu müssen. Das wäre glaubhaft. Dieser Vertrag kostete sie viel Zeit.

»Ich hab versprochen, dich als Gegenleistung über alles auf dem Laufenden zu halten. Also: Henry wird immer noch vermisst.«

Zak überreichte ihr eine braune Mappe, auf der »Henry Murray« stand. Sie schlug sie auf und starrte auf das erste Dokument – ein Foto des blonden, blauäugigen Teenagers.

»Seid ihr bei der Suche schon weitergekommen?«

»Nicht wirklich, aber er ist aus der Versenkung aufgetaucht.« Zak beugte sich vor und fischte ein unscharfes Bild aus dem Ordner.

»Das hier wurde gestern Nacht von Überwachungskameras aufgenommen – ein junger Mann, der in der Nähe der U-Bahn-Station Notting Hill bettelt. Wir haben das Foto einer Gesichtserkennung unterzogen. Es handelt sich eindeutig um Henry.«

»Was darauf hindeutet, dass er sich noch immer nicht traut, seine Kreditkarten zu benutzen«, sagte Jessica. »Er übernachtet wahrscheinlich im Freien oder haut sich in irgendeinem improvisierten Unterschlupf aufs Ohr.«

»Das ist die logischste Erklärung. Wir haben seine Freunde befragt und die SMS-Nachrichten und E-Mails der vergangenen Monate überprüft. Er sucht keinen seiner Lieblingsplätze auf und setzt sich mit niemandem, den er kennt, in Verbindung.«

»Das *Kollektiv* kann sich auch in die Überwachungskameras im Zentrum von London eingehackt und die Aufnahmen gefunden haben«, sagte sie. »Wenn Henry vernünftig ist, hält er sich so weit wie möglich von bebauten Gebieten fern.«

»Das kann er nicht, wenn er eine Suppenküche aufsuchen

muss«, sagte Zak. »Er muss essen und sich warm halten. Bei diesen Temperaturen kann er nicht lange im Freien schlafen. Der Februar ist brutal.«

»Das *Kollektiv* wird Henry früher oder später finden, vor allem wenn die Hacker glauben, dass sie so den Jackpot gewinnen können.«

»Das ist es, was uns Sorgen macht. Auch Agenten des MI6 sind unterwegs und suchen Henry. Jede einzelne Straße muss abgeklappert werden – das bedeutet einen Großeinsatz mit bisher minimalem Erfolg.«

»Ich könnte helfen. Ich habe vor ein paar Monaten für *The Big Issue* gemodelt, und ich bin immer noch in Verbindung mit Lucy, einer der Verkäuferinnen der Obdachlosen-Zeitung, die ich beim Shooting kennengelernt habe. Ich könnte Henrys Foto ein paarmal ausdrucken und sie bitten, zusammen mit anderen Verkäufern nach ihm Ausschau zu halten.«

Zak nahm einen Muffin-Krümel mit dem Daumen auf und leckte ihn ab. »Deshalb war mir klar, dass der MI6 dich an Bord behalten sollte. Aber sei vorsichtig! Du musst davon ausgehen, dass das *Kollektiv* sich in alles reingehackt hat, das dir gehört.« Er nickte ihrem Handy zu. »Du musst aufpassen, was du sagst, sogar an deinem neuen Telefon.«

»Ich weiß, wo Lucy in Kensington ihre Zeitung verkauft«, sagte sie und steckte Henrys Foto in ihre Handtasche. »Ich werde sie später aufsuchen und sie bitten, auf der Straße Bescheid zu sagen.«

»Wunderbar.« Zak streckte seine Hand aus und drückte ihre. »Danke, Jessica. Für alles.« Bevor sie antworten konnte, hatte er seine Hand wieder zurückgezogen. »Es tut mir wirklich leid.« Sein Gesicht wurde feuerrot.

»Was meinst du damit?«

Zak machte eine Kopfbewegung in Richtung Tür. Jessica blickte über seine Schulter.

Jamie stand da und beobachtete sie. Sein Gesicht sah angeekelt aus.

»Oh, Gott!« Warum hatte sie nicht besser auf die Zeit geachtet? Fußball war längst vorbei. Hatte er ihre Nachricht bekommen?

»Dir wird für Jamie sicher was einfallen«, sagte Zak leise. »Ich melde mich später. Und vergiss nicht: Denk dir eine Ausrede für morgen aus. Ich mach das auch. Es ist eine lange Fahrt bis Durham. Viel Glück!« Er steckte den Ordner in seinen Rucksack und ging schnurstracks aus dem Café.

Als Jamie sich zwischen den Tischen durchschlängelte und mit seiner Sporttasche gegen Stühle knallte, ließ er Jessica nicht aus den Augen. Er ließ sich auf einen Stuhl sacken und kickte die Tasche unter den Tisch.

»Was hat *der* hier gemacht? Warum habt ihr Händchen gehalten?«

»Wir haben nicht Händchen gehalten.«

»Es sah aber ganz so aus.«

Jessica schüttelte den Kopf. »Ich hab ihm erzählt, dass ich von der Schule geflogen bin und er hatte Mitleid. Er war einfach nur freundlich.«

»Also ist er jetzt ein *Freund*?« Jamie starrte sie ungläubig an. »Ich hab gedacht, du kannst ihn nicht leiden. Ich weiß noch genau, dass du ihn Trottel genannt hast. Wie sich die Zeiten ändern!«

Jessica zuckte zusammen, weil seine Stimme einen bitteren Klang angenommen hatte. So kannte sie ihn gar nicht. »Ich weiß, was ich gesagt habe, aber ich hab mich geirrt. Ich hab ihm eine zweite Chance gegeben. Zak ist tatsächlich ein netter

Kerl. Ich glaube, du würdest ihn mögen, wenn du ihn richtig kennenlernen würdest.«

»Das glaub ich nicht. Du hast mir noch gar nicht gesagt, was er hier überhaupt wollte. In deiner SMS stand, dass du am anderen Ende der Stadt ein Interview gibst und dich deshalb verspäten würdest. Dabei sitzt du hier und leistest Mister *Bin-ich-nicht-toll?* Gesellschaft.«

Jessica holte tief Luft. Sie konnte sich nicht erinnern, Jamie gegenüber jemals ehrlich gewesen zu sein. »Zak wollte über die London Fashion Week reden. Du weißt doch, dass sie bald stattfindet. Wir modeln für den Designer Ossa Cosway. Zak brauchte ein paar Tipps, weil er noch nie in London dabei gewesen ist.«

Jamie musterte sie misstrauisch.

»Du hast überhaupt keinen Grund, eifersüchtig zu sein. Ich möchte mit *dir* zusammen sein, nicht mit ihm.«

Als sie Jamies Hand ergriff, entspannten sich seine Gesichtsmuskeln ein bisschen.

»Ehrlich!« Sie beugte sich vor und gab ihm einen Kuss. Seine Lippen waren erstaunlich weich. Ihr ganzer Körper schien zu schmelzen, als er sie küsste. Aber dann zog er sich wieder zurück und fuhr sich mit der Hand durch die Haare.

»Ich stand schon eine ganze Weile dort, weißt du?«, sagte er leise. »Ihr zwei seid ziemlich vertraut miteinander umgegangen. So haben wir beide uns schon lange nicht mehr unterhalten.«

»Es war rein beruflich.« Wenigstens war *das* keine Lüge.

Jamie seufzte. »Ich vertrau dir, Jess. Ich will's ja auch. Es ist nur …«

»Was?«

»Im Moment ist alles so durcheinander. Seit dem Sommer

bist du nicht mehr die Gleiche. Du bist hier, aber es fühlt sich an, als ob du weit weg wärst.«

»Ich …«

»Nein, hör mir zu! Es stimmt. Du bist irgendwie anders. Wie gerade eben. Ich kapier nicht, wie einen das Modeln so begeistern kann, wenn man gerade von der Schule suspendiert worden ist. Die Sache ist ernst, Jess. Wenn du dauerhaft vom Unterricht ausgeschlossen wirst, können wir uns nicht mehr jeden Tag sehen. Vielleicht landest du in einer anderen Schule, am anderen Ende Londons. Du findest neue Freunde und wir driften auseinander. Das ist unvermeidlich.«

»Das wird nicht passieren. Ich hab dir doch erklärt, dass mein Vater die Sache in Ordnung bringen wird. Er lässt meine Computer und mein iPad überprüfen.« Sie biss sich auf die Unterlippe. Jedenfalls war das der Plan gewesen, bevor der MI6 sie konfisziert hatte. »Ich werde meine Unschuld beweisen, das verspreche ich dir, und schwuppdiwupp bin ich wieder in der Schule. Du wirst mich bald satthaben.«

Jamie ignorierte ihren schwachen Versuch, einen Witz zu machen.

»Nicht, solang Hackebeil Hatcham was zu melden hat. Er hat heute verkündet, dass du Geschichte bist, dass Mr Reynolds bereits beschlossen hat, dir keine Chance mehr zu geben, und dass er den Schulleitern anderer Londoner Schulen geraten hat, dich nicht aufzunehmen.«

Jessica starrte ihn entsetzt an. Konnte Mr Reynolds das wirklich tun? Er hatte versprochen, sie wieder in die Schule gehen zu lassen, sobald ihre Unschuld bewiesen wäre.

Sie schüttelte heftig den Kopf. Das musste einfach eine Lüge sein.

»Dieser Hatcham hatte schon immer was gegen mich. Das

weißt du. Er will mich nicht zurückhaben, aber es wird ihm keine andere Wahl bleiben. Mr Reynolds *muss* mich wieder aufnehmen, wenn alles geklärt ist.«

»Ich hoffe, dass du recht hast.«

Jessica hoffte es auch. Sie war sich nicht sicher, ob ihre Beziehung den Rausschmiss aus der Schule überleben würde. Es fühlte sich an, als ob sie an einem seidenen Faden hing. Sie wollte nicht, dass ihre Beziehung zerbrach.

Kapitel Elf

»Bist du sicher, dass es funktioniert?« Jessica legte eine Hand an die Stirn, um ihre Augen gegen die grelle Morgensonne zu schützen, und schaute auf das Gefängnis in Low Newton. Während der ganzen Fahrt auf der Autobahn hatte sich ihr Magen wie wild gedreht. Bis Zak eine Parklücke vor der Strafanstalt gefunden hatte, waren fast alle Fingernägel abgekaut und ihre Nagelhäute bluteten. Sie gingen auf den Haupteingang zu.

»Erklär mir das Ganze noch mal! *Wie* ziehen wir das durch?«

Zak sah sie kurz an. Hatte er Angst, dass sie die Sache vermasseln würde?

»Rodarte hat dem MI6 mitgeteilt, dass ich am Personenschutz für den Besuch des Präsidenten arbeite, also erwartet Nathan mich heute nicht im Hauptquartier. Meine Chefs haben uns gefälschte Ausweise gegeben, mit denen wir problemlos rein und raus können. Dein Vorschlag für unsere Decknamen sollte funktionieren – Ben und Matilda Becker wird Margaret neugierig machen. Sie wird wissen wollen, wer es wagt, die Namen ihrer Enkelkinder zu benutzen. Sie wird sich nicht weigern, uns zu sehen.«

Jessica fielen die Überwachungskameras auf. Sie waren auf die Besucher gerichtet, die dem ersten Kontrollpunkt entgegenströmten. »Und die? Was, wenn sie hier mit Gesichtserkennung arbeiten und uns überprüfen? Sie könnten unsere wahren Identitäten herausfinden und den MI6 warnen.«

»Auch darum hat man sich gekümmert.«

»Wie denn?«

»Sagen wir mal so: Rodarte hat die momentane Sicherheitslage ausgenutzt.«

Jessica blieb der Mund offen stehen. »Sag bloß, du hast dich in das Sicherheitssystem des Gefängnisses eingehackt! Bist du verrückt?«

»Nicht hier.« Zak packte sie am Arm und zog sie auf die Seite. »Du weißt, dass das *Kollektiv* Sicherheitslücken in den Haftanstalten dieses Landes entdeckt hat. Das nutzen wir kurz aus, um auf die Überwachungskameras zugreifen zu können. Mein Team plant, das Kamerasystem vorübergehend zu übernehmen. Es wird Kameras entweder blockieren oder umleiten, damit wir nicht gefilmt werden.«

»Zak!«

»Wenn wir weg sind, wird alles wieder normal funktionieren. Die Wärter werden sich nicht wundern, wenn bestimmte Kameras für kurze Zeit ausfallen. Wenn es länger dauern würde, müssten sie eine Diagnoseprüfung starten, aber dazu wird es nicht kommen. Es ist nur ein kurzer Hack rein und raus, bevor ihnen irgendwas auffällt. Nur so können wir unsere Identitäten schützen.«

Jessica schüttelte den Kopf. »Das macht uns nicht besser als das *Kollektiv*. Sollten wir als Spione der Regierung nicht über solchen Sachen stehen?«

»Wir müssen darauf vorbereitet sein, unangenehme Dinge zu tun, um unsere Länder zu schützen. Möchtest du rausfinden, ob Margaret Verbindungen zum *Kollektiv* hat? Willst du versuchen, unsere Geheimagenten zu schützen?«

»Natürlich.«

Die letzte Agentin, die gestern geoutet worden war, hieß

Veronica Furrows, war vierundzwanzig Jahre alt und spionierte den Kreml aus, während sie an der Moskauer Universität studierte, um dort zu promovieren. In den Nachrichten, die sie im Auto gehört hatten, wurde ihre Festnahme als diplomatischer Albtraum für Großbritannien beschrieben.

»Dann nichts wie los«, sagte Zak. »Das Letzte, was wir brauchen, ist, dass der MI6 herausfindet, dass wir Margaret besucht haben. Zum Wohle aller und besonders deinetwegen müssen wir das Ganze unter Verschluss halten.«

Er brauchte ihr nicht zu erklären, wie angreifbar sie war. Falls die Agentin Hatfield oder Nathan entdeckten, dass sie immer noch an dem Fall arbeitete, könnte sie sich in einer Jugendstrafanstalt wiederfinden, die diesem Gefängnis sehr ähnlich sah.

Zak hatte recht gehabt. Sie durchschritten problemlos die Sicherheitskontrollen, obwohl sie eine hochgefährliche Insassin besuchten. Rodarte hatte die Besucher-Anträge eingereicht und heimlich dafür gesorgt, dass sie im Eilverfahren bearbeitet wurden, ohne dass der MI6 etwas mitbekam. Das Ganze verstieß vollkommen gegen die Regeln, weshalb Zak noch einmal betonte, dass ihre wahren Identitäten nicht ans Licht kommen durften. Die Tatsache, dass er langsam ausflippte, machte Jessica noch nervöser.

Als sie sich dem Flügel näherten, in dem sich Margarets Zelle befand, schlug ihr Herz wie wild. Sie wischte sich die feuchten Handflächen an ihrem hellblauen Trenchcoat von Ossa Cosway ab. Beim Geruch nach Desinfektionsmitteln wurde ihr übel. Jetzt, wo sie da waren, wollte sie die Sache so schnell wie möglich hinter sich bringen und wieder verschwinden. Es war eng und laut im Gebäude – aus den Zellen tönten Rufe und Schreie. Der Wärter führte sie durch ein Labyrinth von Gängen und öffnete jede Tür mit seinem Daumenabdruck und einem Sicherheitscode. Jessica wollte ihn beim Verlassen des Gebäudes auf keinen Fall aus den Augen verlieren! Selbst wenn sie den Code mit ihrem Schlüsselring knacken könnte, käme sie nicht raus, da das Schloss sich nur mit einem bestimmten Daumenabdruck öffnen ließ.

»Also, dann hört mir mal gut zu!«, sagte der schnurrbärtige Mann mit ernster Miene. »Wir befinden uns im Hochsicherheitstrakt, in dem es strenge Regeln gibt, die ihr beide befolgen müsst.« Der Wärter drehte den Kopf und schaute den Korridor entlang, in dem zwei rote Plastikstühle standen. »Immer sitzen bleiben. Nicht an das Glas herantreten. Nicht versuchen, dem Insassen etwas zu geben oder an der Klappe etwas entgegenzunehmen. Nicht versuchen, mit den anderen Insassen zu reden. Wir überwachen alles, aber wenn ihr euch irgendwie bedroht fühlt, drückt ihr auf den Alarmknopf außerhalb der Zelle. Dann wird sofort jemand kommen.«

»Danke.« Zak schien die Überwachungskamera, die direkt auf sie gerichtet war, schon bemerkt zu haben. Er hielt den Kopf ständig zur Seite gedreht. War es Rodarte bereits gelungen, die Aufnahmen zu stoppen? Seine Leute wollten nicht, dass die Wärter das Treffen beobachteten.

»Bist du bereit?«, fragte Zak, als der Mann verschwand.

»Ich glaube schon. Lass uns weitergehen!«

Es war eine Mission wie jede andere. Aber es fühlte sich nicht so an. Dies würde die schwierigste Aufgabe sein, die sie je zu bewältigen hatte: der Frau gegenüberzutreten, die höchstwahrscheinlich am Mordkomplott ihrer Mutter beteiligt gewesen, und somit ihre Erzfeindin geworden war. Jessica ging voraus und hielt den Blick auf die Stühle gerichtet. Sie wollte die Gefangenen in den anderen Zellen nicht sehen.

»Hey, du Hübscher, komm mal rüber und gib mir einen Kuss!«

Zak ging dicht hinter Jessica und ignorierte die Buhrufe und Pfiffe der weiblichen Häftlinge.

»Jessica Cole.« Die vertraute Stimme ertönte bereits, obwohl sie Margarets Zelle noch nicht erreicht hatten.

Sie holte tief Luft und trat an die Glasscheibe. Margaret stand in ihrer blauen Gefängniskleidung dahinter. Sie hatte ihnen den Rücken zugekehrt.

»Nur du würdest den Namen meiner Enkelin benutzen, um hier reinzukommen. Du wusstest, dass ich jede sehen will, die es wagt, ihre Identität anzunehmen. Aber ich muss zugeben, dass ich immer noch rätsele, wer den Namen meines Enkels gestohlen hat.«

Margaret wirbelte herum. Ihre weißen Haare waren etwas kürzer und ihr Gesicht schmaler als bei ihrer letzten Begegnung vor Gericht, aber ihr Blick war immer noch kalt. Margaret starrte Jessica ein paar Sekunden lang an, bevor sie sich Zak zuwandte. Dann richtete sie ihre Augen wieder auf Jessica und ihre Lippen verzogen sich zu einem Lächeln.

»Neuer Freund? Ich dachte, du und Jamie wärt zusammen. Oder herrscht auf einmal nicht mehr eitel Sonnenschein?«

Jessicas Wangen röteten sich. Margaret hatte Jamie erwähnt, um ihr klarzumachen, dass sie ihr Leben auch hinter Gittern beobachtete.

»Das ist Zak. Und er ist nicht mein Freund.«

Margaret lachte leise. »Noch nicht.«

Jessica spürte, dass sie noch röter wurde, als Margaret ihn von oben bis unten musterte.

»Du musst zugeben, ihr würdet ein äußerst attraktives Paar abgeben. Ihr seht beide gut aus. Mit deinen gemeißelten Wangenknochen, Zak, bist du wohl auch ein Model?«

»Korrekt«, antwortete er kühl. »Calvin Klein und andere Verträge.«

»Dann bist du also ein amerikanisches Model, das mal ebenso die Erlaubnis bekommen hat, eine äußerst gefährliche Insassin wie mich zu besuchen. Lass mich raten! Du bist ein Mitglied von Rodarte. Hab ich recht?«

Jetzt war Zak an der Reihe, rot zu werden. »Ja, Sie haben recht. Vielleicht können wir jetzt ...«

»Wo hab ich bloß meine Manieren gelassen? Wollt ihr euch nicht setzen, nachdem ihr euch die Mühe gemacht habt, die ganze Strecke von London bis hierher zu fahren, um mich zu besuchen?«

Als Jessica ihren Mantel über die Rückenlehne warf, streifte sie Zak mit einem Blick. Sie müssten die Sache vorsichtig angehen. Margaret sorgte absichtlich dafür, dass sie ins Hintertreffen gerieten.

»Schöner Mantel, Jessica«, sagte Margaret. »Ist er zufällig von Ossa Cosway? Ich erkenne die typischen Paspeln am Kragen und an den Ärmeln.«

»Ja.«

»Wie konnte ich das vergessen? Du bist doch Ossa Cosways neue Muse, nicht wahr? Ich glaube, ich habe neulich so etwas gelesen.«

»Für jemanden, der die letzten sechs Monate in Einzelhaft verbracht hat, sind Sie erstaunlich gut informiert«, stellte Zak fest.

»Ich kann immer noch Zeitungen und Bücher lesen.« Margaret wedelte mit der Hand in der Zelle herum. »Ich beschäftige gern mein Hirn.«

Jessica beugte sich vor. »Und was ist mit Computern?«

In den Daten, die Zak ihr zum Lesen gegeben hatte, stand,

dass Margaret nur einmal in der Woche überwachten Zugang zur Gefängnisbibliothek gestattet war. Während sie im Internet surfte und sich BBC Online sowie Ägyptologie-Webseiten ansah, für die sie sich seit Neuestem interessierte, saß ein Wärter neben ihr. Margaret konnte sich in keine E-Mails oder andere sozialen Netzwerke einloggen. Die Firewalls waren so stark, dass sie keine Webseiten anklicken konnte, die von der Gefängnisbehörde nicht genehmigt worden waren. Hatte sie eine Möglichkeit gefunden, die Vorschriften zu umgehen, um sich mit dem Anführer des *Kollektivs* in Verbindung zu setzen?

Margaret ignorierte Jessica und wandte ihre Aufmerksamkeit Zak zu. »Interessant, dass Rodarte und Westwood sich zusammengeschlossen haben. Aus Erfahrung weiß ich, dass die Geheimdienste nicht so gut als Team arbeiten. Ihre Egos stehen ihnen meist im Weg, dadurch werden die Einsätze kompliziert und chaotisch. Rodarte versucht immer, im letzten Moment noch den Ruhm oder was auch immer an sich zu reißen.« Margaret strich sich die Haare hinter den Ohren glatt. »Du solltest vorsichtig sein, Jessica. Männliche Rodarte-Spione haben den Ruf, Herzen zu brechen, weißt du? Für sie sind hübsche junge Westwood-Agentinnen *die* Eroberung. Ich könnte mir vorstellen, dass Jamie das gar nicht gefallen würde.«

Jessica verzog keine Miene, während Margaret ihr Gesicht prüfend musterte. Sie konnte es sich nicht leisten, irgendwelche Gefühle zu zeigen. Ansonsten würde Margaret sofort erkennen, dass sie einen Nerv getroffen hatte und würde sie bewusst in Rage bringen.

»Um ehrlich zu sein, ich bin nicht sicher, ob es sich hier um eine offizielle, vom MI6 bewilligte Partnerschaft handelt – so, wie ihr euch hier reingeschlichen habt«, fuhr Margaret fort. »Der MI6 hätte erfahrenere Agenten losgeschickt, kein Westwood-Girlie, das bei meiner Überführung mitgeholfen hat. Es wäre ein zu großes Risiko gewesen, zuzulassen, dass wir uns von Angesicht zu Angesicht gegenüberstehen. Weiß dein geliebter Patenonkel überhaupt, dass du mich besuchst? Und was ist mit deiner Schule? Schwänzt du heute den Unterricht?«

Jessica blickte zur Seite. Das war wieder mal typisch Margaret. Sie haschte nach Informationen.

»Hören Sie …«, begann Zak.

»Nein, hör *du*!«, knurrte Margaret. Sie drückte ihre Handflächen auf das Glas. »Komm her, Junge!«

Zak schaute sich im Korridor um und stand auf. Er näherte sich der Scheibe, obwohl es gegen die Anweisungen des Wärters war.

»Ich nehme an, du warst so schlau, die Kameras da drüben außer Gefecht zu setzen?« Sie ruckte mit dem Kopf. »Und die Abhörgeräte? So was haben sie hier natürlich auch.«

Zak berührte seinen verborgenen Ohrstöpsel. »Wir haben drei Minuten Zeit.«

»Hervorragend«, sagte Margaret lächelnd. »Es dürfte nicht lange dauern. Sag mir, was bietet Rodarte mir für Informationen über das *Kollektiv*?«

Jessicas Herz schlug schneller. Sie hatte also recht gehabt. Margaret wusste *wirklich* etwas. Wenn Nathan doch bloß auf sie gehört hätte!

»Wir können Sie aus diesem Hochsicherheitstrakt in eine privatere und größere Einzelzelle verlegen lassen«, erklärte Zak. »Sie würden ganz besondere Privilegien bekommen – so viele Bücher und Zeitungen, wie Sie wollen, einen Job in der Bibliothek und Zugriff auf ein Online-Fernstudium. Sie wollten Ägyptologie studieren und promovieren, nicht wahr? Das können wir für Sie arrangieren.«

»Wow.« Margaret grinste hämisch. »Lass mich nur zwei Sekunden lang nachdenken. Die Antwort ist Nein. Worüber sollen wir uns sonst noch zwei Minuten lang unterhalten? Korrektur: eine Minute und vierzig Sekunden lang?«

»Wieso?« Zak runzelte die Stirn. »Woran haben *Sie* denn gedacht? Sagen Sie es mir und ich lass es meine Vorgesetzten wissen.«

»Verlegt mich in ein Gefängnis in den Vereinigten Staaten, wo ich euch alles, was ich weiß, verraten werde. Danach entlasst ihr mich mit einer neuen Identität und erlaubt es mir, irgendwo in Amerika den Rest meines Lebens im Zeugenschutzprogramm zu verbringen.«

»Das wird nie passieren«, sagte Jessica und stand auf. »Stimmt's, Zak? Sag's ihr! Sie wird hinter Gittern sterben.«

Zak gab die Nachricht durch ein in seiner Jacke eingelassenes Mikrofon an seinen Teamleiter weiter. Er lauschte der Stimme im Ohrstöpsel. Jessica vermutete, dass er aufgefordert wurde, die Diskussion zu beenden.

»Ich bin nicht bevollmächtigt, diese Bedingungen mit Ihnen zu besprechen«, sagte er schließlich. »Das würde eine Freigabe durch den Direktor der CIA erforderlich machen, der im Moment nicht erreichbar ist. Reden wir also …«

»Die Wahrheit ist doch, Zak, dass du nicht einmal bevollmächtigt bist, mir die Schuhe zu putzen«, bellte Margaret. »Deshalb schlage ich vor, du findest jemanden von der CIA, mit dem ich ins Geschäft kommen kann. Vergiss nicht, die Uhr tickt. Ich möchte um fünfzehn Uhr nicht in den Schuhen der MI6-Agenten stecken. Heikle Sache. Ganz heikle Sache.«

Jessica hielt die Luft an. Margaret wusste also auch von LibertyCrossings Plan, die Liste zu veröffentlichen. Sie sah Zak an. Er konnte seinen Schock nicht verbergen.

»Du verschwendest Zeit, Zak. Ticktack, ticktack. Kapierst du es immer noch nicht? Ich mache keine Geschäfte mit Teenager-Models. Ich möchte mit jemandem sprechen, der in der Nahrungskette der CIA einen weitaus höheren Rang einnimmt.« Margaret haute mit der Faust auf die Glasscheibe. »Wärter? Ist da jemand? Hallo? Wir sind fertig.«

Jessica starrte sie an. Margaret wusste, dass die Wärter sie nicht hören konnten. Es war alles nur Show. Aber es würde nicht mehr lange dauern, bis die Beamten wegen der nicht funktionierenden Überwachungskameras misstrauisch werden und kommen würden, um der Sache nachzugehen.

»Woher wissen wir überhaupt, ob Sie Informationen über das *Kollektiv* haben?«, fragte Jessica. »Sie können nicht erwarten, dass jemand anderes von der CIA mit Ihnen reden will, solange wir nicht wissen, was Sie haben. Verraten Sie uns irgendwas, das wir Zaks Vorgesetzten mitbringen können.«

Margaret verschränkte die Arme und schüttelte den Kopf.

»Sie blufft«, sagte Jessica zu Zak. »Sie hat nichts. Komm, wir gehen!«

»Wirklich?«, fragte Margaret. »Ihr wollt das Risiko eingehen? Die Wahrheit ist, ihr seid beide heute hergekommen, weil ihr der Spur gefolgt seid. Ich vermute, dass sich Mitglieder des *Kollektivs* in den MI6 eingehackt und einen Hinweis hinterlassen haben.«

Jessica wirbelte herum. »Lily. Sie haben LibertyCrossing den Namen meiner Mutter verraten.«

Margaret lachte gackernd. »Ich habe eine Menge mehr an LibertyCrossing *verkauft*, als ich noch beim MI6 war – lange bevor ich festgenommen wurde: Hintergrunddetails über deinen verkrüppelten Ex-MI6-Agenten-Vater, deine Ex-Westwood-Großmutter, deinen Freund Jamie, oder ist er auch schon ein Ex? Deine beste Freundin Becky. Die Liste lässt sich endlos fortsetzen.«

»Jessica hat recht«, flüsterte Zak. »Sie sind eine Psychopathin.«

Jessica ballte die Fäuste. Margaret hatte jeden in ihrem Leben erwähnt, außer ihre Mutter. Dafür musste es einen Grund geben.

»Sie haben dem Anführer des *Kollektivs* vom Mord an meiner Mutter und seiner Verbindung zu Sargasso erzählt, nicht wahr? LibertyCrossing hat angenommen, dass ich nach vertraulichen Daten suchen würde, wenn ich feststelle, dass die Firewalls im MI6-Computer ausgefallen sind. Er hat das als Falle benutzt, um mich zu belasten, damit ich bei Westwood rausfliege.«

Margaret lächelte. »Deine verstorbene Mutter ist dein Schwachpunkt. Das war schon immer so. Es ist dein Untergang, der jetzt beginnt.«

Jessica näherte sich der Glasscheibe. »Was meinen Sie damit?«

»LibertyCrossing wird dich zerreißen, Stück für Stück, bis nichts mehr übrig ist. Ich hatte vorgeschlagen, dass seine Anhänger zuerst Westwood und deine Schule ins Auge fassen. Als Nächstes kommt deine Model-Karriere dran. Ein paar beleidigende E-Mails, die von deinem Konto aus an die Herausgeber von *Vogue*, *Tatler* und *Elle* geschickt werden – dann stehst du für immer auf der schwarzen Liste. Danach werden sie sich über deine Freunde hermachen und deine Beziehungen zu Becky und Jamie zerstören, bis dein Leben so, wie du es gekannt hast, vorbei ist und du dir wünschst, tot zu sein.«

»Lassen Sie sie in Ruhe!«, brüllte Zak.

Er senkte seine Stimme, als er Jessica von der Scheibe wegzog. »Wir müssen gehen. Rodarte kann die Kameras nicht länger ausgeschaltet lassen.«

Margaret lachte schallend. »Der edle Ritter von Rodarte, der das arme kleine Westwood-Mädchen in Nöten rettet. Wie langweilig und vorhersehbar!«

»Ich brauche keine Hilfe«, gab Jessica zurück. »Aber *Sie*, Margaret. Ich werde Nathan anrufen, sobald ich draußen bin, und ihm sagen, dass meine Vermutung richtig war – dass Sie was mit dem *Kollektiv* zu tun haben. Dass Sie Informationen über mich an LibertyCrossing verkauft haben und seine Hacker-Armee Sie dafür hier rausholen sollte. Das ist ihnen am Samstag aber nicht gelungen, und jetzt stecken Sie hier fest. Der MI6 wird Sie verhören und die Informationen bekommen, die er heute vor fünfzehn Uhr braucht, und zwar ohne irgendeinen Deal.«

»Du dummes kleines Mädchen«, zischte Margaret. »Du kannst mir glauben – du wirst Nathan nicht anrufen!«

»Natürlich werde ich ihn anrufen!« Jessica runzelte die Stirn. Was wollte Margaret damit sagen? Was war ihr selbst entgangen?

»Ihr macht euch jetzt besser aus dem Staub«, sagte sie lachend. »Ich nehme an, dass in circa dreißig Sekunden ein Wärter auftaucht. Die Wachmannschaft wird sich schon wundern, worüber wir uns so lange privat unterhalten.«

Jessica nahm ihren Mantel vom Stuhl und zog ihn an.

»So einen muss ich mir auch anschaffen«, fuhr Margaret fort. »Aber ich glaube, Schwarz würde mir besser stehen. Oder ich entscheide mich ebenfalls für Hellblau.«

»Sie brauchen keinen neuen Mantel. Hier kommen Sie nicht mehr raus.«

»Sei dir da nicht so sicher!«

Jessica hielt die Luft an. Plante das *Kollektiv* einen neuen Überfall auf das Gefängnis?

Wie Margaret es vorausgesagt hatte, tauchte am Ende des Gangs ein Wärter auf. »Ist da hinten alles in Ordnung?«

»Ja«, brüllte Zak zurück. »Alles okay, danke.«

»Setzt euch hin oder verlasst das Gebäude!« Der Mann blieb in ihrer Nähe und beobachtete sie scharf.

Jessica zögerte. Sie würde keine zweite Chance bekommen, Margaret zu konfrontieren. »Sagen Sie mir, was mit meiner Mutter wirklich passiert ist! Wer hat den Anschlag befohlen? War es Vectra?«

»Komm schon, Jessica!«, zischte Zak. »Wir müssen los.«

Margaret ging ans andere Ende der Zelle.

»Haben Sie ihren Hubschrauber sabotiert?«

»Hör auf!«, bettelte Zak. »Margaret führt dich an der Nase herum. Sie wird dir nie verraten, was du wissen möchtest.«

Jessica ignorierte ihn. »Was ist Sargasso? Ich weiß, dass es was mit meiner Mutter und dem Tod eines ehemaligen KGB-Offiziers zu tun hat. Warum wurden sie umgebracht?«

Margaret nahm ein Buch in die Hand und blätterte darin herum. Zu Jessicas Überraschung warf sie es plötzlich auf das Bett und ging wieder an die Scheibe. »Sie haben eins und eins zusammengezählt und Sargasso gefunden. Komm her!«

»Zurück!«, brüllte der Wärter, als Jessica sich Margaret näherte. Sie waren nur noch wenige Zentimeter voneinander entfernt.

»Wissen ist gefährlich, Jessica. Ich werde Sargasso auf jeden Fall informieren, dass du dich nach der Organisation erkundigt hast. Du wirst genauso enden wie deine ins Handwerk pfuschende Mutter!«

Zak zog sie weg. »Es reicht. Die Kameras funktionieren wieder.«

Jessica zog den Kopf ein und rannte dem Wärter entgegen.

Sie hatte heute mehr von Margaret erfahren, als sie erwartet hatte.

»Wir sind fertig. Können Sie uns rauslassen?«

Der Wärter sah sie böse an. »Zieh mir ja nie wieder so eine Nummer ab! Jetzt folgt mir.«

Zak holte sie ein und packte Jessica am Arm.

»Ist alles okay?«, fragte er leise.

»Ja.« Sie riss sich los und lief dem Wärter hinterher.

Die erste Sicherheitstür öffnete er mit seinem Daumenabdruck und einem Code.

»Du siehst aber nicht so aus«, sagte Zak, als sie durch die nächste Tür gingen. »Möchtest du drüber reden?«

Dazu hatte sie überhaupt keine Lust. In ihrem Kopf schwirrten Gedanken an den Tod ihrer Mutter, an Sargasso und Margaret. Zak würde nie verstehen, was sie gerade durchmachte. Sie wünschte, sie könnte mit ihrem Vater besprechen, was passiert war.

»Sag mir, dass Margaret nicht bekommt, was sie vorhin verlangt hat«, hauchte sie. »Versprich mir, dass dein Direktor sich auf keinen Deal einlässt und sie freilässt.«

»Nie im Leben! Gegen ihre Anfrage wurde sofort ein Veto eingelegt. Das konnte ich ihr natürlich nicht sagen. Wir mussten mitspielen und sehen, was wir aus ihr herausholen konnten.«

Noch ein paar quälende Hinweise auf Sargasso, aber nichts, was den Plan von LibertyCrossing, die Liste der Agenten am Nachmittag zu veröffentlichen, zum Scheitern bringen würde.

Der Wärter blieb vor der nächsten Doppeltür stehen. »Das ist merkwürdig.« Eine Stirnfalte bildete sich zwischen seinen Augen, als er die Tür aufstieß.

»Was?«, fragte Zak.

»Die Tür ist nicht verschlossen. Mein Daumenabdruck wird nicht gebraucht.« Er zückte sein Walkie-Talkie. »Wir haben im Gang 243 einen Sicherheitsverstoß. Bitte prüfen. Ende. Hallo?«

Stille.

Zak und Jessica tauschten Blicke, während der Wärter vorausging.

»Hat das was mit Rodarte zu tun?«, fragte sie leise.

Zak sprach in sein verstecktes Mikrofon und meldete, was geschehen war. Dann lauschte er der Antwort. »Nein. Wir haben die Kameras außer Kraft gesetzt, die Schlösser aber auf keinen Fall. Das ist etwas anderes.«

Als sie den Wärter einholten, untersuchte er bereits das Tastenfeld am Ende des Gangs. Diese Tür war auch nicht verschlossen. Jessica schauderte. Margaret hatte angedeutet, dass etwas passieren könnte.

»Das ist übel, echt übel«, murmelte Zak.

»Schnell, hinter mir her!«, befahl der Wärter.

»Was ist denn los?«, fragte Jessica. »Warum sind die Türen alle offen?«

»Ich weiß es nicht. Irgendwas stimmt nicht.«

Plötzlich knisterte sein Walkie-Talkie und eine Stimme plärrte: »Dies ist eine Code-Sechs-Situation. Es ist keine Übung. Ich wiederhole: Es ist keine Übung.«

Gleich darauf heulte eine Sirene los.

»Weg von hier! Schnell!« Der Wärter fing an zu rennen, während tief im Inneren des Gefängnisses Schreie widerhallten.

Jessica lief dem Wärter nach. »Was ist passiert?«

»Ein enormer Verstoß. Ich muss euch beide in Sicherheit bringen.«

»Was genau bedeutet Code Sechs?«, fragte Zak schnaufend.

»Alle Türen sind offen – innen, außen. Alles.«

Jessica kam schlitternd zum Stehen. Das *Kollektiv* befreite Margaret. »Wir müssen zurück.«

»Das kann ich nicht zulassen!«, blaffte der Wärter. »Da hinten kann ich nicht für eure Sicherheit garantieren. Er ruckte mit dem Kopf in Richtung Korridor. »Wir müssen uns so weit wie möglich vom Hochsicherheitstrakt entfernen.«

Jessica rührte sich nicht vom Fleck. Sie konnte nicht.

»Hast du mich nicht gehört? Da hinten sind Killer, Kindermörder und Brandstifter. Du kannst es mir glauben – die tun alles, um hier rauszukommen. Sie würden nicht zögern, jede behelfsmäßige Waffe, die sie in die Hände kriegen, einzusetzen, wenn ihr zwischen ihnen und der Freiheit steht.«

»Zak?«

»Wir gehen. Der Wärter hat recht. Wir müssen hier raus. Das ist ein *Befehl*.«

Sie starrte ihn an. Das musste die Anweisung sein, die er von seinem Teamleiter bekommen hatte. Hatte Zak noch nie davon gehört, dass man Befehle auch infrage stellen konnte?

Türen flogen krachend auf und hämmernde Schritte hallten im Gang wider. Das Gesicht des Wärters war angstverzerrt. »Die Häftlinge laufen in unsere Richtung. Haut ab! Wir können uns hier nicht erwischen lassen. Wir sind zu weit von jeglicher Hilfe entfernt.«

Er schob beide grob zur Tür und trat diese auf. Jessicas Herz klopfte wie wild, als sie weiterstürmten. Was sollte sie tun? Margaret war inzwischen bestimmt aus ihrer Zelle geflohen. Sie mussten sie aufhalten, bevor sie die Gefängnismauern durchbrach. Als sie den Ostflügel erreichten, befahl ihnen der Wärter, ihm beim Verbarrikadieren der Türen mit Tischen und Stühlen zu helfen.

»Das sollte halten – zumindest vorübergehend«, sagte er

und wischte sich die Stirn. »Folgt mir, hier lang!« Er führte sie tiefer in den Ostflügel hinein. Nach ein paar Minuten blieb er plötzlich stehen. »Hier lass ich euch allein. Ich muss zu meinen Kollegen und die Lage besprechen.« Er zeigte mit einem Kopfnicken auf eine Tür an der rechten Seite. »Nehmt diesen Gang! Er führt dorthin zurück, wo ihr euch heute Morgen angemeldet habt. Von dort solltet Ihr den Weg ins Freie finden. Folgt einfach den Notausgangs-Schildern.«

Zak zog Jessica zurück, die dem Wärter hinterherlaufen wollte.

»Auf keinen Fall! Wenn sie es schaffen, das Sicherheitssystem wieder herzustellen und alles verriegeln, stecken wir fest. Wir müssen weiter! Sie dürfen uns hier nicht finden.«

Er packte ihre Hand und zog sie den Korridor entlang. Nach ein paar Minuten kamen sie zu einem Evakuierungspunkt und reihten sich in die Schlange der Besucher ein, die darauf warteten, hinausgeleitet zu werden. Wärter hakten ihre Namen auf Klemmbrettern ab und bugsierten sie eilig durch die Tür.

»Duck dich und schau nicht in die Kameras!«, ordnete Zak an. »Rodarte hat sich bereits zurückgezogen. Sie konnten es sich nicht leisten, von den Hackern enttarnt zu werden.«

Jessica und Zak überquerten den Hof und gingen mit den anderen Besuchern durch das Tor. Dann rannten sie zum Parkplatz und sprangen in Zaks blauen Mini, während Polizeisirenen in der Ferne heulten. Zak jagte den Motor hoch und fuhr rückwärts raus. Jessica packte ihn am Arm.

»Wir können nicht losfahren, Zak. Wir müssen Margaret finden.«

»Wenn wir bleiben, können sie uns identifizieren und uns das Ganze in die Schuhe schieben. Es sieht nicht gut aus, dass ausgerechnet wir hier waren, als das System zusammenbrach.«

Zak steuerte den Mini vorsichtig vom Parkplatz, aber sobald sie auf der Straße waren, trat er hart auf das Gaspedal und fuhr mit quietschenden Reifen los.

»*Ist* es unsere Schuld?«, fragte Jessica. »Hat das was mit den Rodarte-Hacks zu tun?«

Er zog seinen Ohrstöpsel heraus und warf ihn auf seinen Schoß. »Ich hab keine Ahnung. Rodarte dreht durch. Es ist möglich, dass Mitglieder des *Kollektivs* unsere Hacks als Deckmantel für ihre eigenen benutzt haben. Sie hätten sich über das Schlupfloch, das Rodarte ausgenutzt hat, mit reinziehen lassen und ein Virus im Sicherheitssystem freisetzen können.«

»Oh nein! Dann haben wir Margaret also *doch* zur Flucht verholfen.«

»Nicht mit Absicht.«

»Das macht die Sache auch nicht besser. Wir sind Idioten.« Sie stöhnte, als ihr alles klar wurde. »Man hat uns reingelegt.«

Zak atmete hörbar ein und nahm den Fuß vom Gas, als noch mehr Polizeiautos an ihnen vorbeikreischten, gefolgt von Feuerwehr- und Krankenwagen.

»Was, wenn das *Kollektiv* bewusst den Namen meiner Mutter – Lily – in das Computersystem des MI6 geschleust hat, damit ich annehme, dass Margaret involviert ist?«, fuhr sie fort. »Das könnte zu ihrem Plan gehört haben. LibertyCrossing wollte, dass wir dem Hinweis nachgehen und Margaret besuchen.«

Zaks Griff am Steuer wurde fester. »Aber er hat nicht mit Sicherheit gewusst, dass wir hingehen. Jedenfalls nicht heute.«

»Vielleicht hat er es einfach darauf ankommen lassen. Seine Anhänger hätten die Firewalls des Gefängnisses durch den Hacker-Angriff am Samstag prüfen und sich überlegen können, wie man Margaret durch unseren Besuch am besten zur Flucht verhilft. Vielleicht haben die Hacker vermutet, dass Rodarte die Kameras ausschalten würde, wodurch sie problemlos eindringen konnten; oder sie planten einen Ausbruch genau zu der Zeit, wo wir uns im Gebäude befinden, damit wir beschuldigt werden. Wie auch immer – Margaret hatte jedenfalls recht.«

»Was meinst du damit?« Er runzelte die Stirn.

»Sie hat gesagt, ich würde Nathan nicht anrufen, nachdem ich das Gefängnis verlassen hätte. Das stimmt. Ich kann nicht. Wie es aussieht, habe ich dem *Kollektiv* geholfen, sie rauszuholen. Margaret wusste, dass das passieren und die Sache für mich dann sehr schlecht aussehen würde.«

Nach einer kurzen Pause sagte Zak: »Ich stimme dir zu, dass Margaret Bescheid wusste. Aber wieso? Sie hätte sich nicht über BBC Online oder irgendeine Internetseite, die sie normalerweise benutzt, mit dem *Kollektiv* in Verbindung setzen können. Das wird alles überwacht. Lies mal ihre Akte.«

»Ich weiß nicht, wie sie es schafft, aber sie hat eine Möglichkeit gefunden, das System zu umgehen. Sie wusste, dass die MI6-Liste im Internet veröffentlicht würde. Jemand hat definitiv von draußen mit Margaret kommuniziert. Jetzt ist sie auch draußen.«

»Lass uns das Ganze nicht überstürzen«, sagte Zak. »Wir wissen nicht, ob Insassen, einschließlich Margaret, ausgebrochen sind. Vielleicht ist sie inzwischen geschnappt worden und wieder in ihrer Zelle.«

»Sie ist weg«, sagte Jessica und starrte aus dem Fenster.

»Woher weißt du das?«

Zak würde es nicht verstehen. Sie konnte es selbst kaum begreifen. Es war, als ob sie einen sechsten Sinn für Gefahren hätte. Sie *wusste*, dass Margaret frei war.

Kapitel Zwölf

Die lange Fahrt zurück nach London verlief angespannt; weder Jessica noch Zak hatte Lust, sich zu unterhalten, vor allem, weil die Fünfzehn-Uhr-Frist immer näher rückte. Ab und zu schaltete Zak das Radio ein, um Neues über das Gefängnis in Durham zu hören – hundert Häftlinge waren auf freiem Fuß. Jessica fragte sich, was Margaret als Nächstes vorhatte. Würde sie sich dem *Kollektiv* anschließen? Das Land verlassen? Oder sie verfolgen? Jedes Szenario war eine ernst zu nehmende Möglichkeit.

Als sie um vierzehn Uhr fünfzig an einer Autobahnraststätte hielten, taten Jessica die Finger weh, weil sie ihre Hände so fest zu Fäusten geballt hatte. Sie ließ Zak auf dem Parkplatz zurück, der mit seinem Chef telefonieren wollte, und stellte sich an, um Getränke und Sandwiches zu kaufen. Sie hatte keinen Hunger oder Durst, musste aber endlich mal etwas anderes tun, als ständig auf ihre Uhr zu schauen oder die neuesten Nachrichten auf ihrem Handy zu verfolgen.

Jessica fand einen Platz am Ende des Cafés in der Nähe eines Fernsehers, in dem gerade Nachrichten liefen, und nahm einen Schluck Kaffee. Er schmeckte verbrannt und bitter, war aber wenigstens heiß. Ihre Hände zitterten, als sie die Tasse absetzte und wieder auf ihre Uhr schaute. Drei. Der Nachrichtensprecher hatte über den neuesten Stand des Gefängnisausbruchs in Durham berichtet und leierte jetzt irgendwelche Zinssätze herunter. Auf dem Bildschirm leuchteten keine Eilmeldungen über MI6-Agenten auf. Das war merkwürdig. Sie hatte erwartet, dass der Anführer des *Kollektivs* die Liste mit einem Paukenschlag veröffentlichen würde.

In den nächsten zehn Minuten überflog sie Twitter, BBC Online und alle anderen Webseiten der größten Nachrichtensender auf ihrem Handy. Null. Absolut nichts über enttarnte MI6-Agenten. War es Westwood gelungen, das *Kollektiv* aufzuhalten? Anscheinend. Mit jeder Minute, die verging, fühlte sie sich zuversichtlicher. Wie hatte Nathan das geschafft? Schnell überflog sie die Hacking-Webseiten. Auch hier wurden keine MI6-Agenten erwähnt, aber Hunderte von wütenden Leuten hatten LibertyCrossing Nachrichten geschickt, in denen sie den Jackpot für die besten Hacker-Attacken forderten. Einige nannten den Wettbewerb Betrug, da kein Gewinner verkündet worden war.

Zak kam eine halbe Stunde nach der Frist an ihren Tisch. Noch immer war nichts im Fernsehen oder Internet erschienen. Er sank Jessica gegenüber auf einen Stuhl und trank einen großen Schluck kalten Kaffee.

»Frappé?« Er zog eine Augenbraue in die Höhe. »Köstlich.«

»Was ist passiert? Hat Rodarte die Bekanntgabe verhindert oder Westwood?«

»Weder die einen noch die anderen. Beide Geheimdienste sind perplex. Das *Kollektiv* hat die Frist einfach versäumt. LibertyCrossing hat die Liste nicht veröffentlicht – weder vollständig noch teilweise – und hat sich auch nicht mit dem MI6 in Verbindung gesetzt. Wir überwachen das Ganze immer noch online, aber vom *Kollektiv* ist seit dem Ausbruch heute Morgen nichts zu hören oder zu sehen.«

Jessica runzelte die Stirn. »Das macht keinen Sinn. Wieso

hat LibertyCrossing plötzlich das Interesse an Lee Caplin verloren?«

»Keine Ahnung. Aber das bedeutet zumindest: Eine Sache weniger, um die man sich Sorgen machen muss.«

»Ach ja? Schieß los! Was willst du mir nicht sagen?«

Seine grünen Augen durchbohrten sie. »Du hattest recht, was Margaret betrifft. Sie ist unter den Insassen, die fehlen.«

Jessica biss sich auf die Unterlippe und nickte. Das war kaum eine Überraschung. Margaret hatte diesen Ausbruch wahrscheinlich seit Monaten mit dem *Kollektiv* geplant. Der Hacking-Angriff am Samstag, der durch die Attacken auf all die anderen Haftanstalten verschleiert worden war, war eine Erkundungsmission gewesen.

»Was noch?«

»Sie überprüfen deine Theorie, dass wir verleitet wurden, das Gefängnis zu besuchen, um die Flucht irgendwie auszulösen. Rodarte ist auch der Meinung, dass das *Kollektiv* gewettet hatte, wir würden irgendwann hingehen. Aber was Rodarte Sorgen macht, ist die Tatsache, dass das *Kollektiv* wusste, dass es heute passieren würde und dass sie darauf vorbereitet waren. Rodarte hat seine Computersysteme vollständig überprüft. Sie sind nicht gehackt worden. Das *Kollektiv* hat nichts von uns erfahren.«

»Also, am Eindringen in die Westwood-Systeme kann es auch nicht liegen. Niemand weiß, dass wir heute dort waren.«

Zak zuckte leicht zusammen, als er noch einen Schluck Kaffee schlürfte.

»Sag mir bitte, dass Westwood nichts von unserem Ausflug weiß!« Ihr Herzschlag schien kurz auszusetzen. »Oder doch?«

»Noch nicht, aber Rodarte weiß nicht, ob es Aufnahmen gibt, die uns identifizieren. Sie mussten sich aus dem System der Überwachungskameras zurückziehen, als im Gefängnis alles zusammenbrach. Sie konnten keine Aufnahmen verschwinden lassen. Und ich bin nicht sicher, ob sie ihre eigenen Spuren verwischen konnten.«

»Na, toll. Das heißt also im Grunde, dass die Agentin Hatfield ein Überraschungsmanöver auf mein Haus starten kann, um mich festzunehmen, falls sie uns auf den Bildern erkennt?«

»Rodarte tut sein Bestes, um das zu verhindern.« Er schob seine Tasse auf die Seite.

»Oh, wow, danke. Jetzt fühl ich mich gleich viel besser. Schließlich hast du mich ja nicht in den ganzen Mist reingezerrt, oder?«

Zaks Handy vibrierte. Eine SMS. »Oh, Gott.«

»Was ist?«

Er starrte stumm auf sein Telefon. »Lee Caplin.«

»Was ist mit ihm?«

Zak ruckte mit dem Kopf, als eine Eilmeldung auf dem Fernsehschirm auftauchte.

»Wir erhalten soeben Nachricht über einen Massenausbruch aus der Bundesstrafanstalt von Leavenworth in Kansas, USA – vor dreißig Minuten«, begann die blonde Nachrichtensprecherin. »Wir werden Sie über die Entwicklungen auf dem Laufenden halten.«

Jessica schnappte nach Luft. »Lee Caplins Gefängnis.«

»Genau.« Zak schnappte sich sein Handy und stürmte aus dem Café, wobei er mit einer Frau zusammenstieß, die auf einem Tablett Teller und Tassen balancierte. Das Geschirr kam ins Rutschen und fiel klirrend auf den Boden. Die Frau beobachtete sprachlos, wie er verschwand.

Das konnte doch alles nicht wahr sein!

In der nächsten halben Stunde zappte Jessica durch alle möglichen Nachrichten-Websites und verschlang jedes Fitzelchen Information, das sie über den Ausbruch in Kansas finden konnte. Sie klickte eine aktuelle CNN-Story an.

MASSENAUSBRUCH IN USA – LEE CAPLIN AUF DER FLUCHT
Bundesagenten sind auf der Jagd nach mindestens zweihundert Häftlingen, die heute Morgen aus der Bundesstrafanstalt von Leavenworth in Kansas geflohen sind.
Insider berichten von einem totalen Zusammenbruch des Sicherheitssystems, der dafür sorgte, dass sich sämtliche Türen des Hochsicherheitsgefängnisses kurz nach Beginn der Besuchszeit um neun Uhr öffneten.
Mindestens zwei Dutzend Gefängniswärter und acht Besucher wurden schwer verletzt, als die Gefängnisinsassen randalierten.
Unter den Häftlingen, die sich auf der Flucht befinden, sind unter anderem der sechzigjährige Victor Enrique, der wegen Steuerhinterziehung eine Haftstrafe von vierzig Jahren verbüßt, und der britische Cyber-Terrorist Lee Caplin, der vor Kurzem eine dreißigjährige Haftstrafe wegen Computerkriminalität antrat.
Nachdem der Teenager in das Computersystem des Pentagons eingedrungen war, hatte er beinahe einen dritten Weltkrieg ausgelöst und wurde vom FBI für höchst gefährlich eingestuft.
Das Außenministerium gab bekannt, es sei über die Situation informiert worden, gab aber keine weiteren Kommentare zu Caplin ab.
Amerikanische Behörden melden, sie seien davon überzeugt, dass alle Häftlinge innerhalb von achtundvierzig Stunden zur Rechenschaft gezogen würden.

Jessica blickte auf, als Zak mit kreidebleichem Gesicht zurückkam. Er setzte sich mit hängenden Schultern.

»Das kapier ich nicht«, sagte sie und las wieder die Online-Nachrichten durch. »Warum würde der Anführer des *Kollektivs* sich vom MI6 in die Karten sehen lassen und die Freilassung von Lee Caplin am Samstag verlangen, wenn er schon geplant hatte, ihn heute rauszuholen? Es wäre doch bestimmt besser gewesen, sich bedeckt zu halten und dann ohne Vorwarnung loszuschlagen, oder?«

»Rodarte glaubt, dass alles nur Blendwerk war. Alles, was bis jetzt passiert ist, einschließlich des Hacking-Wettbewerbs, war eine Ablenkung, um den MI6 und die CIA zu beschäftigen, während Lees Ausbruch geplant wurde.«

»Es hat jedenfalls funktioniert«, sagte Jessica und knabberte an einem Fingernagel herum. »Dass LibertyCrossing sich nicht die Mühe gemacht hat, die Agentenliste zu veröffentlichen, zeigt, dass das nicht sein eigentliches Ziel war.«

»Genau. Rodarte glaubt nämlich, dass der Anführer des *Kollektivs* sich nicht die Bohne für die Informationsfreiheit im Internet interessiert. Schließlich hat er in der Vergangenheit mit Hacker-Attacken Millionen verdient. Es war ein Trick, um alle abzulenken. Das Zielobjekt war ununterbrochen Lee Caplin. LibertyCrossing wusste, dass die Amerikaner jemanden, der so gefährlich ist, niemals freilassen würden. Also hat er sich ein ausgeklügeltes und andauerndes Tarnmanöver ausgedacht, um den Ausbruch zu verschleiern.«

»Nach dem erfolgreichen Testlauf in Margarets Knast«, stellte Jessica fest, »gab es eine vierstündige Pause zwischen den beiden Angriffen. Sie gingen genau gleich vor – ein Totalausfall der Sicherheitssysteme während der Besuchszeit. Das hat doch was zu bedeuten.«

Zak nickte. »Die CIA analysiert die Aufnahmen der Überwachungskameras in dem amerikanischen Gefängnis. Wir überprüfen jeden Besucher, um festzustellen, ob es eine Verbindung zum *Kollektiv* gibt. Bis jetzt ohne Erfolg.«

»Wisst ihr schon, ob Lee Caplin Besuch bekommen hat?«

»Komisch, dass du das fragst.« Er holte ein iPad aus seinem Rucksack und gab ein Passwort ein, bevor er es ihr reichte. »Lee war einverstanden, sich von einer Journalistin des *Wichita Eagle* interviewen zu lassen.«

»Helen Hamlyn«, las sie. »Eine Feuilletonistin und Mutter von drei Kindern, die seit zwanzig Jahren für den *Wichita Eagle* arbeitet. Sie gibt jetzt die Frauenseite heraus. Helen sollte Lee zum Tod seiner Mutter und den Auswirkungen seines langwierigen Auslieferungsverfahrens auf ihre Gesundheit befragen.«

Jessica sah das Foto der Frau mittleren Alters stirnrunzelnd an. Hatte Helen Hamlyn dem *Kollektiv* bei der Organisation des Ausbruchs geholfen? Es war ziemlich unwahrscheinlich.

»Ich weiß, was du denkst«, sagte Zak. »Helen passt nicht zum Profil der Hacker des *Kollektivs*, die männlich und zwischen sechzehn und fünfundzwanzig Jahre alt sind.«

»Genau.«

»Helens Arbeits- und Privatcomputer werden fernanalysiert. Bis jetzt hat sich kein Kontakt mit LibertyCrossing oder irgendwelchen Hackern gefunden, die mit dem *Kollektiv* verbunden sind. Sie scheint das Internet tatsächlich nur zu benutzen, um für Artikel über die Gesundheit von Frauen zu recherchieren und Familienfotos auf Facebook hochzuladen. Ihr Redakteur meinte, sie hätte im Büro einen anonymen Anruf bekommen, bei dem ihr ein exklusives Interview mit Lee angeboten wurde. Er sagte, die Sache sei kurzfristig gewesen, aber Helen wollte sich die Gelegenheit nicht entgehen lassen.«

»Wo ist sie jetzt? Hat man sie befragt? Vielleicht hat sie was Brauchbares gesehen, ohne es zu wissen.«

»Leider wurde sie beim Ausbruch verletzt. Die Häftlinge haben ihre Zellen zertrümmert und die Bruchstücke als Wurfgeschosse benutzt. Wir haben Agenten, die im Krankenhaus darauf warten, dass sie das Bewusstsein wiedererlangt, um mit ihr reden zu können.«

Zaks Telefon summte. Beim Lesen der Nachricht zog er eine Augenbraue hoch. »Wir haben ein paar Aufnahmen von Helens Besuch ergattert, als sie darauf wartete, Lee zu sehen. Der Rest ist zerstört.«

Er tippte auf sein iPad, während Jessica sich vorbeugte und auf die Schwarz-Weiß-Bilder starrte. Helen, die bei einer Sicherheitskontrolle an ihrem Aufnahmegerät und Notizblock herumfummelte, sah nervös aus. Sie trug einen Regenmantel und eine große schwarze Handtasche.

»*So* interessant ist es auch wieder nicht«, sagte Zak und versuchte, sich das iPad zurückzuschnappen. »Danach geht sie weiter.«

»Moment! Ist das nicht ein Regenmantel von Ossa Cosway?« Sie brachte das Filmmaterial zum Stehen und vergrößerte das Bild. »Siehst du die Paspelierung am Kragen und an den Ärmeln? Margaret hat darüber einen Kommentar abgelassen.« Jessica hielt ihren eigenen Trenchcoat hoch. »Sie hat Ossas unverwechselbares Markenzeichen erkannt. Er verwendet es an allen seinen Mänteln und Jacken.«

»Ja, und?«, fragte Zak spöttisch. »Was hat denn das mit irgendwas zu tun?«

»Möglicherweise nichts«, gab sie zu. »Aber ein Blick darauf würde sich vielleicht lohnen. Du könntest deine Agenten zum Beispiel bitten, Helen zu fragen, wie sie sich einen Fünftausend-Dollar-Mantel leisten kann. Ich habe meinen umsonst gekriegt. Wie ist sie an ihren gekommen?«

Zak zuckte mit den Achseln. »Vielleicht hat sie Prozente bekommen oder ihre schwer verdienten Pennys zusammengespart. Wen interessiert's?«

»Ich dachte, du arbeitest für Rodarte? Ist das nicht irgendwie dein Gebiet – du weißt schon, Mode und so?«

»Diesmal nicht. Hast du eine Ahnung, wie blöd ich dastehe, wenn ich aus einem Modelabel ein großes Ding mache, wo doch gerade der größte Massenausbruch aus einem amerikanischen Gefängnis stattgefunden hat? Das wäre das Ende meiner Karriere.«

Jetzt summte Jessicas Telefon.

»Irgendwas Wichtiges? Oder teilt dir Jamie mit, dass er dich vermisst?«

Jessica machte sich nicht die Mühe, Zak die passende Antwort zu geben. Sie zeigte ihm stattdessen die Nachricht, die aus nur einem Wort bestand: *Tulpen*.

»Das ist alles? Kapier ich nicht.«

»Das ist das Codewort, das meine Kontaktperson vom *Big Issue* benutzen wollte, wenn sie Henry Murray gefunden haben.«

»Worauf warten wir noch?«, sagte Zak und stand auf. »Nichts wie los!«

Paranoia war die beste Taktik. Zak und Jessica wollten kein Risiko eingehen. Es war möglich, dass LibertyCrossing wieder in die Cyber-Welt abgetaucht war, nachdem er Lee Caplin befreit hatte, aber sie konnten nicht davon ausgehen, dass alles vorbei war. Die einzige sichere Option bestand darin, Lucy persönlich aufzusuchen – anstatt sie anzurufen –, um herauszufinden, was sie wusste. Henry Murray war für das *Kollektiv* möglicherweise immer noch eine offene Rechnung.

Nach ihrer Ankunft in London beschlossen Jessica und Zak, nach Hause zu gehen und ihre Ausweise und Kreditkarten wegzulegen, bevor sie sich um achtzehn Uhr dreißig am U-Bahnhof Earl's Court wieder treffen wollten. Sie würden dann nur Bargeld bei sich haben, denn Rodarte hatte die Möglichkeit nicht ausgeschlossen, dass einem von ihnen oder beiden Wanzen in die Sachen geschleust worden waren. Damit hätte das *Kollektiv* sie belauschen und alles über ihre Pläne, das Gefängnis zu besuchen, erfahren können. Sie mussten Lucy an der High Street in Kensington erreichen und anschließend verschwinden, ohne vom *Kollektiv* oder dem MI6 entdeckt zu werden.

Als Jessica ihr Haus betrat, war zum Glück niemand da. Ihr Vater hatte eine Notiz hinterlassen, dass er einen Job zu erledigen hätte, und Mattie traf sich mit ihren Freundinnen vom Lesekreis. Noch besser. Jessica kritzelte schnell auf einen Zettel, dass sie bei Becky übernachten würde, und legte ihn auf die Kommode im Flur. Um ganz sicher zu sein, schickte sie Becky eine SMS, in der sie behauptete, an Grippe erkrankt zu sein. Sie wollte nicht, dass ihre Freundin plötzlich vorbeikäme und ihre Tarngeschichte ruinieren würde. Als Nächstes schaute sie am Festnetztelefon nach, ob jemand eine Nachricht hinterlassen hatte. Nichts. Nathan rannte ihre Tür nicht ein, um sie für Westwood zurückzugewinnen. Die Schule übrigens auch nicht. Ihr Vater hatte Nathan angerufen und ihn angefleht, doch bitte ihren Heimcomputer und das IT-System der Schule zu analysieren. Jessica war sicher, dass Sam sie unvoreingenommen auswerten würde, was aber dauern konnte. Andere Dinge hatten einen höheren Stellenwert auf seiner Tagesordnung, wie beispielsweise die Untersuchung zweier Gefängnisausbrüche. Würde er ihr und Zaks Gesicht auf den Aufnahmen der Überwachungskameras in Margarets Knast entdecken?

Jessica ging die Treppe hoch und durchwühlte den überquellenden Kleiderschrank in ihrem Zimmer. Seit man sie zum Gesicht von Ossa Cosway gemacht hatte, hatten sich ihre Klamotten erheblich vermehrt. Alle paar Wochen trafen Kleider, Röcke, Blusen, Pullover und Hosen ein. Außerdem Cocktail- und Abendkleider in vielen verschiedenen Farben, Mäntel und Accessoires. Sie hatte so viel wie möglich zu ihren alltäglichen New-Look- und Topshop-Klamotten sowie den gebrauchten Sachen, die sie auf Märkten und Second-Hand-Läden gefunden hatte, gepackt. Den Rest hatte sie in die Schränke im Gästezimmer und Schlafzimmer ihres Vaters stopfen müssen.

Sie ignorierte ihre Designer-Klamotten und zog ihren grauen Lieblingspullover aus Kaschmir und Jeans über. Es fühlte sich gut an, wieder normale Kleidung zu tragen. Und wenn sie damit eine Klausel in ihrem Vertrag nicht einhielt? Na und? Sie hatte absolut nicht die Absicht, sich von irgendwelchen lauernden Paparazzi ablichten zu lassen. Dort, wo sie hinging, würden sowieso keine herumhängen.

Jemand läutete an der Tür. Hatte ihr Vater seine Arbeit früher beendet und seinen Schlüssel vergessen? Sie stürmte die Treppe hinunter, legte sich schon eine Ausrede parat und öffnete die Tür.

Ihr blieb der Mund offen stehen. »Was machst du denn hier?«

Jamie runzelte die Stirn. »Das ist ja ein reizender Empfang. Darf ich meine Freundin nicht besuchen? Ich dachte, ich komm mal kurz vorbei und schau, wie es dir geht.«

»Tut mir leid. Es ist toll, dich zu sehen. Ich war nur überrascht. Ich hab dich nicht erwartet.«

Jessica beugte sich vor, um ihm einen Kuss zu geben, aber er drehte den Kopf zur Seite.

»Ja, klar«, sagte er sarkastisch, als er ihren Mantel und Rucksack auf dem Boden liegen sah. »Geht's irgendwo Interessantes hin?«

»Nein. Nicht wirklich.«

»Also – kann ich rein oder nicht?«

Jessica schaute schnell auf die Uhr. Sie wollte sich in einer halben Stunde mit Zak treffen.

Jamie seufzte. »Ich werde versuchen, nicht zu viel von deiner kostbaren Zeit in Anspruch zu nehmen.«

»Sei nicht blöd!« Sie öffnete die Tür, um ihn reinzulassen. »Ich setz Wasser auf.«

Er folgte ihr in die Küche. »Gibt's was Neues?«

Jessica runzelte die Stirn. »Was meinst du?«

»Mann! Ob du wieder in die Schule kannst natürlich.« Jamie rollte ungeduldig mit den Augen. »Oder hast du im Moment was Wichtigeres im Kopf?«

Ja, allerdings. Henry finden, zum Beispiel, bevor er tot ist.

»Als wir das letzte Mal miteinander geredet haben, meintest du, dein Vater könnte dir helfen, deine Unschuld zu beweisen«, half er ihr auf die Sprünge. »Er wollte die Computer-Software prüfen lassen.«

»Ja, deswegen …« Es klingelte wieder an der Tür.

»Gerettet«, sagte Jamie. »Geh hin und ich mach uns einen Kräutertee. Den üblichen?«

»Bitte.« Das Letzte, was sie wollte, war ein Kamillentee, aber wenn sie ihn ablehnte, würde Jamie ihr das auch noch krummnehmen. Sie lief auf den Flur und riss die Tür auf.

»Oh, Gott, *du*!«

»Danke für den herzlichen Empfang.« Zak trat ins Haus, ohne eine Aufforderung abzuwarten. Er hatte sich umgezogen und trug jetzt einen marineblauen Pullover, Jeans und einen schwarzen Anorak. »Wir müssen miteinander reden. Ich konnte dich nicht anrufen oder dir eine SMS schicken, also dachte ich, es ist einfacher, wenn ich schnell vorbeikomme.« Er ließ seinen Rucksack neben ihren auf den Boden fallen.

»Verschwinde!«, sagte sie leise.

»Wieso? Ist jemand da?«

Jamie tauchte auf.

»Oh«, sagte Zak und warf Jessica einen besorgten Blick zu.

Jamie ging wütend auf sie zu. »Deshalb wolltest du mich also schnell wieder loswerden! Weil *er* vorbeikommen würde? Schon wieder?«

»So ist es nicht.«

»Also gehst du nicht mit *ihm* irgendwohin? Hinter meinem Rücken?«

»Doch. Ja. Ich meine – nicht hinter deinem Rücken. Es ist nichts in der Art.«

»Super, Jess. Du hättest zumindest den Anstand haben können, mit mir Schluss zu machen, bevor du mit jemand anderem gehst. Ich hätte nicht gedacht, dass du zu den Mädchen gehörst, die einen belügen. Ich merke, dass ich mich getäuscht habe.«

Zak ging auf ihn zu. »Zwischen Jessica und mir läuft gar nichts. Ehrlich! Wir sind nur befreundet.«

Jamie sprang blitzschnell nach vorn und hob die Faust. Rasch trat Zak zur Seite, packte Jamies Arm und drehte ihn auf den Rücken.

»Aufhören! Lass ihn los, Zak!«

»Erst, wenn er sich wieder beruhigt hat.«

Jamie rang noch heftiger mit ihm. »Ich werde mich *nicht* beruhigen!«

»Du brichst ihm den Arm!«, brüllte Jessica. »Lass ihn los!«

Zak gehorchte und Jamie stolperte vorwärts. Er umklammerte sein Handgelenk. Schnell streckte Jessica die Hand nach ihm aus, aber er zog sich sofort zurück und starrte sie wütend an.

»Hör auf damit, Jamie! Du musst mir vertrauen!«

»Warum? Wie soll das gehen, wenn du mich ständig belügst?«

Sie atmete tief durch. »Ich lüg dich nicht an. Ich liebe dich, Jamie. Ehrlich.«

»Wenn das stimmt – wieso sagst du andauernd unsere Verabredungen ab? Warum verbringst du so viel Zeit mit Zak?«

»Ich hab dir doch von der London Fashion Week erzählt.« Wieso brachte sie *das* wieder aufs Tapet? Sie fand ja selbst, dass es wie eine lahme Ausrede klang.

»Ja, klar. Als ob er regelmäßige Besprechungen bräuchte, um über – ähm – Klamotten zu diskutieren. So blöd bin ich nicht!« Er schwieg. »Ich weiß, dass du mich angelogen hast, als wir uns am Samstag im Café treffen wollten.«

Jessica erstarrte. »Was meinst du damit?«

»Du hast gesagt, dass du Becky beim Lernen ihres Textes geholfen hast, was aber nicht stimmt. Becky hat gesagt, sie hätte dich seit eurem Treffen zu Hause nicht mehr gesehen. Du warst auch zu beschäftigt, um ihr beim Französischaufsatz zu helfen. Du hast weder sie noch mich in den letzten Tagen zurückgerufen. Sie weiß auch nicht, was los ist. Wo warst du? Sag mir endlich die Wahrheit!«

Jessica machte den Mund auf, aber es kamen keine Worte heraus. Was konnte sie auch sagen? Dass sie zu einer Westwood-Krisensitzung geladen worden war? Aber es gab keine andere plausible Erklärung, die er glauben würde.

»Jessica war am Samstag mit mir zusammen«, sagte Zak schließlich.

»Was?«, fragte sie tonlos.

Jamie ballte wieder die Fäuste. »Ich hab's gewusst.«

Heftig schüttelte sie den Kopf. Was dachte sich Zak dabei? Oder dachte er überhaupt? Es hätte ihr schneller etwas einfallen sollen. Wenn er doch bloß die Klappe gehalten hätte! Im Moment machte er alles noch viel, viel schlimmer. Versuchte er schon wieder absichtlich zu stänkern? Es hatte ihm ja die ganze Zeit Spaß gemacht, Jamie bei ihrem ersten Treffen auf die Palme zu bringen.

»Ich wollte, dass sie mir bei meinem Walk hilft, für die Shows, die noch anstehen«, fuhr Zak fort. »Sie wollte es dir nicht sagen, weil sie wusste, dass du ausflippen würdest. Aber sonst war nichts an dem Tag, ich schwör's!«

In Jessica verkrampfte sich alles. Jamie hatte sie noch nie mit solcher Verachtung angeschaut. Sie konnte seinen Blick nicht ertragen.

»Ich weiß nicht mehr, wer du bist«, sagte er leise. »Es ist, als ob dich jemand gegen eine Fremde ausgetauscht hätte. Die alte Jessica Cole hätte mich nie belogen. Das hat mir an dir gefallen. Du warst immer so geradeheraus und hast niemanden getäuscht.«

Sie zuckte zusammen. Er redete über sie – über ihre Beziehung – in der Vergangenheit. Ihre Augen füllten sich mit Tränen. »So bin ich immer noch. Ehrlich! Ich liebe dich, Jamie. Es gibt nur dich. Kein anderer. Auch Zak nicht.«

Eine Träne lief über Jamies Gesicht. Er wischte sie wütend weg. »Dann sag mir, Jess: Wenn du dir aussuchen könntest, mit wem du aus dem Haus gehst, mit mir oder mit Zak – wie würdest du dich entscheiden?«

Sie versuchte wieder, Jamies Hand zu ergreifen, aber er rückte von ihr ab.

»Ich brauche eine Antwort.«

Sah er denn nicht, dass er ihr das Herz brach? Sie musste sofort mit Zak loslaufen, wenn sie Henry noch finden wollten, aber dann wäre ihre Beziehung zu Jamie vorbei.

»Das ist verrückt«, sagte sie schließlich. »Warum muss ich zwischen euch wählen?«

Jamie schüttelte traurig den Kopf. »Weil es mir wichtig ist. Vor ein paar Monaten hättest du nicht gezögert. Du wärst mit mir gegangen. Das weiß ich. Damals warst du ein ganz anderer Mensch.«

»Du verstehst nicht.«

»Stimmt. Ich versteh es echt nicht. Ich versteh dich überhaupt nicht mehr. Wir sind fertig miteinander.«

»Nein! Bitte nicht, Jamie.«

Als sie ihn umarmen wollte, schüttelte er sie ab und ging aus der Tür, ohne sich noch einmal umzuschauen.

»Jamie!« Sie folgte ihm bis zum Gartentor, aber er war zu schnell. Er rannte schon die Straße entlang.

Es war ihre eigene Schuld. Warum hatte sie sich an die Vorschriften gehalten und ihm nichts von Westwood erzählt? Sie gehörte doch gar nicht mehr dazu. Man könnte sie nicht mehr bestrafen, wenn sie über die geheime Organisation auspackte. Aber tief in ihrem Inneren wusste sie warum. Sie wollte wieder dazugehören und hasste sich dafür.

»Tut mir leid«, sagte Zak leise. »Aber es war die einzige Erklärung, die er mir abgenommen hätte, auch wenn er das nicht wollte.«

Jessica machte die Tür zu und lehnte sich mit geschlossenen Augen dagegen. Sie wollte nicht, dass Zak sie weinen sah. »Es war das *Schlimmste*, was dir einfallen konnte, falls du das nicht selber bemerkt hast.«

»Dafür hast du aber nichts über Westwood ausgeplaudert. Das musste ich verhindern.«

»Vielen herzlichen Dank! Ich hatte überhaupt nicht vor, etwas zu verraten. Warum kannst du dich nicht einfach aus meinen Angelegenheiten raushalten?«

»Okay, okay. Beruhige dich! Es tut mir leid. Egal, was du gesagt hättest – wahrscheinlich wäre die Sache nicht anders ausgegangen.«

Sie funkelte ihn wütend an. »Das werden wir jetzt aber nicht mehr rausfinden, oder?«

»Du hast das Richtige getan«, fuhr er fort. »Du konntest nicht mit Jamie abzischen. Wir müssen Henry retten. Das hat oberste Priorität. Hoffentlich kannst du dich später mit Jamie versöhnen. Vielleicht lenkt er ein.«

Konnte das alles wahr sein? Sie hatte es zugelassen, dass die Liebe ihres Lebens weglief und das Schlimmste von ihr dachte – dass sie, dank Zak, ein verlogenes Biest war. Jamie würde niemals einlenken. Nathan hatte sie gleich am Anfang gewarnt, dass die Führung eines Doppellebens menschliche Beziehungen belastete. Das war zweifellos der Grund, weshalb es in seinem Leben niemand Besonderen gab. Und trotzdem hatte sie sich verpflichtet, für Westwood zu arbeiten, weil sie damals nicht ahnen konnte, dass es ihr Herz und das von Jamie brechen würde.

Jessica zwinkerte ihre Tränen weg. »Was ist denn eigentlich so wichtig, dass du deshalb vorbeikommen musstest? Wir hatten doch verabredet, uns am Bahnhof zu treffen.«

»Spionage-Geräte.« Er zeigte auf seinen Rucksack. »Ich hab alles Mögliche von zu Hause mitgebracht. Ich wollte nachschauen, ob der MI6 dir was dagelassen hat, als sie deine Sachen konfisziert haben.«

Sie nickte bedächtig. »Nathan hat Hatfield keine vollständige Liste gegeben. Er hat ein paar Dinge weggelassen, wie zum Beispiel meine Elektroschocker-Schuhe. Wahrscheinlich aus Versehen.«

»Vielleicht will ein Teil von ihm dir immer noch helfen.«

Jessica starrte auf das goldene Armband an ihrem Handgelenk. Kurz nachdem sie Westwood beigetreten war, hatte Nathan es ihr geschenkt. Sie hatte ein ähnliches benutzt, um ihn und Mattie in Monaco zu retten. Damals hatte sie damit ein Loch in die Seite eines sinkenden Bootes gesprengt, in dem sie alle gefangen waren. Vielleicht hatte das Armband ja einen Erinnerungswert für ihn.

»Vielleicht. Ich weiß nicht.« Sie zuckte mit den Schultern. »Ich hab jedenfalls oben noch ein paar Dinge.«

»Gut. Hol alles, was du hast. Wir wissen nicht, was uns heute Abend erwartet. Wir müssen uns auf alle Fälle schützen können. Ich habe ein Testgerät für unsere Handys mitgebracht und werde alles prüfen, was wir mitnehmen, um sicher zu sein, dass die Sachen astrein sind. Heute Abend dürfen wir nichts dem Zufall überlassen. Diesmal nicht.«

Jessica drehte sich um, damit er nicht sehen konnte, dass ihr wieder Tränen in die Augen traten. Sie packte das Geländer und ging langsam die Treppe hoch.

»Es wird alles gut!«, rief er ihr hinterher.

Woher wollte er das wissen? Hatte er nicht gesehen, wie verletzt Jamie war? Hatte er nicht gehört, was er sagte? Es war alles vorbei. Es gab kein Zurück, auch wenn sie ihm doch noch die Wahrheit erzählte. Dafür hatte Zak gesorgt.

Kapitel Dreizehn

Als sie die Arkaden in der Nähe des Bahnhofs Charing Cross erreichten, regnete es in Strömen. Ein verletzter Junge, der zu Henrys Beschreibung passte, hatte sich zwischen den anderen Obdachlosen aufs Ohr gehauen. Lucy hatte gesagt, dass er die Unterstützung von Mitarbeitern einer Obdachlosenhilfe abgelehnt hätte und davonlief, sobald sich ihm jemand näherte. Sie hatte Zak und Jessica außerdem erzählt, dass andere Verkäufer des *Big Issue* von zwei Teenagern angesprochen worden waren, die mit dicken Bündeln Geldscheinen herumwedelten – eine Gegenleistung für Informationen über Henrys Aufenthaltsort. Sie behaupteten, Schulfreunde zu sein, aber Jessica bezweifelte kein bisschen, dass sie Mitglieder des *Kollektivs* waren und von LibertyCrossing den Auftrag erhalten hatten, den vermissten Hacker zu finden.

Nachdem die zwei sich an der High Street in Kensington von Lucy entfernt hatten, waren sie abwechselnd mit Bussen, Taxen und der U-Bahn gefahren. Zak behauptete, es wäre ein Team von mindestens zwanzig Leuten nötig, um die beiden im Auge zu behalten, da sie sich quer durch das Zentrum von London bewegten und dabei versuchten, den Überwachungskameras auszuweichen. Junge Hacker waren zwar nicht so gut ausgebildet wie MI6- und CIA-Agenten, aber Jessica und Zak hätten so oder so mit dem Paar nicht mithalten können, weil sie von einem Verkehrsmittel zum anderen wechselten. Die einzige

Möglichkeit war, die Jungs mithilfe von Überwachungskameras aufzuspüren.

»Es lässt sich unmöglich feststellen, ob Henry heute hier war oder nicht«, sagte Zak und ließ seine Taschenlampe über die Kartons schweifen. Ein paar alte Männer rieben sich die Augen und riefen ihnen Schimpfwörter zu, bevor sie sich umdrehten, um eine bequemere Lage einzunehmen.

»Vielleicht ist er schon weitergezogen«, vermutete Jessica. »Wenn er gehört hat, dass ihn jemand sucht, versteckt er sich bestimmt woanders.«

»Wir müssen hier alles abchecken. Ich hoffe, du hast für heute Abend keine Pläne. Es könnte eine lange Nacht werden.«

Jessica zuckte zusammen. Natürlich hatte sie keine Pläne – nach allem, was mit Jamie passiert war. Hatte Zak ein so kurzes Gedächtnis?

»Sorry. Das war taktlos.« Er zögerte. »Ich wollte vorhin, und auch im Café am Samstag, zwischen dir und Jamie echt keinen Ärger verursachen. Ich konzentriere mich auf meinen Job und andere Dinge ...« Er räusperte sich. »Und ... manchmal leiden andere darunter, obwohl ich das gar nicht will.«

»Ich glaube, da hat sich schon eine ganze Weile lang was zusammengebraut«, sagte sie leise. »Es war nicht einfach, Geheimnisse vor ihm zu haben.«

»Unser Job ist nicht gerade ideal für ein Privatleben, stimmt's? Ich weiß, was du durchmachst. Mir hat man auch das Herz gebrochen. Meine Freundin hat mit mir Schluss gemacht. Aber es geht einem irgendwann auch wieder besser.«

Was? Sie hatte eigentlich erwartet, dass Zak der Herzensbrecher war und nicht umgekehrt.

Seine Augen wurden feucht. »Es war uns doch beiden klar, worauf wir uns einlassen, oder nicht?«

Wirklich? Wäre sie Westwood beigetreten, wenn sie gewusst hätte, dass es ihre Beziehung zu Jamie ruinieren würde? Hätte Zak sich Rodarte angeschlossen?

Er drückte ihre Schulter. »Du kommst drüber weg, so wie bei mir auch. Du bist zäh, genau wie ich.«

Aber sie fühlte sich nicht zäh. Ganz im Gegenteil.

In den nächsten beiden Stunden standen sie nah beieinander, an eine Wand gelehnt, um sich warm zu halten, aber weit genug vom Lager der Obdachlosen entfernt, damit sie nicht auffielen. Überhängende Zweige schützten sie einigermaßen vor dem Regen, aber die Feuchtigkeit war bereits in Jessicas Turnschuhe und ihren Anorak gedrungen.

»Hältst du es noch aus?« Zak ließ das behelfsmäßige Camp nicht aus den Augen.

»Mir geht's gut«, sagte Jessica und stampfte mit den Füßen. Sie nahm einen Schluck aus der Wasserflasche und stopfte sie wieder in ihre Jackentasche. Was hätte sie jetzt für eine heiße Schokolade gegeben!

»Ich geh rüber und versuch noch mal, mit den Männern zu reden.« Sie ruckte mit dem Kopf in Richtung Pappkartons und trat aus dem Schatten. »Vielleicht sind sie zu einem Mädchen offener, wenn ich ihnen erkläre, dass wir Henry helfen wollen.«

Zak drückte sie plötzlich an die Wand, sein Körper an ihren gepresst.

»Was zum …?«

»Wir haben Gesellschaft.«

Jessica konnte im Dunkeln nichts sehen. »Wo?«

»Nähert sich von Westen. Dunkler Lieferwagen, Kennzeichen SR42 YMK. Datenbank prüfen. Jetzt.«

Jessica schaute die Straße entlang und dann wieder zurück

zu Zak. Sie konnte keinen Lieferwagen sehen, aber eine Kontaktlinse in Zaks rechtem Auge. »Du hast bionische Sicht, stimmt's?«

»Die neueste Technik der CIA. Der Van benutzt gestohlene Kennzeichen.«

Nicht schlecht. Er hatte das Augengerät angewiesen, das Verkehrsregister durchzusehen, und über den kleinen Stöpsel in seinem rechten Ohr Auskunft bekommen. Seine Linse war viel raffinierter als die, die sie damals im Shard getragen hatte. Sie hätte damit niemals die ganze Straße entlangschauen und ein Autokennzeichen lesen können.

Der Lieferwagen parkte neben dem Lager der Obdachlosen und schaltete die Scheinwerfer und den Motor aus. Ihr Verfolgungswahn war also völlig berechtigt gewesen. Das *Kollektiv* hatte Henry Murrays letzten Aufenthaltsort herausgefunden.

»Solltest du nicht Rückendeckung anfordern?«, fragte Jessica aufgeregt.

»Wir werden damit alleine fertig.«

»Sei doch nicht blöd! Wir wissen nicht, wie viele Leute im Wagen sind. Sie sind bestimmt in der Überzahl und möglicherweise bewaffnet.«

»Wir haben keine Zeit«, sagte Zak. »Henry ist schon da.«

Eine groß gewachsene Gestalt mit tief ins Gesicht gezogener Baseballkappe näherte sich im Schatten des gegenüberliegenden Bürgersteigs.

»Bist du sicher, dass er das ist?«

»Die Gesichtserkennung ist positiv. Henry läuft direkt in eine Falle.«

Jessica hielt den Atem an. Henry war jetzt fast bei ihnen. Sie schaute zum Van zurück. Die Türen blieben geschlossen. Die Dunkelheit und der strömende Regen taten ihr Übriges; die

Sicht war mehr als schlecht. Aber in wenigen Sekunden würde man Henry entdecken und die Türen aufreißen.

Zak rannte los.

Henry erstarrte. »Stehen bleiben! Ich bin bewaffnet.«

»Sei still«, zischte Zak. »Wir sind hier, um dir zu helfen.«

»Wer seid ihr? Was wollt ihr?«

Jessica zog ihre Kapuze vom Kopf. »Wir haben uns in der Schule getroffen. Du musst mitkommen.«

»Ich hab gesagt, ihr sollt mich in Ruhe lassen!« Henry verlangsamte seine Schritte. »Das *Kollektiv* wird mich finden.«

»Das haben sie schon«, sagte Zak und warf einen Blick über die Schulter. Die Türen des Lieferwagens standen offen und dunkle Gestalten liefen auf sie zu. »Komm mit, wenn du am Leben bleiben willst!«

Bevor Henry antworten konnte, blitzte es in den Arkaden. Es gab eine gewaltige Explosion. Aus den Kartons ertönte ängstliches Geschrei. Jessica hörte einen dumpfen Aufschlag, als in unmittelbarer Nähe etwas auf dem Boden landete. Gleichzeitig leuchtete es grellweiß. Sie schloss die Augen. Hier war ein noch stärkeres Instrument zum Einsatz gekommen als das in Henrys Schule, mit dem man Nachtsichtgeräte demolierte.

»Hilfe!«

Bunte Kringel tanzten vor ihren Augen. Sie zwinkerte und sah Zak auf die Knie sinken. Er presste eine Hand auf sein rechtes Auge.

»Es brennt! Ich kann nichts sehen!«

Jessica ergriff ihre Wasserflasche, kippte Zak den Kopf in den Nacken und leerte sie über seinem Gesicht aus. Während das Wasser sein Auge spülte, holte sie die Linse mit ihrem kleinen Finger heraus. Inzwischen hatten vier maskierte schwarze Gestalten sie umringt. Sie waren nicht gekommen, um Henrys

Übergabe auszuhandeln, sie wollten sie attackieren. Jessica sprang beschützend vor Henry und trat dem ersten Mann in den Bauch. Dann zielte sie auf seinen Unterkiefer und hörte es laut knacken. Er sackte schreiend auf die Knie.

Der zweite Angreifer rang mit Zak und drückte ihn auf den Boden, während zwei andere Männer Henry zum Lieferwagen zerrten.

»Hilfe! Helft mir!«, brüllte Henry.

Jessica lief ihm hinterher, aber der Mann neben ihr stand wieder auf. Er hatte etwas in der Hand. Als er sich auf sie stürzen wollte, konnte sie seinen Arm blockieren, aber sie streifte dabei das Ding in seiner Faust. Sengende Hitze schoss in ihre Schulter. Der Schmerz raubte ihr fast den Atem. Auf keinen Fall konnte sie es riskieren, von diesem Apparat noch einmal traktiert zu werden. Sie hob einen Fuß, um die Sohle ihres Turnschuhs zu öffnen, und setzte ihren Elektroschocker ein. Der Mann schrie, ließ den Gegenstand in seiner Hand fallen und krümmte sich am Boden. Sie hob ihn schnell auf und lief zu Zak. Er lag auf dem Rücken und kämpfte mit einem Riesen. Mit der einen Hand wehrte er ihn ab, mit der anderen versuchte er seinen Rucksack zu packen. Vor dem Überfall hatte er nicht genug Zeit gehabt, irgendwelche Spionage-Geräte bereitzuhalten. Jessica stieß dem Mann den Apparat in den Nacken. Er brüllte vor Schmerzen auf und sackte bewusstlos zur Seite.

»Danke.« Zak umklammerte hustend seinen Hals.

Sie half ihm auf die Beine. »Kannst du wieder sehen?«

»Mit dem einen Auge sehe ich noch alles verschwommen, aber es wird schon besser.«

»Sie haben Henry«, hauchte sie. »Dort drüben!«

Die Männer hatten den Lieferwagen fast erreicht. Halb

schleppten, halb schleiften sie Henry an den Obdachlosen vorbei. Jessica rannte auf sie zu und riss sich gleichzeitig den Anhänger, der wie ein Buch aussah, vom Armband. Sie zielte auf den Wagen. Ein Pfeil schoss hervor und durchstach einen Reifen. Sekunden später erfolgte eine laute Explosion.

Volltreffer! Selbst wenn es die Männer schafften, Henry ins Auto zu hieven, würde es nirgendwohin fahren. Mit dem anderen Turnschuh versuchte sie, auf einen der Männer zu zielen, aber er konnte rechtzeitig ausweichen. Sie war nicht nah genug. Währenddessen lief Zak an ihr vorbei und schnappte sich den Erstbesten. Mit einem Karate-Kick trat er ihm erst ans Schienbein und dann auf die Kniescheibe. Der Mann brach vor Schmerzen zusammen. Zak wirbelte herum, trat dem anderen Mann fest gegen das Kinn. Als der Typ sich, diesmal mit einem Messer bewaffnet, erneut auf Zak stürzen wollte, traf ihn Jessica mit dem Elektroschocker in die Brust.

Beide Angreifer befanden sich am Boden, aber einer der Männer, der etwas weiter entfernt auf dem Bürgersteig lag, war schon wieder auf den Knien und versuchte, sich aufzurichten.

»Und jetzt?«, schrie Henry.

Jessica packte ihn am Arm. »Wir rennen.«

Sie stürmten an den entsetzten Obdachlosen vorbei und blieben erst stehen, als sie die Hauptstraße überquert hatten, und sich mitten im Großstadtleben befanden, mit Geschäften und im Menschengewühl. Hier war es auf jeden Fall sicherer. Sie fanden Schutz in der Masse – trotz der Überwachungskamera, die Jessica bereits entdeckt hatte. Die Männer würden es nicht wagen, sie in der Öffentlichkeit anzugreifen. Hier gab es zu viele Zeugen.

Henry hielt sich die Seite. »Ich kann nicht weiter. Ich muss mich ausruhen.«

Zak lehnte sich japsend an eine Tür. »Ein paar Minuten.«

Jessica reichte Zak ein Taschentuch. Er betupfte sich damit die Lippen, die aufgeplatzt waren und bluteten.

»Wie haben die mich eigentlich gefunden?« Henry nahm sich auch ein Taschentuch. Sein Gesicht war blutverschmiert und schmutzig.

»Mitglieder des *Kollektivs* haben sich auf der Straße nach dir erkundigt. Wir denken, dass sie sich auf der Suche nach Spuren auch in die Überwachungskameras eingehackt haben.«

Henry schauderte. »Ich hab dir ja gesagt, dass sie mich finden würden.«

»Warum sind sie hinter dir her?«, fragte sie. »Wir wissen, dass du der beste Hacker des *Kollektivs* warst. Du warst für fast alles, was am Samstag passiert ist, verantwortlich. Wieso hat LibertyCrossing jetzt auf einmal etwas gegen dich?«

Henry biss sich auf die Unterlippe. »Wie viel Ärger krieg ich jetzt eigentlich genau?«

»*Sehr viel*, wenn deine Hackings bekannt werden«, sagte Zak. »Die Karriere deines Vaters wird zu Ende sein und du selbst kannst vor Gericht landen. *Null* Ärger, wenn du uns hilfst, den Anführer des *Kollektivs* zu finden. Das ist unsere Priorität.«

Henry machte ein entsetztes Gesicht.

»Der MI6 ist nicht darauf aus, dich anzuklagen«, sagte Jessica. »Das hab ich neulich versucht, dir zu erklären. Wir können deine Identität geheim halten, wenn du uns als Gegenleistung alles verrätst, was du über LibertyCrossing weißt.«

»Ich hatte nicht erwartet, dass alles so endet«, gab Henry zu. »Es war nur Spaß. Ich wollte sehen, wo ich mich überall einhacken kann. Wie Lee Caplin. Er war für mich ein Held.«

»Hast du dich mal mit ihm getroffen?«, fragte Jessica. »Ich meine *online*.«

Henry schüttelte den Kopf. »Ich hab erst vor einem Jahr damit angefangen, und Lee war damals schon gezwungen worden, aus dem Netz zu gehen. Aber er hatte viele Fans, Leute wie mich, die weitermachen wollten, wo er aufgehört hatte. Wir trafen uns in Foren und haben über die Sachen diskutiert, die wir angeleiert haben. Da herrscht ein starker Konkurrenzkampf, wisst ihr? Jeder will besser sein als die anderen Hacker.«

»Hier lang.« Zak bedeutete ihnen mit einer Handbewegung, dass sie weitergehen sollten. Er wurde nervös, wenn sie sich irgendwo zu lange aufhielten. »Wie hast du LibertyCrossing kennengelernt?«

»Ich hab im Blog darüber geschrieben, wie ich es geschafft habe, in die Computer des Stromversorgungsnetzes und der Londoner Polizei einzudringen. Jemand mit dem Namen LibertyCrossing hat mir dann regelmäßig Kommentare gepostet. Wir fingen an, uns über eine Hacking-Website und, als er mir schließlich genug vertraute, über eine geschützte E-Mail-Adresse zu schreiben. LibertyCrossing wurde eine Art Mentor; es war ziemlich offensichtlich, dass er viel mehr Erfahrung hatte als ich. Manchmal gab ich damit an, was ich als Hacker so draufhatte, und manchmal bat mich LibertyCrossing auf etwas Bestimmtes abzuzielen.«

»Was zum Beispiel?«, fragte Jessica.

»Vor ein paar Monaten sollte ich die Firewalls im Sicherheitssystem des Gefängnisses von Leavenworth in Kansas austesten.«

Ihre Augen wurden groß. Das war Lees Knast.

»Ich hab keine Häftlinge freigelassen«, versicherte ihnen Henry schnell. »Ich suchte nach Fehlern und fand ein paar, die ich dann gemeldet habe. Ich hab LibertyCrossing geholfen, den Hack-Wettbewerb zu organisieren und dachte, ich würde die eine Million Dollar vielleicht eher gewinnen, wenn ich genau das mache, was er sagt.«

Er war auch darauf hereingefallen? LibertyCrossing hatte wahrscheinlich gar nicht die Absicht, den Jackpot auszuzahlen – er ließ eine verlockende Möhre vor den Hackern baumeln und sie die Drecksarbeit machen. Es war Zeit, endlich zur Sache zu kommen.

»Weißt du, wer LibertyCrossing ist?«, fragte Jessica.

Henry schüttelte den Kopf. »Er hat seine Identität immer verschlüsselt und keine persönlichen Einzelheiten preisgegeben. Aber er wusste alles über mich. Er muss meine IP-Adresse aufgespürt und mich genauestens unter die Lupe genommen haben. Am Ende ließ er nämlich durchblicken, dass er wusste, in welche Schule ich ging, was mein Vater beruflich macht und wie schlecht das Ganze für alle aussehen würde, wenn ich jemals über das, was ich getan habe, reden würde.« Er zitterte. »Ich war naiv, mich auf die ganze Sache einzulassen, aber ihr versteht sicher, dass es am Anfang aufregend für mich war.«

»Was ist denn schiefgelaufen?«, fragte Zak.

»Ich habe LibertyCrossing am Samstag geholfen, die Hacks zu starten. Ich habe auf Hacking-Websites Vorschläge für Ziele gepostet, verschiedene Sachen, die nach seiner Ansicht maximale Störungen in England und Amerika hervorrufen würden.«

Zak ignorierte das Hinweisschild der U-Bahn und winkte einem Taxi. Er musste dem Fahrer ein Bündel Geldscheine geben, damit er sie mitnahm. Henry stank bestialisch, und sie sahen alle ziemlich heruntergekommen aus. Zak schaute nach, ob das Licht im hinteren Teil des Wagens ausgeschaltet war, was bedeutete, dass der Fahrer nicht mithören konnte, bevor er Henry zunickte, um ihm klarzumachen, dass er problemlos weiterreden konnte.

»Wahrscheinlich ist mir die ganze Sache zu Kopf gestiegen. Zum ersten Mal in meinem Leben hatte ich das Gefühl, das Steuer selbst in der Hand zu haben, anstatt immer nur der Sohn von jemand Mächtigem zu sein.« Henry starrte aus dem Fenster. Sein Blick war leer. »Ich hab mich in die Kommunikationsgeräte der Notdienste, die Verkehrsampeln und praktisch jeden Knast in England eingehackt. LibertyCrossing hatte ziemlich genau festgelegt, dass die Haftanstalten zu attackieren wären und dass in jedem Knast die Firewalls genau diagnostiziert werden müssten. Er wollte Fehler in den Computersystemen aufdecken. Da hab ich dann von LibertyCrossing Geld verlangt – eine Million Dollar.«

»Du hast dich für den Besten gehalten?«, fragte Zak. »Sogar nach dem Hacking der Landeszentralbank in Amerika?«

»Das war *meine* Idee«, sagte Henry patzig. »Tut mir leid. Aber es war doch klar, dass ich der Brauchbarste von allen war. LibertyCrossing hatte das in einer E-Mail auch geschrieben – dass ich andere Hacker dazu angeregt hätte, Dinge zu tun, auf die sie nie von alleine gekommen wären. Ich wusste, dass mich keiner schlagen könnte, nicht bis zum Ende der Frist. Ich war der Beste.«

Jessica hustete. Seine Stimme klang unglaublich überheblich. Hatte er überhaupt keine Gewissensbisse? Schließlich hatte er ein komplettes Chaos verursacht. Menschen hätten wegen seiner Hacks durch Autounfälle umkommen oder in den Gefängnissen getötet werden können. Sie holte tief Luft. Es war sinnlos, ihn zu beschimpfen, er würde keinen Ton mehr sagen.

»LibertyCrossing wollte nicht über Geld reden?«, fragte sie.

»Er hat mich immer wieder mit der Ausrede abgespeist, er müsste abwarten und erst mal sehen, wie erfolgreich der Hacker-Angriff beim MI6 gewesen sei. Das tat echt weh. Ich wusste nichts von einem Angriff auf den MI6. Wir hatten bisher noch nie über Angriffe auf Sicherheitsdienste gesprochen. LibertyCrossing wollte mir nicht sagen, wer es getan hat oder wie es gemacht worden war. Ich war seine rechte Hand und plötzlich wurde ich abserviert und ausgetauscht.«

Dann war der Auslöser, weshalb Henry sich gegen den Anführer des *Kollektivs* gewandt hatte, also verletzter Stolz und keine Frage des Geldes gewesen.

»Was hast du gemacht?«, fragte Zak.

»Ich bin ausgerastet. Ich hab einen neuen, von mir konstruierten Virus, der persönliche Passwörter sammelt, als E-Mail-Anhang hochgeladen und an LibertyCrossing geschickt. An dem Tag muss ihn wahrscheinlich irgendwas abgelenkt haben. Er öffnete den Anhang und versuchte, ihn sofort wieder zu schließen, aber es war zu spät. Ich hatte seine IP-Adresse gefunden, die er bisher immer verheimlichte. Noch ein bisschen Herumforschen im Internet – dann hatte ich den Standort des Computers aufgerufen, den er laut meiner Spurensuche am häufigsten zu benutzen schien.«

»Du hast tatsächlich die Adresse des Anführers des *Kollektivs*?« Zak saß plötzlich kerzengerade. »Haben sie dich deshalb in der Schule überfallen? LibertyCrossing hat herausgefunden, dass du seinen Standort entdeckt hast?«

»Es war blöd von mir. Ich hätte ihn niemals auf diese Art und Weise angreifen dürfen.«

»Es war gut, dass du das gemacht hast. Jetzt können wir ihn finden und verhindern, dass er dich oder andere verletzt«, sagte Jessica. »Wie ist die Adresse?«

Henry rasselte Koordinaten herunter, während Zak sie mit einem Kugelschreiber in seine Handfläche notierte.

»Was ist dort?«, fragte er.

»Keine Ahnung. Ich hatte zu viel Angst, um nachzuschauen und das herauszufinden. Doof, ich weiß. Als ob ich mich dadurch schützen könnte. LibertyCrossing hat mir per E-Mail eine Nachricht geschickt, die aus zwei Wörtern bestand: *Großer Fehler*. Danach hat er die Verbindung abgebrochen. Ich hab ihm immer wieder E-Mails geschickt und mich für das, was ich getan habe, entschuldigt, aber nie wieder etwas von ihm gehört. Ich wollte in der Nacht, als jemand in meine Schule eingebrochen ist, untertauchen. Als ich aus meinem Zimmer trat, bekam ich einen Schlag auf den Kopf. Bevor ihr mich fragt – ich habe keine Gesichter gesehen. Es ist alles wahnsinnig schnell gegangen.«

»Du hattest Glück«, sagte Jessica. »Du hättest tot sein können.«

»Ja.« Henry machte eine kurze Pause. »Dank dir bin ich es nicht«, fügte er hinzu. »Aber mein Laptop wurde ruiniert, also hatte ich nichts, mit dem ich mich freikaufen konnte. Ich wusste, dass LibertyCrossing andere Hacker auf mich hetzen würde. Ich dachte, ich könnte sie mir vom Leib halten, wenn ich damit drohe, meinen Laptop den Behörden zu übergeben. Als er kaputt war, hatte ich nichts mehr. Ich musste verschwinden.«

Henry schaute von Zak zu Jessica. »Und was passiert jetzt?«

Sie wusste, was Zak dachte. Er wollte sofort zu diesem geheimen Standort fahren.

»Zuerst müssen wir Henry von der Straße holen«, erklärte sie. »Er darf nicht mehr im Freien schlafen. Wir haben Minusgrade heute Nacht.«

»Wo bringt ihr mich hin?«, fragte Henry. »LibertyCrossing hat überall Augen, das könnt ihr mir glauben.«

»Nicht überall«, sagte sie und dachte schnell nach. »Ich weiß, wo wir hingehen können.«

Sie waren sicherheitshalber umgestiegen. Jessica hatte eine Stelle an der Straße entdeckt, wo sie keine Überwachungskamera erfassen konnte, um einem anderen Taxi zu winken. Sie gab dem Fahrer den Rest ihres Geldes, damit er sie auf etlichen Umwegen zu der Adresse fuhr, die sie auf einen Zettel gekritzelt hatte.

Jessica war ziemlich sicher, dass ihnen niemand folgte. Sie hatte während der ganzen Fahrt aus dem Heckfenster geschaut; Henry und Zak ruhten sich inzwischen aus. Beide hatten eine ärztliche Behandlung verweigert, obwohl der Taxifahrer vorgeschlagen hatte, sie in ein Krankenhaus zu bringen. Zaks Auge war blutunterlaufen und tränte, und die klaffende Wunde auf Henrys Stirn blutete immer noch. Der Fahrer hatte sie kurz vor dem Erreichen der Everley Road rausgelassen. Sie gingen langsam die Straße entlang. Jeder Knochen in Jessicas Körper tat weh. Zak und Henry ging es wahrscheinlich ähnlich. Es war eine schreckliche Nacht gewesen.

»Wartet hier!« Sie hielt sich am Gartentor fest.

Zak und Henry lehnten sich mit dem Rücken dagegen, als Jessica an die Haustür hämmerte. Im Flur ging das Licht an. Sie hörte Schritte. »Wer ist da?«

»Ich bin's. Jessica. Lässt du mich rein?«

Die Tür wurde aufgerissen und Becky spähte hinaus – ungeschminkt, aber mit Brille. »Ach, du meine Güte, du siehst ja schrecklich aus! Solltest du nicht mit einer Grippe im Bett liegen? Ich dachte, du bist richtig krank. Du hast heute Abend nicht auf meine SMS reagiert.«

Jessica fiel Becky um den Hals. Als sie ihr vertrautes Katy-Perry-Parfum einatmete, musste sie sich die Tränen verkneifen. Sie *brauchte* eine Umarmung. Das Haus war bis auf das Dröhnen eines Fernsehers im Wohnzimmer still.

»Was ist los? Du machst mir Angst!«

Jessica trat einen Schritt zurück. »Sind deine Eltern da?«

»Nein, sie sind im Theater und gehen anschließend noch auf eine Party. Warum?« Becky schob sich die schwarzen Haare hinter die Ohren. »Was ist denn los? Du siehst furchtbar aus und ganz bestimmt nicht wegen einer Grippe oder was. Echt – du jagst mir Angst ein.« Sie starrte auf den großen, übel aussehenden Wulst auf Jessicas Hand. »Hat dich jemand verletzt?«

Jessica steckte schnell die Hand in die Tasche. »Können wir reinkommen? Ich würde nicht fragen, wenn es nicht so dringend wäre.«

»Wir?« Becky zog eine Augenbraue hoch, als Zak und Henry den Gartenweg entlanghumpelten. »Ich bin nicht gerade für Besuch angezogen, vor allem nicht von der schnuckeligen männlichen Model-Sorte.« Sie schaute verzweifelt an ihrem blauen Einteiler hinunter. »Im Ernst? Muss Zak mich *so* sehen?«

»Es ist egal, was du anhast. Wir brauchen deine Hilfe. Bitte lass uns rein!«

Becky trat zur Seite. Als sie Henrys und Zaks Wunden sah, wurden ihre Augen groß. Bevor Jessica die Tür zumachte, prüfte sie noch einmal genau, ob sie auch keiner beim Betreten des Hauses beobachtet hatte.

»Hi«, sagte Zak und gab Becky einen Kuss auf die Wange. »Schön, dich wiederzusehen.«

Sie wurde unheimlich rot. »Ähm … hallo. Dich auch.«

Henry hielt sich zurück. Er wusste nicht, was er tun sollte. Dann lächelte er Becky schüchtern an.

»Jessica, bist du sicher, dass das hier okay ist?«, fragte Zak mit schmerzverzerrtem Gesicht. »Wir können keine Risiken eingehen.«

Sie reichte ihm ein neues Taschentuch für die blutende Lippe. »Becky ist meine beste Freundin. Ich vertraue ihr blind.«

Zak nickte. »Dann tu ich es auch.«

Becky wurde noch röter. »Warum gehst du mit deinem stillen Freund nicht in die Küche? Ich mach uns einen Kaffee. Ich glaube, wir können alle einen Muntermacher gebrauchen.«

Henry strahlte dankbar. Jessica vermutete, dass er seit Tagen nichts Warmes gegessen oder getrunken hatte. Zak folgte ihm in die Küche, aber Becky stellte sich Jessica in den Weg. Sie wartete, bis sich die Tür geschlossen hatte.

»Du hättest mich ruhig vorwarnen können. Ich hätte mich umgezogen.«

»Tut mir leid. Es war eine ziemlich kurzfristige Sache.«

»Das hab ich gehört. Jamie war da«, sagte sie stirnrunzelnd. »Er hat gesagt, du wärst mit Zak ausgegangen. Er war total durch den Wind.«

»Es war wohl kaum ein Date«, erklärte Jessica. »Ich kann nicht glauben, dass es wegen heute Abend zwischen uns aus ist.« Die Worte fühlten sich fremd an. Sie und Jamie waren kein Paar mehr. Sie würden sich abends vor dem Schlafengehen keine SMS mehr schicken und am Samstag nicht mehr zum Brunch treffen. Jessica bezweifelte, ob er überhaupt noch mit ihr befreundet sein wollte. Als er weggegangen war, schien er sie regelrecht zu hassen.

Becky ruckte mit dem Kopf in Richtung Küche. »Kein Wunder, dass er an Verfolgungswahn leidet, wenn er sich gegen Zak behaupten muss.«

»Er muss sich nicht gegen ihn behaupten. Ich sag dir ganz ehrlich – zwischen uns ist *nichts*!«

»Von deiner Seite aus gesehen vielleicht nicht.«

Jessica schüttelte energisch den Kopf. »Auf keinen Fall.«

»Es ist dir doch sicher aufgefallen, wie Zak dich ansieht«, meinte Becky. »Er mag dich. Natürlich ist er charmant und freundlich, wenn ich ihn treffe. Ich bin sicher, dass er zu allen Mädchen supernett ist. Aber er schaut mich nicht so an wie dich. An unserem DVD-Abend ist es mir gleich aufgefallen. Zwischen euch hat es gefunkt. Du hast es bestimmt auch gespürt.«

»Überhaupt nicht. Wir sind nur befreundet. Wir ...« Ihre Stimme brach. Eigentlich war sie sich gar nicht so sicher, was los war. Sie waren nicht richtig befreundet und trotzdem verbrachte sie neuerdings mehr Zeit mit ihm als mit irgendwem sonst. »Wir arbeiten zusammen. Jamie kapiert nicht, warum wir rumhängen.«

Becky seufzte. »Ist ihm das zu verübeln? Du bist in letzter Zeit bei keinem von Jamies Gigs erschienen, du sagst nicht ehrlich, wohin du gehst. Und Zak ist ein superheißer Typ. Außerdem hat er mit seinen vielen sexy Narben so eine tolle Kämpfer-Ausstrahlung. Mädchen stehen auf so was. *Ich* steh auf so was.«

»Ich nicht«, sagte Jessica mit fester Stimme. »Ich arbeite als Model mit ihm zusammen, weiter nichts.«

»Das stimmt jetzt aber nicht ganz, oder?«, meinte Becky. »Da muss noch was anderes sein. Du hast mich heute belogen. Du siehst nicht aus, als ob du Grippe hättest. Ihr wart alle in irgendeinen Kampf verwickelt. Was auch immer passiert ist, hat nichts mit Modeln zu tun.«

Jessica schaute auf ihre verdreckten Turnschuhe und überlegte sich, wie sie das Ganze erklären könnte.

»Ich hab den anderen Jungen erkannt. Du weißt schon, dass sein Gesicht im Fernsehen und in allen Zeitungen erschienen ist, ja?«, fuhr Becky fort. »Es heißt, dass Henry Murray aus seinem Internat weggelaufen ist und von der Polizei gesucht wird. Sein Vater ist ein hochrangiger Diplomat, aber das weißt du sicher schon.«

Jessica hatte keine Lust mehr, Becky zu belügen. Sie musste ihr die Wahrheit sagen – bis zu einem bestimmten Punkt. »Du hast recht. Ich habe keine Grippe, und es tut mir leid, dass ich dich angeschwindelt und dir keine SMS zurückgeschickt habe. Mattie denkt, dass ich heute bei dir übernachte. Ich hab dir eine SMS geschickt und behauptet, dass ich mich nicht wohlfühle, weil ich nicht wollte, dass du vorbeikommst und meinen Plan über den Haufen wirfst. Ich musste helfen, Henry Murray zu finden.«

Becky zuckte mit keiner Wimper. »Warum hast du ihn hergebracht?«

»Er ist nicht in Sicherheit, wenn er in die Schule zurückgeht. Und er kann seiner Familie nicht sagen, wo er sich im Moment aufhält. Ich weiß, es ist wahnsinnig viel verlangt, vor allem, weil ich nicht ganz ehrlich zu dir war, aber er muss eine Weile hierbleiben, ohne dass jemand was davon erfährt. Auch die Polizei nicht. Heute Nacht, vielleicht bis morgen – bis ich mir überlegt habe, was wir tun können.«

»Du weißt schon, was du von mir verlangst, oder? Kannst du dir vorstellen, welchen Ärger ich kriege, wenn jemand rausfindet, dass ich ihn hier verstecke und seiner Schule nichts sage? Und was ist mit seiner Familie? Haben seine Eltern nicht das Recht zu erfahren, dass er in Sicherheit ist? Sie machen sich bestimmt schreckliche Sorgen.«

»Du bist die Einzige, die das für mich tun würde. Mir ist niemand anderes eingefallen«, gab Jessica zu. »Ich würde dich nicht darum bitten, wenn es nicht wirklich einen triftigen Grund gäbe, ihn nicht zurückgehen zu lassen.«

Becky überschüttete sie sofort mit Fragen. »Hat das was mit dem Job deines Vaters zu tun? Konntest du Jamie deshalb nicht ehrlich sagen, was los ist? Arbeitest du mit deinem Vater an einem Fall?«

Das war die nächstbeste Alternative zur Wahrheit. Becky wusste, dass ihr Vater Privatdetektiv war und dass sie ihm manchmal bei Fällen aushalf, die mit Überwachung und Verwanzung zu tun hatten. Becky wusste nichts von seinem MI6-Hintergrund oder Jessicas Tätigkeit bei Westwood, und so sollte es auch bleiben. Aber zumindest war Beckys Vermutung nicht *zu* weit von der Wahrheit entfernt.

»Seine Arbeit muss geheim bleiben, um seine Kunden zu schützen. Ich darf dieses Vertrauen nicht verletzen und nicht einmal Jamie etwas verraten, auch wenn ich es noch so gerne täte. Henry muss in Sicherheit bleiben, weg von allen, die mit ihm zu tun haben.«

Becky schaute ihr sekundenlang prüfend ins Gesicht. »Aber warum ziehst du Zak mit rein, wenn du Jamie nichts verraten kannst?«

»Es ist schwierig zu erklären, aber es gibt eine Verbindung zu Henry.«

»Über die du nicht reden darfst?«

Jessica nickte. »Es tut mir wirklich leid. Ich würde es dir sagen, wenn ich könnte.«

»Okay«, sagte Becky schließlich. »Henry kann heute Nacht hierbleiben. Ich hab ein Haarfärbemittel, das er benutzen kann, falls er sein Aussehen verändern muss. Ich werde Mum und Dad sagen, dass er ein Freund vom Nationalen Jugendtheater ist, der ein Bett braucht. Aber mehr geht nicht. Sie würden misstrauisch werden, wenn er länger als ein oder zwei Nächte bleibt.«

Jessica umarmte sie. »Danke. Ich wusste, dass du mich nicht im Stich lässt.«

»Hab ich das jemals getan? Es ist schwierig, dir einen Wunsch abzuschlagen, Jessica Cole. Ich zieh diesen schrecklichen Einteiler aus, tu so, als ob ich bei Zak eine Chance hätte und dann verarzte ich dich. Mädel, du bist ein Wrack!«

»Das kannst du laut sagen.«

Kapitel Vierzehn

»Bist du sicher, dass es hier ist?«

Jessica schaute an dem großen Lagergebäude hoch, es befand sich in einem verlassenen Industriegebiet im Süden Londons. Nach einem schnellen Spaghetti-Essen hatten sie Henry bei Becky gelassen und folgten LibertyCrossings Koordinaten, und zwar mithilfe eines Stadtplans anstatt der GPS-App ihrer Handys.

Mit Zaks Laser-Stift konnten sie den Drahtzaun, der das Gelände umgab, in Sekundenschnelle zerschneiden. Der Kugelschreiber enthielt außerdem noch einen Mini-Lötkolben, mit dem sie den Zaun beim Rausgehen wieder zusammenschweißen konnten.

Das Lagergebäude war nicht beschildert, was aber nicht ungewöhnlich war. An ein paar daneben liegenden Häusern waren ebenfalls keine Firmennamen zu sehen. Vielleicht waren die Besitzer Privatleute. War dies das Hauptquartier des *Kollektivs*? Es war möglich, dass LibertyCrossing seine IP-Adresse ständig gewechselt hatte, um damit seine permanente Basis nicht preiszugeben.

»Die Koordinaten stimmen.« Zak setzte sich eine Wärmebildbrille auf und überprüfte das Gebäude. Er nahm sie wieder ab. »Es scheint leer zu sein. Wenn wir schon da sind, könnten wir uns ja mal kurz umschauen, um sicher zu sein, dass hier tatsächlich nichts ist. Was meinst du?«

Er wollte die Koordinaten erst dann an Rodarte weitergeben, wenn er sich vergewissert hatte, dass der Standort stimmte.

»Ja, gut.«

Sie gingen um das Gebäude herum und suchten es nach Alarmanlagen ab. Dann entschlossen sie sich, über die Hintertür einzubrechen. Zak richtete eine Rasierschaumdose auf die Warnanlage und drückte den Knopf. Eine flüssige Lösung sprudelte hervor, dehnte sich aus und überzog den gelben Kasten. Jessicas Augen wurden schmal. Die Techniken von Rodarte und Westwood ähnelten sich sehr. In Paris hatte sie eine Parfümflasche benutzt, die genauso funktionierte. Sie zog eine Spange aus ihren Haaren und steckte sie in das Türschloss. Dann werkelte sie mit der Spange und einer Pinzette darin herum – genauso, wie ihr Vater es ihr beigebracht hatte.

»Mach dir nicht die Mühe! Ich kann sie lasern.« Zak holte seinen Kugelschreiber wieder heraus.

»Nein, warte! Ich schaffe das auf die altmodische Art.« Jessica fummelte am Griff herum und spürte, dass der Riegel zurücksprang. Sie holte zwei Taschenlampen aus dem Rucksack und öffnete die Tür. »Los geht's!«

Jessica ging voran und ließ den Strahl der Taschenlampe in der Dunkelheit kreisen. Es roch schwach nach Raumspray mit Tannenduft. Zak folgte Jessica in den leeren weißen Korridor und blieb stehen, als der Boden unter seinen Füßen knarrte. Langsam gingen sie weiter und ließen ihre Füße wie Schlittschuhläufer gleiten, anstatt sie abzurollen. Zak hatte zwar behauptet, dass das Gebäude leer war, aber sie durften nicht leichtsinnig sein. Sekunden später betraten sie eine Halle, die sich im Herzen des Lagerhauses befinden musste. Zak suchte den großen Raum mit seiner Taschenlampe ab und strahlte eine Reihe von Nähmaschinen und Stoffballen an.

»Eine Kleiderfabrik? Das ist nicht der richtige Ort.« Er versuchte gar nicht erst, seine Stimme zu senken. »Meinst du, Henry hat uns absichtlich reingelegt?«

»Warum sollte er?«, fragte Jessica und ging einen Gang entlang. Ihre Taschenlampe beleuchtete Schnittmuster und bunte Baumwollstoffe auf Arbeitstischen. »Er braucht unsere Hilfe.«

»Dann muss er sich mit den Koordinaten geirrt haben.« Er klang genervt. »Komm, wir gehen! Das ist Zeitverschwendung.«

»Nein, warte. Schau mal da drüben!« Sie richtete ihre Taschenlampe auf die Wand, an der Dutzende von Skizzen hingen.

»Das sind nur Kleiderentwürfe«, sagte er verächtlich.

»Von Ossa Cosway.«

»Bist du sicher? Woran erkennst du das?« Zak stand schon neben ihr und starrte auf die Zeichnungen von Kleidern und Abendroben.

»Schau dir die Paspel an der Jacke und dem Kleid dort an. Ich erkenne Ossas Markenzeichen.« Jessica richtete ihre Taschenlampe auf die Bilder und sah sie sich der Reihe nach genau an. »Jede Zeichnung ist rechts unten signiert – O und C in kleinen Buchstaben.«

»Na und?« Zak runzelte die Stirn. »Was ist daran so toll?«

Sie schob sich die Haare aus dem Gesicht. »Es ist schon komisch, findest du nicht? Dass Ossas Name aus irgendeinem Grund ständig in dieser Sache auftaucht?«

»Und wie genau?«

»Weißt du nicht mehr? Die amerikanische Reporterin, Helen Hamlyn, trug einen Regenmantel von Ossa Cosway im Gefängnis, als Lee Caplin floh. Der Mantel, den ich im Knast von Margaret getragen habe, war auch von ihm. Margaret bewunderte ihn sogar und behauptete, dass sie unbedingt so einen haben wolle, wenn sie freikäme. Außerdem hat LibertyCrossing irgendwo in diesem Gebäude einen Computer benutzt, in dem zufällig Ossa-Cosway-Klamotten hergestellt werden. Da kommen eine Menge Zufälle zusammen, meinst du nicht? Du musst sie informieren, Zak. Das Haus muss gründlich von Westwood … ich meine Rodarte, überprüft werden.«

Jessica zuckte zusammen. Es fühlte sich immer noch komisch an, nicht mehr zum Westwood-Team zu gehören. Leider bedeutete das auch, dass Zak am Ende das Sagen hatte und nicht sie, sonst würde sie Nathan *sofort* anrufen.

»Wir haben noch nicht genügend Beweise«, hielt Zak dagegen. »Wie du gesagt hast – es könnte sich um eine *Menge* Zufälle handeln. Du brauchst bloß irgendeine Modezeitschrift aufzuschlagen und siehst eine Schauspielerin, die eine von seinen Klamotten trägt. Das bedeutet aber nicht, dass jeder Filmstar in Hollywood in dieses Hacking-Komplott verwickelt ist. Es sei denn, das ist eine neue Theorie, die du mir freundlicherweise noch erklären müsstest.«

Jessica machte ein finsteres Gesicht. Sperrte sich Zak absichtlich, weil nicht *er* eine mögliche Verbindung zwischen Ossa Cosway und dem *Kollektiv* entdeckt hatte? Er hatte sie auch schon abgeschmettert, als sie erwähnte, dass der teure Designer-Regenmantel von Helen Hamlyn überprüft werden sollte.

»Gut«, sagte sie mit zusammengebissenen Zähnen. »Dann lass uns den Computer suchen, den Henry ausfindig gemacht hat.«

Zak nickte kurz.

Warum war er so unfreundlich? Sie rauschte an ihm vorbei. Es gab nur einen Weg – den Gang entlang, an den Nähmaschinen vorbei. Die rechte Ecke der Lagerhalle lag unter Plastikplanen verborgen. Sie ging schnurstracks darauf zu. Wahrscheinlich sollten die Planen dafür sorgen, dass die Klamotten nicht verstaubten, aber ein Blick würde sich trotzdem lohnen. Sie duckte sich, um durch die Öffnung unter die Plastikhüllen zu gelangen.

Jessica leuchtete mit der Taschenlampe alles ab und konnte einen Tisch erkennen, an dem die Näherinnen Muster und Stoffe zurechtschnitten. Außerdem befanden sich Regale mit Nähseiden in verschiedenen Farben und eine große Industrie-Nähmaschine im Raum. An der Wand hing eine Jacke mit der typischen Ossa-Cosway-Paspelierung. Vom Revers, das erst halb fertig war, hing ein langer silbriger Faden herunter. Jessica richtete ihre Taschenlampe auf das Regal mit den Nähseiden-Spulen und nahm eine silberfarbene heraus. Das war der Faden, mit dem die Jacke genäht wurde. Sie sah ihn sich genauer an. Der Faden ähnelte dem, den sie am Fensterrahmen in Henrys Internat gefunden hatte.

Jessica schnitt mit einer Schere ein Stück davon ab, außerdem noch Fäden von drei weiteren Spulen, deren Farben ähnlich waren. Hatte die Forensik den Faden, der in Henrys Schule zurückgelassen worden war, eigentlich schon untersucht? Der MI6 hatte ihn natürlich bei ihr abgeholt, aber sie konnte Nathan doch nicht anrufen und fragen, was sie damit gemacht hatten, oder? Sie steckte die Fäden in den kleinen Plastikbeutel, den sie mitgebracht hatte, um mögliche Beweismittel zu sammeln, und stopfte ihn in ihre Gesäßtasche. Dann stellte sie jede Spule sorgfältig an ihren Platz zurück und machte sich auf die Suche nach Zak.

Er war im Büro neben den Toiletten, seine Füße auf dem Schreibtisch, lehnte er sich ganz entspannt in einem Ledersessel zurück. Wollte er sie triezen, indem er lässig im Dunkeln saß? Sie ignorierte ihn und schaute sich um. Dies war eindeutig Ossa Cosways Büro. Am Kleiderständer hing ein dreiteiliger

Anzug in einer Plastikhülle und einer seiner Hüte. Hier sah es überhaupt nicht wie in seinem schicken, minimalistischen Büro im Zentrum Londons aus. Dieser Raum war zweckmäßig und sonst gar nichts. Er enthielt einen zerkratzten Schreibtisch, einen Computer und einen großen grauen Aktenschrank. Jessicas Taschenlampe erfasste einen mit Tesafilm an die Wand geklebten Terminplaner, der mit gelben Post-it-Zetteln übersät war. An der Wand blätterte die Farbe ab.

»Bevor du fragst – ich hab den Aktenschrank schon durchwühlt«, sagte Zak. »Er enthält Rechnungen, Tabellen und die Art von Bürokram, den man in so einem Schrank vermutet. Keine Spur von LibertyCrossing oder vom *Kollektiv*. Nichts, was man Rodarte melden müsste.«

»Und was ist mit dem Computer?«

»Ja, genau«, sagte er gedehnt. »Es sollte kein Problem sein, sich da reinzuhacken, wenn er dem Anführer des *Kollektivs* gehört, wie du meinst. Wahrscheinlich hat LibertyCrossing – das heißt, der Superhacker Ossa Cosway – das Passwort auf eine der Post-its geschrieben.« Zak schaltete den Computer ein. »Welcher war es noch mal?« Er warf einen Blick auf die Wand und fuhr mit dem Finger an den gelben Zetteln entlang.

»Haha, sehr witzig. Aber du hast recht. Der Computer könnte massiv geschützt sein, *wenn* er von LibertyCrossing benutzt wurde. Alternativ könnte er aber auch einen Laptop angeschlossen haben, um die Hacks zu koordinieren.« Sie nickte in Richtung Modem. »Was meinst du?«

Zak verdrehte die Augen. »Du glaubst wirklich, dass Ossa Cosway der Anführer des *Kollektivs* sein könnte?«

»Ich weiß nicht, was ich glauben soll. Aber ich habe die starke Vermutung, dass hier irgendwas nicht stimmt.«

»Okay, dann sag ich dir ganz ehrlich – ich nehm dir die

Sache nicht ab. Warum würde Ossa Cosway sich für einen jungen Hacker wie Lee Caplin interessieren? Ich habe eine Menge Designer kennengelernt, und sie hatten nur eines im Kopf – Mode. Du hättest Schwierigkeiten, sie dazu zu bringen, über etwas anderes zu reden. Weltgeschehnisse? Was ist das? Ich wette, Ossa Cosway ist kein bisschen anders. Er hat wahrscheinlich noch nie von Lee gehört.«

»Kann sein. Oder die Mode ist eine gute Tarnung. Ich habe diese Woche ein Shooting für ihn gemacht und er kannte sich mit der neuesten Digitaltechnik wahnsinnig gut aus. Er hatte ein Hashtag-Kleid kreiert, dem man eine Nachricht nach der anderen schicken konnte, was ziemlich cool war. Wenn er *das* hinkriegt, kann er sonst was mit Computern machen, oder nicht? Und wer würde einem Modedesigner zutrauen, ein Superhacker zu sein? Vielleicht fühlt er sich einem jungen Hacker gegenüber verantwortlich, der in Schwierigkeiten geraten ist?«

»Das sind eine Menge Fragezeichen.«

Unglaublich! Am liebsten hätte sie ihm das selbstgefällige Grinsen aus dem Gesicht gewischt. Als sie zum Aktenschrank ging, schubste sie seine Füße vom Schreibtisch.

Zak starrte sie an. »Was *machst* du denn? Ich hab dir doch gesagt, dass ich da drin schon nachgeschaut habe!«

Jessica ignorierte ihn. Sie legte ihre Taschenlampe beiseite und wühlte in den Schubladen, bis sie die Mappen mit den aufgelisteten Werbegeschenken fand, die Ossas PR-Abteilung an verschiedene Prominente verteilt hatte. Ihr Name war einer der wenigen, die unter dem Buchstaben C aufgeführt waren. Ihre Augen wurden groß. In diesem Dokument stand, dass sie Kleidung im Wert von £257.000 laut Vertrag mit der Firma Ossa Cosway Ltd. erhalten hatte. Sie suchte weiter, bis sie zum Buchstaben H – wie Hamlyn – kam.

»Aha. Erklär mir das hier bitte mal!« Sie richtete ihre Taschenlampe auf ein weißes Stück Papier. »Warum hat Helen Hamlyn, die amerikanische Reporterin, einen Regenmantel aus Ossas neuester Kollektion geschenkt bekommen? Sie wird ganz sicher keine Werbung in der *Hello!* dafür machen, oder?«

»Zeig her!« Zak sprang auf und riss ihr die Seite aus der Hand. Er schaute sie sich sekundenlang an und sagte dann: »Merkwürdig. Da muss ich dir recht geben. Helen ist ein absolutes Nichts im Land der Promis.«

Jessica schaute ihn unverwandt an. Ihr kam eine Idee. »Hast du zufällig noch die Namen der reichen Leute in Amerika, die Zielscheiben des *Kollektivs* waren?«

»Wieso?« Zak tippte etwas in sein iPhone.

»Hab ein bisschen Vertrauen in mich, okay?« Sie linste auf sein Telefon und las, was unter dem ersten Namen der Liste stand. »Von Victoria Alton, einer wohlhabenden, verheirateten Hollywood-Schauspielerin, wurden im vergangenen August zehn Millionen Dollar erpresst. Sie wollte verhindern, dass ihre Affäre mit einem Anwalt der Unterhaltungsindustrie an die Öffentlichkeit gelangte.« Sie blätterte wieder in der Mappe und nahm zwei Seiten heraus, auf denen alle möglichen Outfits – von Hosen bis zu Cocktailkleidern – aufgeführt waren. »Victoria ist eine treue Kundin von Ossa und kauft Sachen jeder neuen Kollektion. Sie bekam außerdem Couture-Roben im Wert von hunderttausend Dollar, die sie bei weltweiten Premieren ihres letzten Films auf dem roten Teppich trug. Zwei Monate später hat sich jemand bei ihr eingehackt.«

Zaks Augen wurden groß. »Versuchen wir es noch einmal!« Er starrte auf sein Telefon. »Wie wär's damit? Tyler Harper, ein Internet-Millionär, dessen Bankkonto geplündert wurde. Er verlor zwanzig Millionen Dollar.«

Jessicas Finger erstarrten auf dem Dokument. Vor lauter Aufregung lief es ihr eiskalt über den Rücken. Ihr Gefühl hatte sie nicht getrogen. Es gab also *doch* eine Verbindung zwischen Ossa Cosway und dem *Kollektiv*.

»Tyler Harper ist hier.« Sie zeigte ihm die Liste. »Seine Frau Jo ist auch eine treue Kundin von Ossa Cosway. Vier Monate bevor das Bankkonto ihres Mannes geleert wurde, bekam sie Kleider geschenkt, die sie auf Internet-Konferenzen trug.«

Jessica und Zak gingen die Liste systematisch durch und hakten die Namen der Reihe nach im Kopf ab. Innerhalb weniger Minuten stellten sie fest, dass alle Personen auf der Hack-Liste Kunden der Firma Ossa Cosway Ltd. waren und Geschenke erhalten hatten.

»Du hast recht«, sagte Zak schließlich. »Es kann kein Zufall sein, dass sich bei allen, die von Ossa Cosway Kleidung geschenkt bekommen, am Ende jemand einhackt. Aber wo ist die Verbindung?«

»Ossa könnte selbst LibertyCrossing sein, und sich bei reichen Kunden seiner Datenbank einhacken. Oder er arbeitet mit dem Anführer des *Kollektivs* zusammen und identifiziert Zielpersonen für ihn. Durch die Lieferung der Klamotten stellt er den Kontakt her und es lässt sich leicht einhacken.«

»Die Kleider könnten eine List sein, um in die Häuser der Leute zu gelangen«, gab er zu. »Ossa oder ein Komplize könnten die Sachen persönlich vorbeibringen und dann – wenn sie im Haus sind – die Computer hacken.«

Jessica rieb sich die Stirn und versuchte zu begreifen, worauf sie gerade gestoßen waren. »Wenn mir was geliefert wurde, war immer nur ein Typ im Auto. Ich musste unterschreiben, und dann ließ er die Sachen auf einem Gestell im Flur stehen. Die paar Minuten lang, die er im Haus war, hatte ich ihn ständig im Blick, und er ging nicht ins Arbeitszimmer, wo der Computer meines Vaters steht.«

»Wir sollten trotzdem den Transport ins Auge fassen. Nichts anderes macht Sinn – eine Lieferung, die mit einem Hacker-Angriff zusammentrifft. Mir ist im Aktenschrank nichts aufgefallen, was darauf hinweist, wie die Kleider verschickt werden.« Zak setzte sich wieder an den Schreibtisch und starrte auf das Sicherheits-Feld, das am Computer aufleuchtete. »Du bist Ossas Muse. Fällt dir ein Passwort ein, das er benutzen würde?«

»Probier mal Sonnenblume. Das war der Name seiner ersten Kollektion.«

Zak gab das Wort ein und drückte auf Eingabe. Er machte ein Geräusch, das wie der Summer bei einer Spielshow klang. »Nächstes!«

»Shogun. So heißt sein Cockerspaniel.«

»Im Ernst?«

»Echt. Ich mach keine Witze. Er ist verrückt nach seinem Hund.«

Er versuchte es wieder und schüttelte den Kopf.

Sie zerbrach sich den Kopf. »Belinda. So hieß seine verstorbene Mutter. Er hing sehr an ihr.«

Der Computer blieb gesperrt. »Wieder falsch.« Zak lehnte sich zurück. »Denk nach, Jessica!«

Plötzlich erschien ein Zeitgeber auf dem Bildschirm.

Zehn, neun, acht …

»Au! Das ist nicht gut.«

»Wir haben wahrscheinlich einen Alarm ausgelöst, weil wir die falschen Passwörter eingegeben haben«, sagte sie schnell. »Das könnte alles auf der Festplatte des Computers zerstören. Mach ihn aus!«

Zak versuchte es, aber er ließ sich nicht herunterfahren.

Jessica beobachtete hilflos, wie der Computer rückwärts zählte. Fünf, vier, drei, zwei, eins.

Nichts passierte.

»Vielleicht ist er immer noch okay?«, meinte Zak.

Plötzlich erschütterte eine gewaltige Explosion das Lagergebäude, der eine weitere und dann noch eine und noch eine folgten.

Kapitel Fünfzehn

Zak riss die Tür auf. Sie stolperten in die Schneiderei. Entsetzt sahen sie zu, wie durch eine Kettenreaktion in unmittelbarer Nähe kleine Explosionen ausgelöst wurden, die Feuerbälle durch die Halle schleuderten. Innerhalb von wenigen Sekunden hatte eine Flammenwand, die von den Stoffballen angefacht wurde, den Fluchtweg versperrt. Hitze schlug Jessica ins Gesicht, sie bekam kaum noch Luft und ihre Augen brannten wie verrückt. Warum hatte sie vergessen, wie gefährlich es war, mit einem Computer herumzuspielen? LibertyCrossing hatte das Lager mit einer Sprengfalle versehen, damit es bei dem Versuch, sich unerlaubt auf eine Datei Zugriff zu verschaffen, explodierte.

»Hier lang!« Zak rannte zum Notausgang neben dem Büro. Er rüttelte am Griff, aber die Tür blieb zu.

»Jemand hat sie versperrt«, schnaufte er. »Aber ich kann die Türangeln aushebeln.« Er fummelte mit seinem Laserstift herum.

»Nein!« Sie zog ihn zurück.

»Was?«

»Hier unten!« Jessica zeigte mit der Taschenlampe auf eine kleine Entlüftungsklappe neben der Tür. Sie passte nicht richtig, und ein Draht ragte heraus. Das konnte versteckter Sprengstoff sein, der explodieren würde, wenn sie die Tür öffneten. Es gab nur einen Weg – vorwärts, direkt in den Ofen hinein. Zwischen den Nähtischen gingen sie auf die Knie. In Bodennähe war mehr Sauerstoff. Mit ihren Taschenlampen suchten sie verzweifelt nach einem anderen Ausgang, konnten aber keinen finden. Jessica starrte auf die nächstgelegene Wand.

»Wir müssen uns raussprengen«, sagte sie hustend. »Ich hab ein Werkzeug an meinem Armband, das ein ausreichend großes Loch in die Mauer reißen kann.«

»Das ist zu riskant«, stammelte Zak. »Das könnte das Feuer noch verstärken.«

»Wir haben keine andere Wahl.« Jessica kroch auf dem Boden entlang und konnte im Rauch fast nichts sehen. Sie suchte die Wand nach Sprengfallen ab, konnte aber keine entdecken. Sie zog einen kleinen Igel von ihrem Armband und steckte die Nadel in den Putz. Dann robbte sie schnell zu Zak zurück. Hatte sie das Richtige getan? Der Sprengstoff war um ein Vielfaches stärker als der, den LibertyCrossing im Gebäude angebracht hatte. Bei ihm handelte es sich um Zündstoff, der sich lediglich nach innen richtete, um Beweismittel *im* Lagergebäude zu vernichten.

Zehn, neun, acht, sieben …

Jessica zählte im Kopf mit.

PENG!

Die Explosion schleuderte sie beide rückwärts. Als Jessica auf die Füße taumelte, spürte sie kalte Luft im Gesicht. Sie packte Zak an der Hand und griff blind nach der Mauer. Der Qualm war zu dicht, um irgendetwas sehen zu können, aber das Loch musste groß genug sein, um sich durchquetschen zu können. Vor der ausgefransten Öffnung knisterten Flammen gefährlich nahe. Jessica und Zak kletterten hindurch und fielen japsend auf die kalte feuchte Erde.

»Wir müssen weiter«, drängte Zak. »Los, komm!« Er zog sie

hoch. Sie liefen geduckt vorwärts, aber eine gewaltige Explosion warf sie wieder zu Boden. Das Dach des brennenden Lagergebäudes brach zusammen. Orangefarbene Funken sprühten. Noch mehr Explosionen donnerten. Feuer schoss durch die Fenster und das Glas zerbarst.

Sie rappelten sich hoch, rannten und blieben erst stehen, als sie das Nachbarhaus erreichten. In der Hocke beobachteten sie, wie schwarzer Rauch und Flammen aus dem Gebäude quollen. Keiner brauchte es auszusprechen – nur wenige Sekunden länger im Haus und sie wären gestorben.

»Du warst einfach toll«, sagte Zak, nach Luft ringend. »Ich glaube, ich hab noch nie jemanden wie dich kennengelernt.« Er zögerte. »Ich muss dir etwas sagen, Jessica.«

»Nicht jetzt«, erwiderte sie. »Ruf mich an!«

In den nächsten Stunden ging alles sehr schnell. Henry Murray wurde bei Becky abgeholt und in Schutzhaft genommen, wo er medizinisch versorgt wurde. Gegen Ossa Cosway wurde ein Haftbefehl erlassen; seine Londoner Geschäftsräume wurden durchsucht. Die Agenten, die Jessica in der amerikanischen Botschaft am Grosvenor Square in London befragten, betraten und verließen ständig den spärlich möblierten Raum, weil ihre Handys andauernd vibrierten. Aber die Unterbrechungen waren eine Erleichterung. Immer wenn Hal, der größere der Agenten, redete, wehte ihr alter Zigarettenmief entgegen, den sein penetrantes Aftershave nicht überdecken konnte. Ob es Zak wohl besser ging? Nachdem sie in der Botschaft angekommen waren, hatte sie ihn nicht mehr gesehen. Man quetschte ihn in einem anderen Zimmer, aber auf demselben Flur, aus. Was er wohl verriet?

Jessica nippte an einer Tasse lauwarmem, süßem Milchkaffee, während Hal und Robert wieder davonschwirrten. Sie versuchten verzweifelt, Beweismaterial gegen Ossa zusammenzutragen. Nach all dem zu urteilen, was sie von den Gesprächen vor der Tür aufschnappen konnte, schien die Sache nicht gut zu laufen. Sie hatten Ossa noch nicht orten können; er hielt sich nicht in seiner luxuriösen Wohnung in Knightsbridge auf. Die Razzia in seinen Geschäftsräumen erwies sich ebenfalls als problematisch. Irgendetwas stimmte nicht mit den Computern.

Als eine dritte, lautere Stimme zu hören war, lief Jessica schnell zu ihrem Stuhl zurück. Wie es schien, wurden ihre Befrager von einem Vorgesetzten zur Schnecke gemacht. Die Tür flog auf. Jessica starrte in ihr Getränk und hoffte inständig, dass sich alle wieder davonmachten. War die Sache nicht endlich vorbei? Ihr fiel nichts mehr ein, was sie zu sagen hätte. Höchstens: *Lasst mich in Ruhe und schickt mich nach Hause!*

»Jessica!«

Sie blickte erschrocken hoch, stand auf und zog die Decke noch enger um ihre Schultern. »Nathan!«

Das war übel, richtig, richtig übel. Gleich würde sie die Standpauke ihres Lebens bekommen. Oder Schlimmeres. War er gekommen, um sie wegen angeblicher Beihilfe zum Ausbruch aus Margarets Knast zu verhaften?

Nathan durchquerte den Raum mit wenigen Schritten und entschlossener Miene. Mannomann! Würde er sie etwa schlagen? Zu ihrer Überraschung nahm er sie fest in die Arme.

»Bist du verletzt?«

»Nein, es ist alles okay.« Sie schaute ihm ins Gesicht, das mit Sorgenfalten durchzogen war. »Was machst du hier?«

»Rodarte hat angerufen. Sie haben mir endlich reinen Wein eingeschenkt und erklärt, was heute passiert ist.«

Jessica schluckte. »Ähm, sie haben dir alles erzählt?«

Nathans graue Augen wurden schmal. »Du meinst, dass ihr – du und Zak – in Ossas vermintem Lagerhaus beinahe umgekommen seid? Und dass ihr beide ein paar Stunden zuvor Margaret im Gefängnis gegenüberstandet? Eine äußerst leichtsinnige Aktion, die ihr ungewollt zur Flucht verholfen hat? Ja, Rodarte hat mich darüber informiert. Sie mussten mich informieren, nachdem wir Spuren eines Hacker-Angriffs im Überwachungssystem der Haftanstalt gefunden haben, die zur Londoner Niederlassung von Rodarte geführt haben. Rodarte hatte dann leider nicht genug Zeit, ihre Spuren zu verwischen, bevor das *Kollektiv* ein Virus hochgeladen hat, das sämtliche Schlösser entriegelte.«

Was für eine Katastrophe! Der ganze Einsatz war von Anfang an zum Scheitern verurteilt gewesen. Das *Kollektiv* hatte Rodarte mit Absicht auflaufen lassen.

»Es tut mir leid, Nathan. Ich wäre nie ins Gefängnis gegangen, wenn ich gewusst hätte, dass Margaret dadurch ausbrechen könnte. Ich wollte nur beweisen, dass sie etwas mit dem *Kollektiv* zu tun hat.«

»Ich gebe nicht *dir* die Schuld. Ich gebe *mir* die Schuld, weil ich nicht früher auf dich gehört habe, was Margaret betrifft. Und ich gebe den Leuten von Rodarte die Schuld, weil sie für eine derartig gewagte Mission grünes Licht gegeben haben. Unsere amerikanischen Kollegen versuchen immer noch herauszufinden, wie das *Kollektiv* dich und Zak benutzt hat, um die heutigen Hacks durchzuführen. Was mir aber am meisten zu schaffen macht, ist ihre totale Missachtung deiner und Zaks Sicherheit. Was, glaubst du, wäre passiert, wenn ihr beide im Gefängnis gefangen gewesen wärt, in dem Häftlinge frei herumlaufen?«

Jessica schüttelte den Kopf. Darüber konnte sie jetzt nicht nachdenken. Es gab wichtigere Dinge, über die sie sich Sorgen machen sollten. »Habt ihr Margaret oder Lee Caplin schon gefunden?«

»Du bist immer noch offiziell suspendiert, schon vergessen?«

»Du weißt, dass ich unschuldig bin, und ob es dir gefällt oder nicht – ich habe mit Zak an dem Fall gearbeitet.«

Nathan ließ die Knöchel seiner linken Hand knacksen. »Ich weiß, und es ist zum Teil mein Fehler, weil ich dich nicht vor Agentin Hatfield geschützt habe.« Er schwieg. Dann sagte er: »Zweifellos wird dir Zak später erzählen, dass die CIA Lees Verfolgung in den Vereinigten Staaten leitet und dass der MI6 Agenten nach Südamerika schickt, wo Margaret weitreichende Kontakte hat. Und unsere Agenten sind jetzt alle sicher, falls LibertyCrossing beschließt, seine Drohung endlich wahr zu machen, nämlich sämtliche Namen zu veröffentlichen.«

War das möglich? Zak hatte gesagt, Rodarte sei nicht der Auffassung, dass die Bekanntgabe der Agentennamen auf der Tagesordnung von LibertyCrossing steht. Es ginge nur um die Befreiung von Lee Caplin. Oder vielleicht doch nicht … Sie konnte nicht mehr klar denken. Ihr tat der Kopf weh und ihr Körper zitterte vor Müdigkeit.

»Du solltest dich ausruhen, Jessica. Ich habe Rodarte bereits mitgeteilt, dass du hier fertig bist. Sie müssen sich mit mir in Verbindung setzen, wenn sie wieder mit dir reden wollen. Ich bring dich nach Hause.«

»Das wäre toll«, sagte sie und stand auf. »Und Zak?«

»Er ist noch in der Einsatznachbesprechung. Das kann dauern.«

Jessica folgte Nathan nach draußen und stützte sich dabei am Türrahmen ab. Die Agenten waren verschwunden, und die Männer, die den vorderen Eingang bewachten, versuchten nicht, sie aufzuhalten, als sie ins Freie traten. Jedes einzelne Körperteil schmerzte, und eine Ader an ihrer rechten Schläfe pochte, als sie langsam die Straße entlanggingen. Obwohl sie sich elend fühlte, wollte sie unbedingt wissen, wie es mit ihr weiterging.

»Wirst du meine Sperrung wieder aufheben? Du weißt, dass ich nicht mit dem *Kollektiv* zusammenarbeite. Mich hat es ja heute fast erwischt, als ich seine Operation aufgedeckt habe.«

Nathan atmete scharf ein, verlangsamte aber nicht seine Schritte. »So einfach ist das leider nicht.« Er führte sie zu einem schwarzen Mercedes, der im absoluten Halteverbot stand. »Sam hat nachgewiesen, dass der Heimcomputer deines Vaters mit einem Virus gehackt worden ist, der auch das Computersystem deiner Schule angegriffen hat. Er wies eine ähnliche Kodierung wie der Virus auf, der den Angriff auf den MI6 über dein Telefon startete, welches ebenfalls gehackt wurde.«

»Was meine Unschuld beweist«, sagte sie und ließ sich auf dem Beifahrersitz nieder. »Ich hatte mit dem Hacking des MI6 nichts zu tun. Wo liegt also das Problem?«

»Wir müssen uns immer noch mit dem Zugriff auf die Sargasso-Dateien beschäftigen. So etwas verschwindet nicht einfach. Dein Besuch im Gefängnis hat die Sache nicht verbessert – du kommst an und plötzlich ist Margaret draußen. Agentin Hatfield hat dich auf dem Kieker, aber, was noch schlimmer ist – sie hat es auf Westwood abgesehen. Sie findet, die ganze Abteilung müsse geschlossen werden. Sie benutzt dich als Sündenbock für ein viel größeres Ziel.«

Jessica starrte ihn an, während er das Auto startete. »*Was?*«

»Sie ist der Meinung, dass Teenagern keine Staatsgeheimnisse anvertraut werden dürfen. Sie sucht Beweise, wonach ihre

Theorie stimmt, dass Westwood-Agenten ihrer Aufgabe nicht gewachsen sind. Dass die Abteilung unnütz ist und gar nicht existieren sollte.«

»Darf sie uns denn einfach stilllegen?« Die Worte blieben ihr fast im Hals stecken.

»Sie liegt einigen wichtigen Leuten der Regierung damit in den Ohren, Leuten, die die Befugnis haben, uns den Geldhahn abzudrehen. Wenn diese Zuschüsse wegfallen, fällt auch Westwood weg. Mrs T hat mir persönlich bestätigt, dass der MI6 es sich nicht leisten kann, Gelder von anderen Abteilungen abzuzapfen, um uns weiter zu finanzieren.«

»Das dürfen wir nicht zulassen«, sagte Jessica. »Heute hat sich doch erwiesen, dass Westwood gebraucht wird, oder nicht? Dass ich meinen Job gut machen kann? Ich habe Ossa Cosways Verbindung zum *Kollektiv* aufgedeckt, was dem MI6 bis jetzt nicht gelungen war.«

Nathan klopfte ungeduldig mit den Fingern auf dem Lenkrad herum. »Rodarte hat bereits den Erfolg für sich verbucht. Zak sagte, er hätte eine Verbindung zwischen Ossa Cosways Kleidern und dem *Kollektiv* vermutet und dir das Leben im Lagergebäude gerettet.«

»*Was?*« Sie starrte Nathan entgeistert an. Zak war wirklich unglaublich. Erst erklärte er ihr, wie toll sie wäre, und dann fiel er ihr total in den Rücken. Hatte Margaret sie nicht gewarnt, dass Rodarte immer im letzten Moment heranschwirrte, um den Erfolg für sich zu verbuchen? Sie hasste den Gedanken, dass Margaret vielleicht recht gehabt hatte. Schnell rasselte sie herunter, was *wirklich* passiert war.

»Ich hab mich schon über Zaks Version der Ereignisse gewundert …« Nathans Stimme wurde leiser. »Er hat offensichtlich versucht, seine Vorgesetzten nach dem Desaster in Margarets Gefängnis zu beeindrucken. Und es hat funktioniert. Er ist der Hit des Monats.«

Nicht in *ihren* Augen. Sie würde ihn umbringen, wenn sie ihn wiedersähe. »*Wir* müssen die Leute beeindrucken, und zwar gewaltig. Wir können nicht zulassen, dass Rodarte für alles die Lorbeeren einheimst. *Wir* müssen Ossa Cosway, Margaret Becker und Lee Caplin finden.«

Sie müsste Agentin Hatfield – und natürlich auch allen anderen – beweisen, dass sie dieser Aufgabe gewachsen war. Wenn sie Erfolg hätte, würde das Mrs T helfen, die Anzugträger zu überzeugen, dass der MI6 ihre Abteilung brauchte.

»Es wird kompliziert werden«, sagte Nathan. »Das weißt du, nicht wahr? Agentin Hatfield hat sich bereits entschieden. Und was Ossa betrifft, rennen wir alle mit dem Kopf gegen eine Wand. Sam recherchiert mühsam in Ossas Zentrale, aber es sieht nicht gut aus. Ein Virus ist heruntergeladen worden, der jeden Computer und jedes iPad im Gebäude beschädigt hat. Er hat alle belastenden Beweise zerstört. Ossas Beteiligung an dem Ganzen zusammenzutragen, könnte ein langer und sich hinauszögernder Prozess werden. Es sei denn er gesteht alles, nachdem man ihn festgenommen hat. Wir haben überhaupt kein stichhaltiges Beweismaterial, wonach er in irgendeine Sache verwickelt ist, nur eine Menge Indizien.«

»Wann war schon mal irgendwas leicht? Du musst mich zurücknehmen, Nathan. Ich kann helfen, wirklich! Vor allem, wenn es um Ossa geht. Ich kenne ihn besser als alle bei Westwood oder Rodarte. Morgen, vor der London Fashion Week, soll ich zu einer Anprobe erscheinen. Ich kann die Ohren offen halten und herausfinden, ob seine Angestellten von ihm gehört haben oder irgendwas wissen. Mit mir würden sie am ehesten reden, sie haben mich in den letzten Monaten doch oft gesehen.«

Nathan zögerte. »Ich nehme an, die Modenschau wird auch ohne Ossa stattfinden. Wir können Ossa Cosway Ltd. nicht einfach schließen lassen, selbst nach allem, was heute passiert ist. Die Firma besteht nicht nur aus einem Mann. Sie ist zu einem Milliarden Dollar schweren Weltunternehmen mit einer ziemlich komplizierten Finanzierungsstruktur geworden. Es wird einige Zeit dauern, bis wir den Dingen, die dort geschehen, auf den Grund gehen können.«

»Dann benutzt *mich*! Lasst mich sehen, was ich ans Tageslicht bringen kann!«

Nathan kniff die Augen zusammen, während er ihr Angebot abwog. »Agentin Hatfield darf es nicht erfahren. Das Ganze muss völlig inoffiziell bleiben, bis wir es schaffen, etwas Konkretes vorzuweisen.«

»Natürlich. Für Agentin Hatfield bin ich nur Ossa Cosways Muse, aber ich werde dabei still und heimlich Hinweise sammeln. Apropos Hinweise – ich habe das hier.« Sie griff in ihre Gesäßtasche und zog den kleinen Plastikbeutel mit den Fäden heraus, die sie im Lagerhaus abgeschnitten hatte. »Ich habe sie nicht gleich Rodarte weitergereicht, weil ich sie an den MI6 übergeben wollte, damit ihr die Proben mit dem Faden vergleichen könnt, den ich in Henry Murrays Schule gefunden habe.«

»Gut gemacht! Ich gebe sie an unsere Forensik weiter. Vielleicht haben sie schon Ergebnisse nach der Untersuchung des Beweismaterials aus der Schule. Du bist doch mit Lucas befreundet, stimmt's?«

»Ja. Ich hab ihn während meiner Ausbildung ein paar Tage lang beschattet. Er ist cool. Warum?«

»Er hat sich neulich nach dir erkundigt. Er weiß nicht, dass du suspendiert worden bist. Ich sag ihm, dass er dich über die Ergebnisse informieren soll, da du beide Hinweise gefunden hast. Er tut, was ich ihm sage, und wird Agentin Hatfield nicht einweihen. Und er stellt keine Fragen.«

»Super!« Das war ein guter Start. Hoffentlich hatte sie etwas aus dem Lagerhaus mitgehen lassen, das für Westwood nützlich wäre; Rodarte hatte nicht die geringste Ahnung von dieser Spur. Sie hatte ja auch Zak nichts davon gesagt.

Jessica schmiegte sich an die Rückenlehne und schloss die Augen. Diese Chance durfte sie sich nicht entgehen lassen. Westwood musste zurückschlagen. Scheitern kam nicht infrage.

Kapitel Sechzehn

»Stillhalten, bitte! Es dauert nicht mehr lang.« Christine Cooper redete mit einer Handvoll Nadeln im Mund. Die Schneiderin kniete zu Jessicas Füßen und nahm in letzter Minute noch einige Änderungen an ihrem goldfarben schimmernden Abendkleid vor. Es war am Ausschnitt und Saum mit Perlen und einer komplizierten Stickerei verziert, die aufgegangen war. Ein paar Fäden hingen lose herab und mussten wieder angenäht werden.

Nathan hatte sich nicht getäuscht. Die Ossa-Cosway-Show fand während der London Fashion Week statt. Von dem Haftbefehl, der gegen Ossa erlassen worden war, hatte die Öffentlichkeit nichts erfahren. Westwood und Rodarte wollten Hacker in Großbritannien und Amerika nicht vorzeitig darauf aufmerksam machen, dass sie ihnen auf den Fersen waren. Miranda Heartley, die Vorstandschefin von Ossa Cosway Ltd., war nur allzu gern bereit, den drohenden Skandal nicht an die große Glocke zu hängen. Die Fern-Überprüfung ihrer Heimcomputer, iPads und Telefone konnte ihr keine Beteiligung am *Kollektiv* nachweisen. Aber sie war auch nicht in der Lage, über den Aufenthaltsort des Designers Auskunft zu geben. Nathan hatte gesagt, sie hätte große Angst davor, dass die Vorwürfe gegen Ossa bekannt werden könnten. Deshalb sei sie auf alle Forderungen des MI6 eingegangen, einschließlich der Unterzeichnung einer Vertraulichkeitsvereinbarung, um zu verhindern, dass sie mit anderen über die Ermittlungen sprach. Sie hatte außerdem den vollen Zugriff auf die Firmenunterlagen gestattet.

Das heimliche Durchgreifen bedeutete, dass Agenten die Firmenzentrale des Designers abriegeln konnten, bevor seine Angestellten zur Arbeit kamen. Als Grund für diese Abriegelung hatten sie eine Überprüfung der Stromanschlüsse durch die Feuerwehr genannt; angeblich seien ja auch fehlerhafte Verdrahtungen für den Brand im Lagergebäude verantwortlich gewesen. So konnten die Agenten die Computer kriminaltechnisch untersuchen, ohne sie zu entfernen, und die Personalakten nach Hinweisen auf Verbindungen zum *Kollektiv* überprüfen. Miranda durfte eine öffentliche Aussage machen und erklären, dass die Modenschau vom Brand im Lager nicht beeinträchtigt worden sei; ein Großteil der Kollektion wurde in einem anderen Gebäude gelagert, das sich im Besitz der Firma Ossa Cosway Ltd. in West-London befand. Nur eine Jacke, die noch nicht vollständig fertig war, wurde durch das Feuer vernichtet. In Übereinstimmung mit dem MI6 hatte Miranda die Zentrale in London an diesen temporären Ort verlegt. Jessica und das restliche Ossa-Team waren per E-Mail und SMS am frühen Morgen dorthin dirigiert worden. Andere, die die Nachricht nicht bekommen hatten, trafen verspätet ein, nachdem sie das Schild an der Tür der geschlossenen Zentrale gelesen hatten.

»Tut mir leid, dass ich zu spät komme. Der Verkehr war unglaublich.« Ein junger Mann in Fahrradhose und -helm ging durch den Raum auf sie zu.

»Mach dir keine Sorgen, Mark.« Christine lächelte ihn kurz an. »Es war für alle ein komischer Morgen. Ich glaube nicht, dass du der letzte Nachzügler bist. Wir vermissen immer noch ein paar Leute unseres Teams, einschließlich Ossa. Er kommt heute und auch morgen nicht.«

»Im Ernst?« Mark wischte sich mit einem Taschentuch den Schweiß von der Stirn. »Er verpasst seine eigene Show? Ist er schwer krank oder vielleicht sogar tot? Eine andere Erklärung hab ich nicht.«

Christine setzte ihre Arbeit am Saum von Jessicas Kleid fort. »Ich habe keine Ahnung, was los ist. Wir erfahren solche Sachen immer als Letzte. Miranda verrät kein Wort. Sie hat mir gesagt, ich soll an Ossas Stelle treten und *alles* tun, damit die Show morgen ein Riesenerfolg wird.«

»Also überhaupt kein Stress!«, erklärte Mark.

Jessica machte den Mund auf, aber der junge Schneider kam in Fahrt.

»Ich schwör euch, da ist doch irgendwas faul! Ossa büxt aus, während unsere Zentrale wegen irgendwelcher Verdrahtungsfehler geschlossen wird.« Mark nahm seinen Fahrradhelm ab. »Als ich heute Morgen vorbeiraste, habe ich keine Feuerwehr vor dem Haus gesehen, nur eine Menge Typen in Anzügen. Das ist doch verdächtig, findet ihr nicht?«

»Sie sind wahrscheinlich vom Arbeitsschutz«, sagte Jessica schnell. »Das sind doch die Leute, die für so was zuständig sind, oder nicht?«

»Hmm.« Mark schniefte. »Es kommt mir trotzdem seltsam vor. Warum nimmt die Feuerwehr an, dass in dem Lagerhaus, das abgebrannt ist, die gleiche Verkabelung wie in unserer Zentrale war? Ich finde das ziemlich weit hergeholt. Ich hab jedenfalls kein Wort von dem geglaubt, was auf dem Schild stand.«

Nicht schlecht kombiniert. Damit hatte Nathan wahrscheinlich nicht gerechnet. Er hatte nur wenige Stunden Zeit gehabt, sich eine plausible Story auszudenken. Hatte noch jemand anderes in der Firma Ossa Cosway Ltd. den Braten gerochen?

»Oh, nein«, sagte Christine lachend. »Müssen wir uns schon wieder eine von deinen irren Verschwörungstheorien anhören? Welche ist es denn heute?«

»Du kannst lachen, so viel du willst«, erwiderte Mark. »Aber ich sage euch: Ossa Cosway hat ein geheimes Leben.«

Jessica horchte sofort auf. »Was meinst du damit?«

Mark senkte die Stimme. »Ich glaube, er ist so was wie ein Zeitreisender. Entweder ein unheimlicher Zeitreisender oder ein echt guter Zauberer.«

Also, das war *wirklich* eine irre Verschwörungstheorie. Einen Augenblick lang hatte Jessica erwartet, dass Mark mit etwas Interessantem herausrücken würde.

Christine verdrehte die Augen.

»Ich sage euch – Ossa ist eine Art Illusionist«, beteuerte Mark.

»Warum? Kann er Löffel verschwinden lassen?«, fragte Jessica.

»Haha. Das nicht. Aber er kann die Zeit anhalten.«

»Um Himmels willen! Hör auf mit dem Blödsinn!«, schimpfte Christine. Sie stand auf und ließ dabei das Kästchen mit den Stecknadeln fallen. Mit einem Kopfnicken zeigte sie auf die andere Seite des Raums. »Die Kleider dort bügeln sich nicht von allein.«

Mark war bei ihrem rauen Ton zusammengezuckt. Er bückte sich mit rotem Gesicht und half, die Nadeln mit den bunten Köpfen aufzulesen.

»Wovon redest du?«

Christine sagte missbilligend: »Sporn ihn nicht auch noch an, Jessica!«

Mark erhob sich mit einer Handvoll Nadeln. »Es ist mir

schon vor einer Weile aufgefallen und erst recht, seit wir vor ein paar Monaten mit dieser Kollektion angefangen haben. Wenn man in seiner Nähe ist, meint man, die Zeit steht still. Ich schaue immer auf meine Uhr und mein Handy, wenn ich zur Arbeit komme, und die Zeit stimmt immer genau. Aber wenn ich am Abend losziehen will, gehen beide immer mindestens fünf, vielleicht sogar zehn Minuten nach. Das heißt, wenn mein Telefon überhaupt noch funktioniert. Oft ist die Batterie leer, obwohl ich sie am Morgen aufgeladen habe.«

»Das ist *wirklich* seltsam«, sagte Jessica. »Ob …«

»Es ist überhaupt nicht seltsam«, unterbrach sie Christine. »Es bedeutet, dass Mark ein Geizkragen ist und sich eine neue Uhr und ein neues Handy kaufen sollte.« Sie starrte ihn unfreundlich an. »Kannst du endlich mal mit der Arbeit beginnen? Ich glaube nicht, dass es zu viel verlangt ist, wenn wir morgen Nachmittag eine größere Modenschau haben.«

»Sofort«, antwortete er steif.

»Gut.« Christine runzelte die Stirn. Sie wurde plötzlich von irgendwas abgelenkt. »Was machst du mit dem Kleid, Amanda? Lass die Blume in Ruhe!«

Die junge blonde Näherin mit der Stachelfrisur fuhr erschrocken zusammen. Sie umklammerte ein kunstvoll mit Perlen und großen goldenen Blumen besticktes weißes Chiffonkleid. Es war der Publikums-Hit, den Jessica am Ende der Modenschau tragen sollte. Sie hatte es bis jetzt noch nicht angezogen. Die Anprobe war als Nächstes geplant, gleich nachdem Christine mit dem Saum des Kleides fertig war, das sie im Augenblick trug.

Amanda starrte auf eine Blüte. Sie war das Thema der Show und tauchte in verschiedenen Formen und Größen in der ganzen Kollektion auf. »Irgendwas … irgendwas stimmt nicht damit.« Die junge Näherin tupfte mit dem Zeigefinger darauf herum. »Sie ist nicht in Ordnung. Ich meine – sie liegt nicht so auf dem Stoff, wie sie sollte, und mir ist aufgefallen, dass …«

»Häng das Kleid wieder an die Stange!« Christine stürmte mit klappernden Armreifen und zornig funkelnden Augen auf sie zu. »Du fasst das Kleid nur an, wenn ich es dir sage! Hast du mich verstanden? Kannst du dir vorstellen, wie lang ich gebraucht habe, um Hunderte von Blumen zu sticken? Ich lass sie mir doch nicht von irgendeiner Idiotin, die frisch von der Schule kommt und keine Ahnung hat, was sie tut, einfach abreißen. Und jetzt weg hier!«

Amandas Unterlippe zitterte. Sie kämpfte mit den Tränen. Christines Reaktion war total übertrieben. Das dachten wohl alle, die sich im Raum befanden. Die anderen Näherinnen und Models guckten sie mit großen Augen an und drehten sich dann schnell weg. Sie wollten nicht in das Kreuzfeuer hineingezogen werden. Innerhalb weniger Sekunden schien die Temperatur im Raum gesunken zu sein.

»Ist Christine immer so hitzköpfig?«, fragte Jessica leise. Sie meinte »schlecht gelaunt«, wollte aber vorsichtig sein, denn sie wusste nicht, wie eng die Beziehung zwischen ihr und Mark war.

»Sie ist kreativ wie Ossa und erwartet, dass alles perfekt ist«, antwortete er genauso vorsichtig. »Wenn nicht alles perfekt ist, nervt sie das.«

Mark redete ebenfalls durch die Blume, Christine war cholerisch, sollte das wohl heißen. Jessica erinnerte sich an den Streit zwischen der Näherin und Ossa beim Shooting für *Teen Vogue*. Das war eindeutig keine Ausnahme gewesen. Damals hatte sie angenommen, dass Ossa übertrieben reagiert hätte, aber vielleicht war es genau umgekehrt?

»Christine ist wahrscheinlich total gestresst«, sagte Mark hastig. »Miranda macht sie verantwortlich, wenn die Show nicht den üblichen Riesenerfolg hat. Redakteure der *Vogue* kommen extra aus Italien, Amerika, Paris, Brasilien und Russland angereist. Ich hab gehört, dass auch noch andere wichtige Gäste in der ersten Reihe sitzen werden. Es wäre ein Desaster für das Label, wenn die Sache schlecht läuft.«

»Natürlich«, sagte Jessica und strich das Kleid glatt. Sie verstand, warum die Tatsache, dass Ossa nicht erschienen war, für Christine ein großes Problem darstellte, aber musste deshalb ein Mitglied ihres Teams so runtergeputzt werden?

»Es ist nicht nur mir passiert«, sagte Mark plötzlich.

»Was?« Jessica folgte Amanda mit ihrem Blick, die sich mit Tränen in den Augen davonschlich. Vermutlich würde sie versuchen, sich auf der Toilette zu beruhigen. Christine stand am Kleiderständer und schaute die Robe prüfend an.

»Wovon ich vorhin geredet habe – dass die Zeit stehen geblieben ist. Christine hält mich für total bescheuert. Aber, glaube mir, ich hab mich umgehört, und es ist anderen Leuten auch passiert. Ihre Uhren sind in der Zentrale langsamer gelaufen und ihre Handy-Batterien waren immer leer. Heute wird wahrscheinlich alles okay sein, weil Ossa nicht da ist.«

»Ich glaube dir, und ich halte dich übrigens nicht für bescheuert.«

»Danke. Der Verschwörungstheoretiker in mir denkt, dass Ossa rausgefunden hat, wie er mit unseren Uhren herumpfuschen kann. So konnte er jeden Tag zusätzliche fünf oder zehn Minuten Arbeit aus uns rausholen.« Er zwinkerte Jessica zu. »In der Mode ist alles nur Schall und Rauch.«

Er nahm ein Bügeleisen in die Hand, salutierte damit und tanzte im Walzertakt mit einem verdutzten Schneider, den er kurzerhand an die Hand genommen hatte, zu einer Kleiderstange, in sicherer Entfernung von Christine.

Okay, Jessica nahm einiges zurück – Mark war *doch* ein bisschen verrückt. Als sich zwei weitere Nachzügler ins Zimmer schlichen, verzog sie den Mund. Zak trug seine Motorradkluft, hielt seinen Rucksack umklammert und redete mit einer hingerissenen Bree. Oh, super! Ihre Erzfeindin war also auch für die Ossa-Cosway-Show ausgewählt worden. Als Bree Jessica im Spiegel entdeckte, machte sie ein entsetztes Gesicht. Sie sauste zum Umkleidebereich und vermied geflissentlich jeden Blickkontakt. Hatte sie Angst vor einem öffentlichen Showdown?

Jessica wartete, bis Zak praktisch jede Frau im Raum mit einem Kuss auf beide Wangen begrüßt hatte, bevor sie sich von hinten näherte und ihm auf die Schulter klopfte.

»Jessica!« Zak drehte sich schnell um. Seine Augen leuchteten auf. »Ich hatte gehofft, dich hier wiederzusehen!«

»Damit du damit angeben kannst, Superman zu sein, der die kleine Lois Lane gerettet hat? Du bist wirklich ein Mistkerl!«

Zak lief rot an. »Lass uns hier drüben reden, *Lois*.« Er steuerte sie in eine Ecke, wobei ihn eine der Näherinnen beobachtete.

»Ich weiß, was du denkst«, sagte er leise.

»Das bezweifle ich«, gab Jessica zurück. »Du hast Nerven, hier reinzuschneien und so zu tun, als ob alles okay wäre.« Sie blickte über ihre Schulter und senkte die Stimme. »Du hast in der Nachbesprechung gelogen! Ich musste dich überreden, letzte Nacht im Lagerhaus zu bleiben. Wenn es nach dir gegangen wäre, hätten wir das Gebäude sofort wieder verlassen und die Verbindung zu Ossa nie entdeckt. Du hast meine Theorie über seine Kleider von Anfang an runtergemacht. Du hast nicht gesehen, was für eine wichtige Rolle Helen Hamlyns Regenmantel spielt.«

Zak holte tief Luft und hob die Hände. »Ich gebe zu, dass ich die Wahrheit ein bisschen verdreht habe.«

»Ein bisschen?«

Zaks Gesicht wurde feuerrot. »Hör zu – es tut mir leid. Okay? Ich wollte dich nicht hintergehen, echt nicht.«

»Und warum hast du dann Rodarte nicht gesagt, dass es *meine* Idee war? Oder wenigstens, dass wir beide drauf gekommen sind?«

»Weil ich es nicht für so eine große Sache gehalten habe.«

»Eben.« Sie verschränkte die Arme. »Für dich war es keine große Sache. Mein Gott, bist du egoistisch! Du hast nur an dich gedacht. Wie üblich.«

Zak machte den Mund auf. Es sah aus, als wollte er etwas sagen, änderte dann aber seine Meinung. »Du hast recht. Es tut mir leid. Ich hab diesen Erfolg gebraucht.«

»Was soll das heißen?«

»Seit ich vorgeschlagen habe, dass du mit ins Boot kommst, sitzen mir meine Chefs im Genick. Sie fanden es zu riskant, weil dich Westwood rausgeworfen hat. Sie fingen an, mein Urteilsvermögen zu hinterfragen, besonders nach Margarets Flucht aus dem Gefängnis. Ich hab diesen Durchbruch gebraucht, nachdem ich auf dich gesetzt habe.«

Jessica schwieg. Sie hatte sich nicht überlegt, welches Risiko Zak einging, indem er sie verteidigte. »Ich glaube, das kann ich verstehen. Jedenfalls bis zu einem gewissen Grad.«

Nachdem bei Zak der Groschen gefallen war, wurde sein Gesicht dunkelrot. »Ich hab mich wirklich egoistisch benommen. Ich hab nur daran gedacht, *meine* Karriere bei Rodarte zu retten und vergessen, was ein Erfolg für dich bedeuten würde, um bei Westwood wieder aufgenommen zu werden.«

»Genau!«

Er drückte ihre Schulter. »Ich hab mich falsch verhalten. Es wird nicht wieder vorkommen. Ich werde alles mit dir zusammen machen und dafür sorgen, dass du die verdiente Anerkennung kriegst. Hand aufs Herz!«

Meinte er das ehrlich? Oder sagte er das nur, weil er annahm, dass sie es hören wollte? Sie schaute sich im Raum um, als Bree in einem kurzen goldfarbenen Cocktailkleid mit Hunderten von aufgenähten winzigen glitzernden Blumen von der Anprobe kam. Sie sah einfach umwerfend aus. Zak folgte Jessicas Blick.

»Ich habe Rodarte gebeten, sie zu überprüfen«, sagte er. »Zusammen mit den anderen Westwood-Mädchen.«

»Und?«

»Keine hat was zu verbergen. Außer Bree. Da stimmt wirklich was nicht.«

Sie hatte es ja gewusst! »Was habt ihr gefunden?«

»Rodarte hat ihre Computer, Bankguthaben – alles – geprüft und nichts Schlimmes aufgedeckt, aber sie hat einen heimlichen Freund, den sie Westwood gegenüber nicht erwähnt hat.«

Jessica hob eine Augenbraue. Es war furchtbar peinlich, aber Westwood-Agenten mussten die Namen der Personen nennen, mit denen sie ausgingen oder mit denen sie eine Beziehung haben wollten, damit diese Leute gründlich überprüft werden konnten. Das sollte Spione davor schützen, sich mit »Ungeeigneten« zusammenzutun, die sie oder Westwood auffliegen lassen konnten.

»Wer ist Brees Freund?«

»Er heißt Chris und arbeitet in einem Buchladen. Wie es aussieht, wollen sie zusammenziehen. Sie haben bei einer Mietvermittlung im Süden Londons gemeinsam einen Vertrag unterschrieben und suchen eine Ein-Zimmer-Wohnung. Wir hatten noch keine Chance, das weiterzuverfolgen, weil inzwischen so viel passiert ist.«

Jessica runzelte die Stirn. War Chris' Arbeit im Buchladen vielleicht nur Tarnung, um seinen wahren Job zu verbergen? Hatte er Bree auf seine Seite gezogen und überredet, die Blaupause im Shard zu stehlen? Wenn sie wusste, dass er ein zwielichtiger Typ war – würde das erklären, warum sie Nathan seinen Namen verschwiegen hatte? Den Namen eines Freundes oder einer Freundin zu verheimlichen, und erst recht, wenn man mit ihnen zusammenzog, war ein Disziplinarvergehen und hatte die sofortige Entlassung von Westwood zur Folge.

Sie beobachtete Bree, als Christine den Saum ihres Kleides begutachtete. Was verbarg das Model sonst noch, das Rodarte nicht aufdecken konnte? Christine blickte hoch und winkte Zak zu sich heran.

»Zak, ich glaube, Christine will dich für eine Anprobe haben«, sagte Jessica.

»Toll. Genau das, was ich nach einer schlaflosen Nacht brauche – stundenlang stillstehen, während ich mit Nadeln gepikst und herumgeschubst werde.«

»Das Gleiche gilt für mich.«

»Vertragen wir uns also wieder, Jessica? Nach dem, was ich getan oder nicht getan habe? Ich möchte nicht, dass irgendetwas zwischen uns steht.«

Sie senkte den Blick. »Du vibrierst.«

»Bitte?«

Sie zeigte auf seinen Rucksack. Der Stoff zitterte leicht. Zak griff hinein und holte seinen Nintendo heraus. Er klappte ihn auf und schaute interessiert auf das Display.

»Was ist?«, fragte sie.

»Bei meiner Software geht wieder alles drunter und drüber.«

Er zeigte ihr die Spielekonsole. Nachrichten tauchten wahllos auf und sie erfasste das Wort »Rodarte«. Es war ein CIA-Werkzeug. Sie hatte auch einmal so einen Minicomputer gehabt, der sich aber in ihrer Lidschatten-Palette verbarg.

»Irgendwas Elektrisches stört ihn«, sagte Zak und schaute sich im Raum um.

»Glaub ich nicht. Hier gibt es keine Computer. Der MI6 hat alles überprüft, bevor wir heute angekommen sind. Ich habe auch keine iPads herumliegen sehen. Es kann aber natürlich sein, dass eine der Näherinnen ein Tablet in ihrer Handtasche hat.«

»Das Ding hat in letzter Zeit öfter verrückt gespielt. Ich muss es reparieren lassen.« Zak untersuchte das Spionage-Werkzeug noch einmal und schaltete es aus, bevor er es in seinen Rucksack warf. »Rodarte gibt Millionen für die neueste Technik aus und manchmal nerven die Sachen total.«

Jessica schaute ihm nach, als er zu Christine ging. Die Näherin strahlte ihn an. Zak ließ mal wieder seinen Charme spielen.

»Dich brauch ich auch, Jessica!«, brüllte Christine durch den Raum. Sie zeigte auf das Blumenkleid, das den Streit mit Amanda ausgelöst hatte. »Du bist als Nächste dran. Beeil dich!«

Oh *Mann!* Irgendetwas sagte ihr, dass sie die Finger von den aufgestickten Blumen lassen sollte. Warum waren sie ihr so wichtig? Es ergab überhaupt keinen Sinn.

Vier Stunden später war Jessica mit der scheinbar endlosen Anprobe fertig. Alle Kleider, die sie zu tragen hatte, hingen mit den Outfits der anderen Models an einer Stange und trugen ihr Foto und eine Nummer, mit der die Reihenfolge der Show gekennzeichnet war. Sie hatte mit den anderen Mädchen noch eine schnelle Laufsteg-Probe gehabt. Dabei hatte Bree kurz »Hallo« gesagt und sie dann weiterhin wie die Pest gemieden.

Zak seufzte, als Jessica an ihm vorbeiging. Er steckte in der Anproben-Hölle fest und zappelte herum, als Christine den Saum seiner Hosenbeine aufmachte. Jessica wühlte in der Handtasche von Victoria Beckham nach ihrem Handy. Sie wollte unbedingt wissen, ob der MI6 schon etwas über Ossa herausgefunden hatte. Möglicherweise hatte Nathan eine verschlüsselte Nachricht geschickt. Sie starrte ungläubig auf ihr Telefon. Es war tot. Die Batterie war leer, obwohl sie gerade erst neu aufgeladen worden war. Mit wild klopfendem Herzen schaute sie auf ihre Omega-Uhr. Sie war vom MI6 mit geheimen Funktionen, einschließlich einer teleskopischen Linse, ausgerüstet worden und konnte Explosionen und fünfzig Meter tiefes Wasser überstehen. Als sie sich vom Näherinnen-Team verabschiedete und schnell hinausging, hielt sie die Uhr fest umklammert.

Jessica sah sich auf der Straße nach Passanten um und lief einer jungen Frau hinterher, die bestätigte, dass es sechzehn Uhr zehn war. Sie öffnete die Faust und starrte auf ihre Armbanduhr. Sie ging genau sechs Minuten nach. Auch Zaks Minicomputer hatte nicht richtig funktioniert. Mark war nicht verrückt. Die Probleme, die er in der Zentrale beschrieben hatte, setzten sich auch hier fort, obwohl Ossa nicht da war.

Wie war das möglich? Was war nur los?

Kapitel Siebzehn

»Ich wollte dich treffen, um dir die Neuigkeiten persönlich zu erzählen«, verkündete Zak strahlend. »Du weißt, ich hab dir versprochen, dich immer auf dem Laufenden zu halten. Der Erfolg liegt bei Rodarte, ganz klar, aber ohne Hilfe von Westwood hätten wir es nicht geschafft.«

Jessica setzte sich zähneknirschend neben ihm auf die Bank. Seine hämische Freude war kaum auszuhalten. Eine Taube stolzierte frech an ihre Füße heran und schnappte sich ein weggeworfenes Stückchen Brot. Es war sehr verlockend, dem Vogel den halb verfaulten Sandwich-Rest zu entreißen und auf Zak zu schmeißen. Er hatte ihr vor einer Stunde eine SMS geschickt und sie gebeten, ihn am Morgen im Park in der Nähe ihres Hauses zu treffen.

»Wenn es um Ossa Cosway und Lee Caplin geht – das weiß ich schon«, sagte sie tonlos.

»Echt?« Zak war vorübergehend sprachlos. »Und woher?«

»Nathan hat seine Meinung geändert und auch beschlossen, mich auf dem Laufenden zu halten. Bevor du mir die SMS geschickt hast, hab ich kurz mit ihm gesprochen.«

»Fantastisch! Dann ist das wohl eine Win-Win-Situation für alle?«

Nicht ganz. Es war ein 2:0 für die Amis. Nicht allein, dass Lee Caplin bei einer Straßensperre in einem westlichen Vorort von Kansas City verhaftet worden war, nein, Rodarte hatte außerdem Ossa festgenommen, der an Bord eines Fliegers der American Airlines gehen wollte, um vom Londoner Flughafen Heathrow nach Washington zu reisen. Beide befanden sich jetzt in Untersuchungshaft und wurden vernommen. Jessica gab sich tatsächlich alle Mühe, sich darüber zu freuen. Die Hauptsache war ja, dass sie erwischt worden waren. Aber Westwood hätte diese Festnahmen *wirklich* gebraucht, um zu beweisen, dass die Abteilung nicht aufgelöst werden durfte.

»Du freust dich, oder? Das ist eine gute Sache, Jessica.«

»Ich weiß. Erzähl mir alles!«

Zak beschrieb, wie Lee vom Aussageverweigerungsrecht Gebrauch machte und keine Fragen der Polizei beantwortete, die wissen wollte, wie er es geschafft hatte, aus dem Gefängnis auszubrechen und wer ihm dabei geholfen hatte. Ossa war viel mitteilsamer, aber Zak meinte, Rodarte hätte seine Geschichte äußerst skeptisch aufgenommen.

»Ossa leugnet, LibertyCrossing zu sein und behauptet, nichts über das *Kollektiv* zu wissen. Er sagt, er hätte versucht, das Land zu verlassen, als ihm klar wurde, dass seine finanziellen Angelegenheiten nach dem Brand im Lager ans Licht kommen würden.«

»Was stimmt denn nicht mit seinen finanziellen Angelegenheiten?«

»Eine Menge! Ossa sagt, eine namenlose Person hätte sich in seinem Abschlussjahr am College per E-Mail mit ihm in Verbindung gesetzt und ihm Millionen von Dollar angeboten, um ihm beim Start und als Unterstützung seines Modeimperiums zu helfen. Die Investition erfolgte allerdings unter einigen Bedingungen: Er dürfe niemals versuchen, die Identität des Geldgebers herauszufinden, und er müsse bei etwaigen verdächtigen Aktivitäten in der Firma, vor allem an den Computern, ein Auge zudrücken. Außerdem hätte er sich bereit erklären müssen, allen Neuanstellungen von Leuten, die ihm anonym empfohlen wurden, zuzustimmen, einschließlich der Beschäftigung eines ganz bestimmten Buchhalters, der sich um die Konten kümmerte. Der Buchhalter wurde natürlich verhaftet. Ossa behauptet, dass regelmäßig Geld auf den Firmenkonten landet und dass er die Herkunft nie prüft.«

Jessica zog eine Augenbraue in die Höhe. Sie dachte an das Interview für *Teen Vogue*. Ossa hatte behauptet, sein Investor sei öffentlichkeitsscheu, aber offensichtlich steckte viel mehr dahinter. Der anonyme Sponsor schien die Firma Ossa Cosway Ltd. zur Geldwäsche zu benutzen, indem er mithilfe eines seriösen Unternehmens die Herkunft von Geld verbarg, das er illegal erworben hatte. Das Geschäft lohnte sich anscheinend; Ossa verlangte Zehntausende von Pfund für Haute-Couture-Kleider, die mithilfe dubioser Geschäfte hergestellt worden waren. Wie konnte Ossa nur so blöd sein, sich auf einen derartigen Plan einzulassen? Er war enorm ehrgeizig, aber Jessica konnte nicht glauben, dass er zugestimmt hatte, Gesetze zu brechen, um schneller an die Spitze zu kommen. Entweder waren ihm die rechtlichen Auswirkungen nicht klar gewesen oder sie waren ihm einfach egal.

»Wenn er die Wahrheit sagt, dann könnte LibertyCrossing der stille Investor der Firma Ossa Cosway Ltd. sein«, meinte Jessica. »Diese Person hatte bereits Millionen durch Hacks in den Vereinigten Staaten eingeheimst und hätte in Ossas Geschäft investieren können, um sich dann bei anderen reichen Kunden der Modebranche einzuhacken. Das würde erklären, warum LibertyCrossings Verfahrensweise sich plötzlich änderte. Er hatte eine Möglichkeit gefunden, auf Wohlhabende abzuzielen, unter dem Deckmantel der Legitimität.«

»So was hat Ossa auch schon angedeutet«, gab Zak zu. »Aber noch eine andere Möglichkeit ist, dass er sich die Story ausgedacht hat, um weniger Zeit im Knast verbringen zu müssen. Ossa könnte LibertyCrossing sein, was bedeuten würde, dass er die Millionen, die er mit den Hacks erschwindelte, in den Start seiner eigenen Firma gesteckt hat. Er hat die Geschichte über den mysteriösen Geldgeber erfunden, um zu verbergen, wie er zu dieser Rieseninvestition gekommen ist. Wir haben eine vorläufige Analyse des Laptops durchgeführt, den er im Handgepäck mit an Bord genommen hatte. Es ist das einzige Gerät, das das Virus überlebte, obwohl es alle anderen Computer bei Ossa Cosway Ltd. lahmlegte.«

»Und?«

»Wir fanden E-Mails zwischen LibertyCrossing und Henry Murray und anderen jungen Hackern sowie heruntergeladene Dateien vom MI6. Wir haben die gesamte Agenten-Datenbank entdeckt, die LibertyCrossing veröffentlichen wollte.«

»Dieses Beweismaterial kann eingeschleust worden sein«, sagte Jessica. »Außerdem erklärt deine Theorie nicht die Verbindung zwischen Ossa und Lee Caplin und wie er es schaffte, sich bei den Couture-Kunden einzuhacken.«

Zak starrte sie an. »Hast du plötzlich deine Meinung geändert?« Sein Ton war scharf. »Ich erinnere mich, dass du im Lager der Meinung warst, dass Ossa Cosway LibertyCrossing ist. Wenn mich meine Erinnerung nicht täuscht, hast du gesagt, der Designer könnte aus Mitleid mit einem hackenden Teenager gehandelt haben.«

Jessica wurde rot. »Ich weiß, was ich gesagt habe, aber …«

»Aber was?«

»Irgendwas stimmt nicht. Ich weiß auch, dass ich jetzt wie *du* im Lager klinge, was mir überhaupt nicht gefällt, aber ich glaube einfach nicht mehr, dass Ossa LibertyCrossing ist. Ich denke, er sagt die Wahrheit, wenn er von der Geldwäsche redet und davon, dass er ein Auge zugedrückt hat, als in seiner Firma komische Dinge passiert sind, weil dort nämlich *wirklich* komische Dinge passieren.«

Sie beschrieb, wie Uhren andauernd nachgingen, Handy-Batterien ständig leer waren und wie Zaks eigenes Spionage-Werkzeug durch irgendetwas im temporären Quartier gestört wurde, obwohl Ossa nicht da war.

Zak schüttelte den Kopf. »Weißt du, was ich denke, Jessica? Du ärgerst dich, dass Westwood nicht die Festnahmen durchgeführt hat, und bezweifelst deshalb alles, was ich sage. Du willst es einfach nicht glauben.«

»Ja, klar, es wäre mir lieber, Westwood wäre zuerst vor Ort gewesen, aber darum geht es nicht. Es ist deine *Theorie* über Ossa und keine Tatsache. Ich bin objektiv und beurteile die *Fakten*. Ich sage nur, ich bin nicht sicher, ob ihr den Richtigen habt.«

Zak stand auf und funkelte sie an. »Mach dir keine Sorgen – wir werden genug *Fakten* finden, um sogar *dich* zufriedenzustellen! Es war ja nur das erste Verhör. Wir haben reichlich Zeit, um belastende Informationen aus Ossa herauszuholen. Wir sind noch lange nicht mit ihm fertig.«

Jessica erhob sich auch. Sie fragte sich, wie Nathan das Ganze wohl sah. Sie hatten noch keine Gelegenheit gehabt, über die Festnahmen zu reden. Er hatte nur ein paar knappe Angaben gemacht, bevor er zu einer Besprechung mit dem Premierminister musste.

»Danke, dass du mich informiert hast.«

»Keine Ursache«, antwortete Zak steif.

»Also …«

»Ossa kann natürlich heute Nachmittag nicht bei seiner Show sein, und du kannst mit niemandem über seine Verhaftung reden«, sagte Zak kurz angebunden.

Als ob sie vorgehabt hätte, Ossas Festnahme per Lautsprecher zu verkünden. »Die Show findet also wirklich statt?«

Sie hatte am Morgen eine SMS vom Hauptgeschäftsführer bekommen, in der ihr mitgeteilt wurde, wann sie im Somerset House, dem Veranstaltungsort der London Fashion Week, Backstage erscheinen müsste, um geschminkt und frisiert zu werden.

»Wir können die Show nicht einfach absagen, vor allem nicht so kurzfristig. Es wird wahrscheinlich bald über Lee Caplins Verhaftung in den Medien berichtet, aber wir haben vor, im Moment noch nichts über Ossa verlauten zu lassen. Wir können Ossa Cosway Ltd. erst dann am Geschäftemachen hindern, wenn ein Buchhalter der Forensik die Finanzen der Firma gründlich überprüft hat, was Wochen dauern wird.«

Jessica nickte. Nathan hatte das Gleiche angedeutet. »Dann seh ich dich also um vierzehn Uhr.«

Die Anspannung in seinem Gesicht löste sich etwas. »Ich werde schon um einiges früher da sein, um den Veranstaltungsort auszukundschaften, bevor der Präsident eintrifft.«

Sie hatte den Hauptgrund für Zaks Anwesenheit im Land total vergessen. »Läuft seine Tochter noch für Burberry? Die Show wird doch auch vom *British Fashion Council* gefördert, oder?«

»Lydias Schau findet gleich nach unserer statt und passt deshalb gut zu meiner Tarnung«, sagte Zak. »Dann brauche ich nämlich nicht zwischen den einzelnen Veranstaltungsorten herumzurasen. Der Präsident und der Nationale Sicherheitsrat sind über die neuesten Entwicklungen informiert. Das *Kol-*

lektiv gilt nicht länger als hohes Risiko, weil Ossa und Lee in Gewahrsam sind, also wird die Tagesordnung des Präsidenten diese Woche planmäßig eingehalten.«

»Dann seh ich dich später.«

»Jap«, machte Zak und warf sich den Rucksack über die Schulter. »Wahrscheinlich.«

Sie schaute ihm nach, als er den Park verließ. Grrr. Das war bestimmt der seltsamste Abschied aller Zeiten. Echt.

Kapitel Achtzehn

Als Jessica in der Maske neben den anderen Models saß, piepste ihr Handy. Sie schnappte es sich, während Marie silbrig glitzernden Lidschatten auftrug.

»Jessica? Hier ist Lucas.«

»Lucas?«

»Von der Forensik?«

»Ah, ja. Tut mir leid. Wie geht's?«

»Super. Hör mal, ich konnte Nathan nicht erreichen, und da dachte ich mir, ich informiere *dich* über die aktuelle Lage wegen der Fäden, die du uns gegeben hast.«

»Kannst du mich für eine Minute entschuldigen?«, sagte Jessica leise zu Marie. Jessica sauste in eine Ecke des Raums. »Rede weiter!«

»Der Faden, den du in Henry Murrays Schule entdeckt hast, und eine der silbernen Proben, die du im Lagerhaus von Ossa Cosway abgeschnitten hast, passen zusammen.«

»Fantastisch! Danke, Lucas. Ich muss los!« Sie ging wieder in den Make-up-Bereich.

»Warte! Es gibt noch was Interessanteres.«

»Ja?«

»Keiner von den Fäden war normal. Man erwartet eigentlich nicht, so etwas in Klamotten oder im Lager eines Modehauses zu finden.« Jessica blieb stehen und ignorierte Marie, die sie mit einem knallroten Lippenstift in der Hand heranwinkte.

»Weiter!«

»Beide sind supraleitfähig, aber in der Entwicklung viel weiter fortgeschritten als alles, was ich je gesehen habe.«

»Wie bitte?«

»Mit leitfähigen Fäden kann man Elektronik an Kleidung befestigen. Sie machen Elektronik tragbar, wenn sie in einem Kleidungsstück verwoben oder aufgestickt werden. Die Fäden leiten sowohl Starkstrom als auch Signale, meist mit niedriger Stärke. Manche Leute nähen den Faden in die Finger ihrer Handschuhe, damit sie einen Touchscreen bedienen können.«

Jessica schaute sich im Raum um. Ausschließlich alle Models hielten Handys an ihre Ohren. »Könnte der Faden die Batterien der Telefone entladen und Armbanduhren attackieren?«

»Selbstverständlich, wenn es sich um batteriebetriebene Uhren handelt. Ich habe noch nie einen Faden gesehen, der so leistungsstark ist. Er kann kleine elektromagnetische Impulse erzeugen, die auch Armbanduhren beeinflussen würden, die nicht von Batterien gespeist werden. Aber nicht nur das. Er könnte aus kurzer Entfernung auch andere elektronische Geräte stören – Computer, iPads, Laptops, Lautsprecheranlagen. Deshalb ist es merkwürdig, so etwas in der Modebranche zu finden.«

Jessica spürte, wie sich ihre Nackenhaare sträubten. Sie schob sich am Make-up-Bereich vorbei und steuerte den Kleiderständer mit den Sachen von Ossa Cosway an. Ein paar Models, die bereits geschminkt waren, begannen schon, sich anzuziehen. Jessica schnappte sich ihr Kleid – die Robe aus weißem Chiffon mit den aufgestickten goldenen Blüten.

»Ist supraleitfähiger Faden immer silbern?«

»Er muss nicht silbern sein.«

Ihre Finger zitterten, als sie eine der goldenen Blüten berührte. »Könnten Kleider mit dem Faden bestickt werden, um sich in Computer einzuhacken?«

Lucas schwieg ein paar Sekunden lang. »Ja, wenn man die Komplexität und den hochentwickelten Stand dieser Art von Faden berücksichtigt, könnte man sagen, dass man damit in praktisch alles eindringen kann. Der Faden könnte sich einhacken und einen Virus auf alle möglichen Geräte, beispielsweise Laptops und Handys, herunterladen. Das würde einem Fernbenutzer unbegrenzten Zugriff gestatten.«

Jessica packte ihr Handy noch fester. »Sie müssen Nathan aus seiner Besprechung holen!«

»Das geht nicht. Seine Sekretärin sagt, er spricht mit dem Premierminister und darf nicht gestört werden.«

»Tun Sie's, *jetzt sofort*! Sagen Sie ihm, dass sich LibertyCrossing mithilfe von Ossa Cosways Kleidern eingehackt hat. Die Designer-Roben sind mit den supraleitfähigen Fäden bestickt. Sie sind reichen Kundinnen zugeschickt worden.«

»Ich bin an der Sache dran.« Er legte auf.

Das Ganze war einfach brillant, das Werk eines Genies. Ossa Cosway war *tatsächlich* ein Strohmann für das Hacking. Auf diese Weise konnte man auf alle Prominenten und Reichen in Amerika abzielen – durch die Lieferung von Kleidern, in denen heimlich supraleitende Fäden verarbeitet worden waren. Die Kleidungsstücke hatten sich in die Heimcomputer oder iPads der Opfer eingehackt und ihre Sicherheitsprogramme unbrauchbar gemacht. LibertyCrossing fand dann durch die Hintertür einen Weg in die Computer, leerte Online-Bankkonten und fand schädigendes Material, das sich zu Erpressungszwecken nutzen ließ.

Jessica hielt die Luft an. Sie dachte an ihre Kleiderschränke zu Hause, die mit Ossa-Cosway-Klamotten vollgestopft waren, und an die Vertragsklausel, die verlangte, dass sie seine Entwürfe *immer* außerhalb der Schule trug. Die Kleider hatten sich wahrscheinlich schon monatelang, bevor LibertyCrossing sich vor dem MI6 zu erkennen gegeben hatte, in alles eingehackt – in ihr Handy, das iPad und den Computer ihres Vaters. Sie selbst hatte sich unbeabsichtigt in den MI6 eingehackt. Sie hatte am Tag, als der MI6 attackiert worden war, einen Mantel von Ossa Cosway getragen; er war in ihr Handy und dann im Konferenzzimmer in Nathans Laptop eingedrungen. Anschließend hatte der Designermantel wieder gehackt und dafür gesorgt, dass sich ein Virus auf den Mainframe herunterlud, als sie mit den anderen Agenten im Besprechungszimmer saß.

Und ihr Besuch bei Margaret im Gefängnis? Auch da hatte sie einen Mantel von Ossa Cosway getragen. Deshalb war die Alarmanlage ausgefallen. LibertyCrossing hatte Henry Murray benutzt, um am Tag, als die größeren Hacks stattfanden, Sicherheitslücken zu entdecken. Dann hatte er Jessica ins Gefängnis gelockt, indem er Beweismaterial untergeschoben hatte, das sie vermuten ließ, dass Margaret mit dem *Kollektiv* zu tun hatte. LibertyCrossing hatte sich darauf verlassen, dass sie einen Ossa-Cosway-Mantel tragen würde, den er zum Einhacken und Öffnen sämtlicher Türen benutzen konnte. Die Methode wurde in Lees Gefängnis wiederholt, was das große Ziel gewesen war. Die amerikanische Reporterin Helen Hamlyn hatte einen Mantel geschenkt bekommen, in dem der Faden vernäht worden war. Und sie war überredet worden, das Gefängnis zu besuchen, indem man ihr ein exklusives Interview versprach. Sie hatte keine Ahnung, dass sie damit zu Lees »Freifahrschein aus dem Knast« wurde, genau wie Jessica für Margaret.

Ihr Herz pochte wie wild. Hatte man sie von Anfang an reingelegt? Es war immerhin möglich. Vielleicht hatte man sie als

Muse für Ossa Cosway vorgeschlagen, weil Margaret Informationen über sie an LibertyCrossing verkauft hatte und nicht, weil sie das beste Model war. LibertyCrossing wusste, dass sie auch eine Westwood-Spionin war, die den Zugriff auf den MI6 ermöglichen würde. Aber wer war denn nun dieser LibertyCrossing? War es wirklich Ossa Cosway?

Jessica zupfte wieder an einer Blüte ihres Kleides herum. Amanda hatte das gestern auch gemacht, als Christine Cooper ausgeflippt war. Die junge Näherin hatte recht gehabt. Die Blüte saß nicht richtig, weil sie mit viel zu vielen Stichen aufgenäht worden war. Jessica schaute sich schnell die anderen Kleider an, die noch an der Stange hingen. Christine hatte behauptet, alle Blumen der Kollektion per Hand angenäht zu haben. Aus der Nähe betrachtet sahen sie ziemlich hässlich aus; alle Blüten waren mit einer Menge Goldfaden bestickt worden. Kein Wunder, dass sich eine Näherin über die schlechte Arbeit gewundert hatte, vor allem, da Christine ja eine Perfektionistin war.

Jemand hatte zu viel supraleitfähigen Faden verwendet.

Hatte Christine über diesen Hightech-Zwirn Bescheid gewusst und nicht gewollt, dass Amanda darauf aufmerksam machte? Jessica dachte an das Mode-Shooting für *Teen Vogue* Anfang der Woche, als Ossa ausgerastet war, weil Christine die falschen Kleider gebracht hatte. Die Näherin hatte gemeint, dass jemand die Outfits in letzter Minute ausgewechselt haben musste. Aber was, wenn *Christine* die Kleider mit Absicht vertauscht hatte, weil sie es nicht riskieren wollte, dass die Elektrizität enthaltenden Klamotten mit Wasser in Berührung kamen?

Wenn das stimmte, sagte Ossa wahrscheinlich die Wahrheit. Er hatte keine Ahnung, was tatsächlich in seinem Betrieb vor sich ging. Er wusste nicht, dass seine Kleider mit elektrischen Fäden verarbeitet wurden. Oder er ignorierte einfach alles, was verdächtig war. Ossa konzentrierte sich darauf, an die Spitze der Modewelt aufzusteigen, und ließ damit Christine, seiner stets hilfsbereiten Assistentin und Näherin, freien Lauf.

Sie war LibertyCrossing, nicht Ossa.

Die Näherin hatte Zugriff auf den Computer im Lagergebäude und auf alle Kleidungsstücke, die für die Hacker-Angriffe benutzt wurden. Christine könnte ihre Stimme ohne weiteres verstellt haben, als sie dem MI6 per Hologramm eine Nachricht übermittelte. Sie half beim Model-Casting und könnte Ossa überredet haben, ihr den Model-Job zu geben. Aber wieso wollte Christine, dass Lee Caplin aus dem Gefängnis kam und wie hatte sie entdeckt, dass man mit supraleitfähigen Fäden hacken konnte? Sie war, seit sie die Schule verlassen hatte, ihr ganzes Leben lang Näherin gewesen. Jessica erkannte keine Verbindung.

Sie schaute sich um, konnte Christine aber nirgends entdecken. Wieder warf sie einen Blick auf die Kleider an der Stange. An den Sachen, die sie bisher bekommen hatte, war ihr der supraleitende Faden nie aufgefallen. Er musste viel raffinierter verarbeitet und vielleicht in die typischen Paspel an Krägen und Säumen eingenäht worden sein. Christine hatte es mit der Menge der Fäden für diese Show bewusst übertrieben, aber warum? Hatte sie vor, die Bankkonten der Promis, die in der ersten Reihe saßen, zu leeren? Jessica rief Nathan an und hinterließ die Nachricht, dass sie Christine für den Superhacker hielt und nicht Ossa.

Sie ging durch den Raum und suchte Zak. Wo war er, wenn sie ihn brauchte? Sie sah, dass eine Assistentin Bree in ihr Kleid half. Die meisten Models waren inzwischen angezogen. *Sie* würde ihr Hack-Kleid auf keinen Fall tragen! Aber die Show würde gleich losgehen. Das durfte einfach nicht sein! Wie nur konnte sie es verhindern? Bree blickte auf. Sie kniff die Augen zusammen und hob fragend eine Augenbraue.

Jessica konnte sich doch nicht Bree anvertrauen! Der Einzige, der ihr helfen konnte, war Zak, aber der führte wahrscheinlich immer noch Sicherheits-Checks durch. Sie hatte ihn Backstage überhaupt nicht gesehen. Als sie ihn anrief, schaltete sich nur die Mailbox ein. Sie machte kehrt und ging nach vorn, wo sie Gemurmel und das Schaben von Stühlen auf dem Boden hörte. Vorsichtig spähte sie von der Seite hinaus; die meisten Gäste hatten schon ihre Sitzplätze eingenommen. Die erste Reihe war immer noch leer, da die VIPs immer zuletzt erschienen. Sie erhaschte einen Blick auf Zak, der mit drei Männern in dunklen Anzügen im Hintergrund stand. Sie beobachteten die Menge und schauten nach möglichen Störenfrieden, bevor der Präsident die nächste Show besuchen würde. Den Zeitplan hatte Jessica schon studiert. Zwischen den Kollektionen von Ossa Cosway und Burberry war eine fünfundzwanzigminütige Pause vorgesehen. Christine müsste verhaftet werden, bevor der Präsident eintraf. Jessica quetschte sich durch den Spalt und versuchte, Zaks Aufmerksamkeit zu erregen.

Plötzlich packte sie eine Hand am Arm und zerrte sie zurück.

»Was machst du hier? Warum bist du noch nicht geschminkt?«, fragte der Stage Manager wütend und starrte auf ihre Jeans und das blau-weiße Sweatshirt, das mit Sternen übersät war. »Wir fangen gleich an und du bist noch nicht einmal angezogen!«

»Sie müssen die Show absagen!«

»Wie bitte?« Der winzige graue Schnurrbart des Mannes mittleren Alters zitterte.

»Ich sage Ihnen – es ist gefährlich, die Show laufen zu lassen.«

»Ich habe keine Ahnung, wovon du redest, und ich will es auch nicht wissen.« Er zog sie in den Umkleidebereich zurück. »Mach dich fertig oder ich sorge dafür, dass du nie wieder für die London Fashion Week gebucht wirst!«

Sie öffnete den Mund, um es noch einmal zu versuchen, machte ihn dann aber wieder zu. Es hatte keinen Sinn, sich zu streiten. Es war reine Zeitverschwendung. Sie konnte ihm doch nicht erklären, was es mit den Kleidern auf sich hatte – der MI6 wollte das bestimmt geheim halten.

»Haben Sie Christine gesehen? Ich möchte sicher sein, dass sie mit meinem Kleid zufrieden ist.«

»Sie steht vorne und wartet darauf, dass die Show beginnt. Sie wird heilfroh sein, wenn du es endlich anhast. Und jetzt zisch ab!«

Jessica drehte sich um. Die Ossa-Cosway-Models hatten sich schon in der Reihenfolge, in der sie auf dem Laufsteg erscheinen würden, aufgestellt. Was sollte sie tun? Das Spionage-Werkzeug, das sie im Shard benutzt hatte und mit einem elektromagnetischen Impuls die Musikanlage ausschalten konnte, hatte sie nicht mehr. Die verdrahteten Kleider der Models hätten das wahrscheinlich sowieso sabotiert. Aber der Geheimdienst hatte die Befugnis, die ganze Veranstaltung wegen des Sicherheitsrisikos abzubrechen. Sie musste mit den Leuten sprechen.

»Was ist los?« Bree stakste in goldenen Stöckelschuhen und einem kurzen, mit goldenen Rosen bestickten Kleid auf sie zu. »Du bist noch nicht fertig und benimmst dich echt komisch.« Sie schwieg sekundenlang. »Komischer als sonst.«

Jessica hielt die Luft an. Sie steckte ihr Handy in die Tasche.

Es hatte wahrscheinlich gar keinen Sinn. Die Sachen, die am Kleiderständer hingen, hatten sich ganz bestimmt schon in ihr Telefon eingehackt, was bedeutete, dass Christine die Nachricht mitgehört hatte, die sie auf Nathans Sprachbox hinterließ. Ob es ihr wohl gelungen war, die Warnung zu löschen?

»Ich hab mitgekriegt, dass du mir nicht vertraust«, sagte Bree.

»Kannst du mir das übel nehmen? Ich kenne dein Geheimnis. Und du hast recht – ich vertraue dir kein bisschen. Nicht seit dem Shard.«

Bree zuckte zusammen. »Ich weiß nicht –«

»Du hast noch genau zehn Sekunden, um dich anzuziehen, Jessica Cole!«, wurde sie vom Stage Manager unterbrochen. »Oder du wirst ausgetauscht und Hanna beendet die Show in deinem Kleid.«

Sie holte tief Luft. »Dann schmeißen Sie mich eben raus!«

»Was?« Bree sah sie erschrocken an.

Jessica floh, rannte an den Stylisten und Assistentinnen vorbei und steuerte den Publikumsbereich an. Beyoncés unverkennbare Stimme tönte durch den Korridor. Jessica wand sich an einigen Zuspätkommenden vorbei, lief durch die Tür und in den Stehplatzbereich hinein. Der weiße Laufsteg erstreckte sich über den ganzen Raum. Daneben verliefen Stuhlreihen auf beiden Seiten. Als ihr Blick über die erste Reihe schweifte, fiel ihr die Kinnlade herunter.

Unmöglich.

Ihr direkt gegenüber saßen Robert Eastwood, der Präsident der Vereinigten Staaten, und seine Tochter Lydia. Sie waren frühzeitig eingetroffen, um sich Ossa Cosways Show anzusehen. Plötzlich wurde das Licht gedämpft – ein schlechtes Zeichen. Christine hatte den supraleitfähigen Faden, der in den Sicherheitsbereich des mächtigsten Mannes der Welt eindringen würde, absichtlich verstärkt. Hatte die Näherin vor, sich in sein Telefon einzuhacken und direkt unter der Nase der Geheimagenten streng geheime Daten herunterzuladen?

Jessica quetschte sich durch die Menge und ignorierte die bösen Blicke und das laute »Ts-Ts« der Leute. Sie musste den Personenschutz erreichen, bevor es zu spät war. Aber Bree schritt bereits den Laufsteg entlang, eine goldene Erscheinung. Sekunden später hatte sie das Ende erreicht und legte den Kopf in den Nacken. Die Kameras blitzten. Ein zweites Model hatte die Mitte des Laufstegs erreicht, während ein anderes auftauchte und sich in Pose warf.

Ein lauter Schrei ertönte. »Dad!«

»Helfen Sie dem Präsidenten!«, brüllte jemand.

Bree zögerte leicht und stolzierte dann wieder den Laufsteg entlang, während ein anderes weibliches Model auftauchte, gefolgt von Zak. Jessica bahnte sich mit den Ellbogen einen Weg nach vorn. Der Präsident war auf seinem Stuhl nach hinten gesackt. Sein Gesicht hatte sich zu einem unheimlichen Grau verfärbt.

»Dad! Dad!« Lydia rüttelte an seiner Schulter, während ein Geheimagent dem Präsidenten am Hals den Puls fühlte. Ein Fotograf wechselte die Stellung, und Jessica sah Christine am Ende des Laufstegs, die den Präsidenten anstarrte, wobei ihr Mund sich zu einem Lächeln verzog.

Was hatte sie getan?

Jessica sprang auf den Laufsteg. »Weg von ihm!«, schrie sie die Models an.

Bree stakste auf ihren High Heels weiter und fiel fast um, aber die anderen Mädchen blieben wie erstarrt stehen.

Zak lief auf Jessica zu. »Was ist los?«

»Lauf zurück!«, schrie sie. »Halt dich vom Präsidenten fern!«

»Was?« Er strauchelte.

Sie schaute auf den Präsidenten. Geheimagenten legten ihn vorsichtig auf den Boden, um ihn zu reanimieren, während andere einen menschlichen Schutzschild bildeten.

»Die Kleider greifen den Präsidenten irgendwie an. Du musst Abstand halten und die anderen vom Laufsteg holen.«

Er verharrte. »Sag's mir! Schnell!«

»Christine, die Schneiderin.« Jessica zeigte auf den Pulk von Fotografen, aber sie war verschwunden. »Sie hat die Kleider mit High-Tech-Fäden genäht, die sich in Computer und Telefone einhacken. Sie hat sie irgendwie eingesetzt, um den Präsidenten zu verletzen.«

Zak entfernte sich rückwärts. Er war kreidebleich geworden. »Prüf seine Insulinpumpe! Die Hacks können die Dosis verändert haben. Ich such Christine.« Den Geheimagenten brüllte er zu: »Jessica ist okay. Sie gehört zu mir. Lasst sie helfen!«

Er rannte wieder den Laufsteg entlang und schrie den Models zu, sie sollten ihm folgen. Jessica sprang runter und schob sich durch die Agenten. Sie kniete sich neben Lydia auf den Boden.

»Vielleicht stimmt was mit der Insulinpumpe deines Vaters nicht. Weißt du, wie sie funktioniert?«

»Ja, ich glaube schon.«

Die Anzahl der Geheimagenten hatte sich vervielfacht. Sie hinderten die Leute daran, Fotos zu machen, während Lydia das Hemd ihres Vaters aufriss. Die Insulinpumpe war an seinem Gürtel befestigt. Ein dünner, weicher Plastikschlauch verband sie mit einer Nadel, die in der Nähe des Nabels in seiner Haut steckte. Jessica dachte an das Interview, das Lydia gegeben hatte, in dem sie die Krankheit erklärte. Die Pumpe speiste Insulin in den Körper, um die Glukosemenge zu kontrollieren.

Lydia schaute auf den Monitor. »Dad bekommt eine Überdosis. In seinen Körper wird viel zu viel Insulin gepumpt.«

»Kannst du das ändern?«, fragte Jessica.

»Ich denke schon.«

Lydia fummelte am Monitor herum. »Jetzt ist die Menge wieder normal, aber es ist zu spät. Er hat eine massive Überdosis bekommen und muss ins Krankenhaus.«

Die Geheimagenten setzten sich in Bewegung, hoben den Präsidenten hoch und trugen ihn zum nächsten Ausgang.

»Danke.« Lydia wischte sich die Tränen ab und lief ihnen nach.

Jessica erhob sich. Wo war Christine?

Kapitel Neunzehn

Inzwischen waren Hunderte von Leuten in den Hof geströmt. Jessica blickte sich verzweifelt um, aber sie konnte weder Zak noch Christine entdecken. Sie musste sich beruhigen und logisch denken. Christine hatte sich bestimmt einen Fluchtplan ausgedacht, um nach dem Angriff auf den Präsidenten verschwinden zu können. Wie hatte sie das geschafft? Sie musste gewusst haben, dass sie zu Fuß nicht weit kommen würde, wenn ihr die Geheimagenten des Präsidenten folgten. Sich auf ein zufällig vorbeifahrendes Taxi zu verlassen, war zu riskant. Die U-Bahn zu nehmen ebenfalls.

Jessica drehte sich um. Vor ein paar Stunden war sie am Fluss entlanggegangen, um zum Veranstaltungsort der Modenschau zu gelangen. Christine flüchtete bestimmt per Schiff auf der Themse. Jessica lief zur Flussterrasse und sprang die Stufen zum Kai *Victoria Embankment* hinunter. Sie rannte über die Straße, wich dem Verkehr aus und erreichte den Fußweg. Christine konnte nicht weit sein, sie hatte wahrscheinlich in der Nähe ein Boot festgemacht. Jessicas Blick fiel auf einen verlassenen Anlegesteg, der von einer Flussfahrtgesellschaft genutzt wurde. Während sie darauf zulief, sah sie, dass Zak – alle viere von sich gestreckt – neben einem Schnellboot lag. Mit hoch erhobenem Arm stand Christine über ihm.

»Stopp!« Jessica kletterte über das Geländer.

Christine machte einen Satz und ließ ein Metallrohr fallen,

als Jessica auf sie zurannte. Geschickt löste die Näherin das Tau, mit dem das Boot am Steg befestigt war, und sprang an Bord. Jessica erreichte Zak und kniete sich neben ihm auf den Boden. Er murmelte unverständliche Worte, während sich unter seinem Kopf eine Blutlache bildete. Wütend stand Jessica auf und ballte die Fäuste.

»Stehen bleiben!«, brüllte Christine und versuchte, den Motor zu starten. »Das ist deinem Freund passiert, als er mich aufhalten wollte.«

»Er ist nicht mein Freund.« Jessica sprang an Bord. Aber bevor ihre Füße das Boot berührten, zischte ein qualvoller Schmerz durch ihren Körper. Sie sackte zusammen. Ihre Glieder waren wie Wackelpudding.

Christine ragte bedrohlich über ihr. In der Faust hielt sie ein Kästchen, das genau in ihre Handfläche hineinpasste. »Pech gehabt. Hast du vergessen, was das Ding bewirken kann?«

Jessica schmeckte Blut. Als der Stromschlag sie getroffen hatte, musste sie sich auf die Lippe gebissen haben. Sie konnte sich nicht wehren, jedenfalls *noch* nicht. Die einzige Möglichkeit war, Christine lange genug reden zu lassen, bis der Geheimdienst sie gefunden hätte. Sie würden Zak suchen, wenn er sich nicht meldete, und – wie sie – Christines Fluchtweg herausfinden.

»Dann waren Sie das also in Henry Murrays Internat?«, fragte Jessica nach Luft ringend. »*Sie* haben Henry attackiert und Natalia mit dem Apparat außer Gefecht gesetzt?«

Christine nickte kurz. »Sie hat eine höhere Dosis abgekriegt, das arme Ding, aber sie hätte sich mir nicht in den Weg stellen dürfen. Manchmal muss man wichtige Dinge allein erledigen. Und manchmal zahlt es sich aus, Helfer zu engagieren.«

»Sie meinen die Schläger, die uns in Charing Cross überfallen haben?«

Christine versuchte wieder, den Motor anzulassen, aber er stotterte nur. »Ich würde gern sagen, dass sie das Beste waren, was für Geld zu haben ist, aber das war eindeutig nicht der Fall.«

»Und Sie haben eine Menge Geld mit den Hacks in Amerika verdient, nicht wahr?« Jessica versuchte, sich aufzurichten. »Sie haben Millionen in die Firma Ossa Cosway Ltd. gesteckt, damit Sie sie als Tarnung für Ihr Hacking-Geschäft benutzen konnten.«

»Runter!« Christine schubste sie auf den Boden zurück. Ein Rettungsboot brauste vorbei. Sie winkte der Crew. Dabei schwang eine verschnörkelte goldene Halskette hin und her.

»Schöner Anhänger«, hauchte Jessica. »Ist da ein Phönix eingraviert? Ein Phönix aus der Asche?«

Christine ignorierte sie und werkelte an der Steuerung des Bootes herum.

»Sie haben die Nachricht für den MI6 mit einem Stimmenversteller gesprochen, damit es klang, als ob ein Mann redete, nicht wahr? Die Sachen, die Sie gesagt haben – dass Sie die totale Informationsfreiheit ins Internet bringen wollen, war nur Geschwafel. Sie glauben selber nicht daran. Sie brauchten eine Ablenkung, weshalb Sie all die Hacker dazu angestiftet haben, Chaos zu verbreiten. Darum ging es doch, stimmt's? Die Befreiung von Lee Caplin und die Tötung des Präsidenten der Vereinigten Staaten, der sich geweigert hat, einen gefährlichen Internetkriminellen zu begnadigen.«

»Er ist keine Gefahr!«, erwiderte Christine patzig. »Er ist nur ein Teenager. Ein lieber, aber fehlgeleiteter Junge, der sich nicht richtig überlegt hat, was er tat.« Ihre Stimme schwankte, als sie den Schlüssel immer und immer wieder drehte. »Ich *musste* was tun! Lee hatte es nicht verdient, eingesperrt zu werden.«

»Was meinen Sie damit?« Jessicas Finger zitterten, als sie in ihrer Hosentasche herumtasteten. Verflixt! Ihr Schlüsselring war in ihrer Handtasche. Ausnahmsweise hatte sie kein Spionage-Werkzeug bei sich. Nachdem sie im Somerset House angekommen war, hatte sie ihre Elektroschocker-Turnschuhe aus- und Ballerinas angezogen und ihre Armbanduhr abgelegt. Bei der heutigen Show durfte kein persönlicher Schmuck getragen werden.

Als Christine sich umdrehte, glitten ihre Finger von der Steuerung.

Ja! Lee war ihr Schwachpunkt. Jessica müsste sie weiter ablenken. Sie schaute auf das kleine Gerät in Christines linker Hand und wieder auf die Halskette.

»Ich glaube, den Anhänger hab ich schon mal irgendwo gesehen. Er ist ziemlich ungewöhnlich. Auf einem Foto. Lee Caplins Mutter hat ihn getragen.«

Christine holte tief Luft. »Louise Caplin war meine Halbschwester.«

Das war also die Verbindung! »Das haben Sie alles für Ihre Familie getan?«

Christines Griff an dem Elektroschocker lockerte sich. Ihre Augen füllten sich mit Tränen. »Ich musste alles Erdenkliche tun, um Lee zu befreien, auch wenn das bedeutete, dass ich Ossa hereingelegt habe und Menschen verletzte, die mir im Weg standen. Das schuldete ich Louise.«

»Aber warum? Ich wette, sie hätte nie gewollt, dass Sie Henry Murray, einem anderen Jungen, der sogar noch jünger ist als Lee, wehtun.«

Christine wischte sich mit dem Handrücken die Tränen weg. Jessica ließ den Apparat in ihrer Hand nicht aus den Augen. Momentan konnte sie sich nicht verteidigen. Sie musste wieder auf die Füße kommen, aber ihre Beine waren noch zu schwach.

»Begreifst du es nicht?«, fragte Christine angriffslustig. »*Ich* war für alles verantwortlich, was passiert ist.«

»Das kann nicht sein«, sagte Jessica mit ruhiger Stimme. »Es ist nicht Ihre Schuld, dass Lee für schwere Computerverbrechen verhaftet wurde und Louise sterben musste.«

»Doch«, schluchzte Christine.

»Das glaube ich nicht.«

»Vor vier Jahren starb Harry, mein Mann, an Krebs. Er war im öffentlichen Dienst für einen Hungerlohn als IT-Berater tätig. Er leistete gute Arbeit im Büro, aber zum Feierabend war er einfach brillant.«

Das konnte nur eines bedeuten. »Hacking?«

»Es fing als Hobby an, aber er fand einen Weg, wie er Phishing-E-Mails senden und persönliche Passwörter ergattern konnte. Ich war schockiert, als ich davon erfuhr, aber dann wurde er zu krank, um seinen IT-Job wieder aufzunehmen, und wurde entlassen. Als Näherin verdiente ich nicht genug, um die Hypothek zu bezahlen. Harry schulte mich und das Hacken wurde zu unserer Haupteinnahmequelle. Damit konnten wir die innovativste private Krebsbehandlung in Amerika bezahlen. Als er Monate später starb …« Sie brach ab. »Als Harry aus dem Leben schied, wollte ich mit dem Hacken nicht weitermachen, aber dann hatte Louises Mann einen Herzinfarkt und starb auch. Ich konnte sie und Lee durch das Hacken und auch mit meiner Näherei finanziell unterstützen. Meine geregelte Arbeitszeit erlaubte mir, viel Zeit mit Lee nach der Schule zu verbringen. Er war unheimlich an Computern interessiert, aber Louise kaufte ihm keinen. Deshalb kam er immer zu mir nach Hause, um ins Internet zu gehen.«

Jessica holte tief Luft. »Sie haben Lee das Hacken beigebracht, nicht wahr? Der Familienbetrieb wurde nach dem Tod Ihres Mannes fortgeführt.«

Christine nickte. »Lee wollte es lernen und war talentiert. Irgendwann habe ich ihm gestanden, wie ich so viel Geld verdiene. Er wollte helfen. Wir waren dann ein gutes Team, erzählten aber seiner Mutter nichts davon. Louise wäre niemals damit einverstanden gewesen. Es dauerte gar nicht lang, bis wir *irrsinnig* viel verdienten.«

»Und dann haben Sie mit der Geldwäsche angefangen?«

»Ich konnte ja nicht jeden Monat Hunderttausende von Pfund auf mein oder Louises Girokonto einzahlen. Die Bank hätte das gemeldet. Ich musste also eine Möglichkeit finden, das Geld zu recyceln. In einen Modebetrieb zu investieren, schien ein logischer Schritt zu sein. Ich konnte weiter Kleider nähen und als stille Geldgeberin eine Rendite für meine Investition erzielen.«

»Warum Ossa?«

»Ich habe in seinem letzten College-Jahr mit ihm zusammengearbeitet und ihn wirklich gemocht und respektiert. Es war keine Heuchelei. Er ist ein echtes Modegenie, und mir war klar, dass er *alles* tun würde, um an die Spitze zu gelangen. Aber er konnte überhaupt nicht mit Geld umgehen. Er konzentrierte sich lieber auf seine Entwürfe als um die Einzelheiten, mit denen man einen Betrieb in Gang setzt. Ich vermutete, dass er ohne es zu hinterfragen Millionen annimmt, wenn ihm das dabei helfen würde, ein Superstar zu werden. Ich hatte recht. Die Sache ist fantastisch gelaufen.«

»Dabei wurde Lee aber leider erwischt.«

»Er hat sich nicht an meine Regeln gehalten und wurde leichtsinnig. Er kaufte sich einen eigenen Computer, den er zu

Hause benutzte. Er zielte nicht mehr auf Leute wegen ihres Geldes ab, sondern hat stattdessen immer riskantere Hacks durchgeführt, um damit vor seinen Internetfreunden anzugeben. Er ist ins Pentagon eingedrungen und hat Daten über neue Waffen und eine neue Spionagetechnik heruntergeladen: Supraleitfähiger Faden, der in Uniformen von Soldaten vernäht werden konnte, damit sie ohne weitere Hilfsmittel Informationen über das Schlachtfeld herunterladen konnten; High-Tech-Elektroschocker und Enterhaken, die allem, was jemals konstruiert worden ist, weit überlegen waren. Außerdem hat er Daten über andere Kriegstechniken gelöscht, die er verabscheuungswürdig fand, und sich in das Raketensystem eingehackt, um zu zeigen, wie einfach es war, Dinge zu manipulieren und wie schnell sich Länder durch einen Knopfdruck in einen Krieg verwickeln ließen. Er hatte nie die Absicht, die Raketen abzufeuern. Er wollte nur eine Idee rüberbringen. Eine wirklich dumme, lebensverändernde Idee.«

Jessica schaffte es, sich aufzusetzen. »Was hat zu seiner Festnahme geführt? Die Behörden konnten diese Hacking-Angriffe nachweisen, aber nicht diejenigen, mit denen Sie Leute betrogen und ihre Bankkonten abgeräumt haben. Sie wurden mit *Ihrem* Computer durchgeführt, was bedeutete, dass Lee den Kopf für Sie hingehalten hatte.«

»Das wollte ich nicht, aber ich hatte keine andere Wahl. Verstehst du das nicht? Ich war viel nützlicher draußen als im Knast. Ich habe eine Hacker-Armee rekrutiert, die, wie ich wusste, zum richtigen Zeitpunkt ein Chaos auslösen konnte. Außerdem dachte ich, dass der Präsident mit Lee – wegen seines Alters – Mitleid haben und eingreifen würde, vor allem wenn man seinen Hintergrund überprüft und festgestellt hätte, dass er absoluter Kriegsgegner war. Er hätte niemals einen dritten Weltkrieg ausgelöst. Aber der Präsident hat nichts getan, und die Amerikaner haben Beweismaterial gegen ihn zusammengetragen, wonach er ein gefährlicher Internetverbrecher sei. Seine Auslieferung hat Louise umgebracht. Der Präsident hat Louise umgebracht.«

»Sie hätten sich melden und gestehen können, dass Sie an der Sache beteiligt waren. Lee hätte eine geringere Strafe bekommen, wenn Sie erklärt hätten, was Sie getan haben, und für seinen Charakter gebürgt hätten.«

»Aber dann wäre doch *ich* hinter Gittern gelandet! Ich erinnerte mich an einige der Dokumente, die Lee heruntergeladen hatte, und mir wurde klar, dass es noch eine andere Möglichkeit gab. Wenn das Militär supraleitfähigen Faden in Uniformen vernähen konnte – wieso sollte ich dann nicht Couture-Kleidung damit besticken? Ich hatte eine Liste von Lieferanten, die das Militär versorgten. Dort konnte ich den Faden heimlich kaufen. Ich experimentierte mit Ossas amerikanischen Kunden – und es funktionierte. Dadurch konnte ich dann die Prozesskosten im Kampf gegen Lees Auslieferung zahlen. Als dies fehlschlug, wurde mir klar, dass ich ihn mit der gleichen Methode aus dem Gefängnis holen konnte. Das hieß: supraleitenden Faden in Kleidung vernähen, um in die Alarmanlage der Haftanstalt einzudringen. Ich brauchte mir nur irgendeine Journalistin auszusuchen, die begeistert wäre, ein Werbegeschenk zu bekommen, und sie dann mit dem Versprechen eines Interviews ins Gefängnis zu locken. Es hat funktioniert.«

»Sie haben versagt. Lee wurde erneut verhaftet und wird wahrscheinlich dank Ihnen eine noch längere Haftstrafe absitzen müssen. Ihr Attentat auf den Präsidenten hat auch nicht geklappt. Stellen Sie sich, Christine, und helfen Sie uns, Lee auf eine andere Art zu befreien, indem Sie Ihre Mittäterschaft gestehen! Sie können helfen, seine Strafe zu reduzieren, wenn Sie die Schuld auf sich nehmen. Er sollte nicht allein dafür büßen müssen, nicht, wenn er auch noch die Mutter verloren hat.«

»Wieso würde ich mich freiwillig einsperren lassen, wenn ich die Sache auf *meine* Art erledigen kann? Ich habe die Möglichkeiten. Ich kann Lee wieder herausholen, und wir können gemeinsam ein neues Leben beginnen, weit weg von Amerika und hier.« Christine versuchte wieder, den Motor zu starten. Diesmal funktionierte es.

Jessica spürte einen brennenden Schmerz in der Brust und fiel auf den Rücken. Christine beugte sich über sie und schwenkte ihren Apparat.

»Du hättest Zak nicht folgen sollen. Dieser Apparat wurde von der amerikanischen Regierung entwickelt, um Elektroschocks abzufeuern. Er kann aus hundert Metern Entfernung Glas zerbrechen. Wenn er auf volle Leistung geschaltet wird, ist es möglich auch Herzen zum Stillstand zu bringen. Ich schätze, dir bleiben noch ungefähr dreißig Sekunden. Dann wird dein Blut nicht mehr durch deinen Körper pulsieren.«

Entsetzliche Schmerzen brachen wie Wellen über Jessica herein. Es fühlte sich an, als ob jemand auf ihrer Brust saß und ihr die Luft aus der Lunge quetschte. Christine schaute lächelnd auf sie herab. Dann huschte ein verwirrter Ausdruck über ihr Gesicht. Der Mund der Schneiderin öffnete sich, um zu schreien. Dann fiel sie auf die Seite. Hinter Jessicas Lidern wurde es schwarz.

Ein scharfer Schmerz bohrte sich in Jessicas Stirn. Sie versuchte, die Augen zu öffnen, aber ein Lichtstrahl zwang sie, sie schnell wieder zu schließen.

»Jessica? Jessica Cole? Kannst du mich hören?«

Ihre Zunge war zu schwer, um zu antworten.

»Sie ist wieder bei uns.«

Jessica schlug die Augen auf. Dieses Mal schafften sie es, etwas länger offen zu bleiben. Gesichter beugten sich über sie. Sie erkannte keines. Dann wurde wieder alles dunkel.

Sie begriff, dass sie das Bewusstsein erneut verloren hatte, weil sie, als sie zum zweiten Mal aufwachte, in einem Bett lag. Die steifen Leintücher kratzten an ihren nackten Armen und Beinen. Helles Licht drang durch ihre Lider. Sie roch Desinfektionsmittel. Jessica öffnete langsam die Augen.

»Sie kommt zu sich. Du musst ihr etwas Zeit lassen«, sagte eine unbekannte Stimme. »Tritt kurz zurück, während ich es ihr ein bisschen bequemer mache.«

Eine Frau beugte sich über sie und schüttelte das Kopfkissen auf. Jessica blinzelte, und die Frau war jetzt klar zu erkennen. Sie hatte rote Haare und trug eine blaue Uniform.

»Besser so, nicht wahr?«

»Ich glaube schon«, sagte sie benommen.

Jessica schaute sich im Krankenzimmer um. Das Letzte, woran sie sich erinnerte, war Christines Schrei. War sie gestürzt? Was war passiert?

Eine große schwarzhaarige Gestalt trat hinter dem Vorhang ihres Bettes hervor.

»Bree!«

Das Model stand neben ihrem Bett. »Bald ist wieder alles okay. Ich hab den Krankenwagen gerufen.«

»Wirklich? Z-Zak.« Jessica brachte das Wort kaum heraus. »Was ist …? Ich meine – ist er …?«

»Zak hat eine tiefe Kopfwunde und ist noch nicht bei Bewusstsein, aber die Ärzte sagen, er wird durchkommen. Du warst in einem noch viel schlimmeren Zustand. Dein Herz stand still. Die Sanitäter mussten dich im Krankenwagen zweimal wiederbeleben. Wenn sie nicht rechtzeitig gekommen wären, hättest du es wahrscheinlich nicht geschafft.«

Jessica versuchte trotz des dichten Nebels in ihrem Kopf zu denken. Sie war beinahe gestorben, und Bree hatte ihr das Leben gerettet. Zaks wahrscheinlich auch. Warum würde sie als Doppelagentin so etwas tun? Es machte keinen Sinn.

»Die Geheimdienstler haben nach Zak und Christine gesucht«, fuhr Bree fort. »Ich dachte mir, dass sie zum Fluss gelaufen sein mussten. Es war der einzige logische Fluchtweg. Ich hab gesehen, wie Christine dich angegriffen hat. Mit dem Elektroschocker in meiner Uhr habe ich sie außer Gefecht gesetzt und dich vom Boot gezogen.«

»Das hast du alles gemacht?«, hauchte Jessica. »Für mich?«

»Erstaunlich, ich weiß. Jemand, der bei Einsätzen sonst immer wie erstarrt ist, hat diesmal nicht alles verbockt. Ich habe bei der Festnahme von Christine geholfen und das Leben zweier Agenten der Regierung gerettet.«

»Tut mir leid. So hab ich es nicht gemeint.«

Bree zuckte mit den Schultern. »Ich weiß, dass du mich im Visier hast.«

»Du hast *mich* beobachtet«, wisperte Jessica. »Du denkst, dass mich Westwood nur wegen meines Patenonkels aufgenommen hat und dass ich meine Stellung nicht verdient habe.«

»Stimmt. Am Anfang hab ich das gedacht. Dir schien alles in den Schoß zu fallen.«

»Das ist nicht …«

»Lass mich ausreden! Ich hab mich geirrt. Das muss ich zugeben. Ich hab dich in Aktion gesehen und kann verstehen, warum du hier bist. Es hat überhaupt nichts mit Nathan zu tun. Du bist ein Naturtalent, was mich ebenfalls geärgert hat.«

»Das kapier ich nicht. Jetzt geh ich dir auf die Nerven, weil ich bewiesen habe, dass ich gute Arbeit leisten kann?«

Bree holte tief Luft. »Ich kann das alles anscheinend nicht richtig erklären. Du hattest recht, ich habe ein Geheimnis, aber ich will das nicht mehr.«

»Red weiter!« Jessica setzte sich auf. Wollte Bree ihr gestehen, dass sie den MI6 verraten und sie im Shard attackiert hatte?

»Ich bin nicht für Westwood geeignet. Das weiß ich. Ich hab es gehasst, dass du es auch wusstest. Ich hab eine Weile lang so getan, als ob es okay wäre, aber es ist nicht okay. Ich hasse die Lügen und den Selbstbetrug, und die Wahrheit ist, dass ich kein Talent für die Sachen habe, die ich tue. Bei Einsätzen krieg ich Panik und Menschen werden verletzt – du und Natalia. Du hast an mir gezweifelt und hattest allen Grund dazu. Ich hab dich nicht so hintergangen, wie du denkst. Aber ich weiß, dass ich dich im Stich gelassen habe. Es tut mir leid, dass ich so eklig zu dir gewesen bin. Alles tut mir leid.«

Jessica schaute sie fassungslos an. Sie hatte alles Mögliche von Bree erwartet, aber nicht, dass sie so etwas sagen würde.

»Weißt du, ich habe jemanden kennengelernt«, fuhr Bree fort. »Einen normalen Typen, der nicht jeden Tag lügen muss. Es ist schwer zu glauben, dass es solche Leute gibt, wenn man einen Job hat wie wir, aber es ist wahr. Er heißt Chris, arbeitet in einer Buchhandlung und hat nicht die geringste Ahnung, was ich beruflich mache. Ich glaube, er ist der Richtige und ich möchte nicht, dass er was über Westwood erfährt.«

Jessica blieb der Mund offen stehen. »Deshalb hast du ihn nicht durchchecken lassen?«

Bree biss sich auf die Unterlippe.

»Zak hat es mir gesagt«, erklärte Jessica. »Rodarte hat dich überprüft. Sein Name ist bei Kontrollen von Westwood nicht aufgetaucht, und ihr schaut euch trotzdem Wohnungen an.«

»Ich fand es unnötig, ihn überprüfen zu lassen, weil ich ja nie die Absicht hatte, ihm etwas von meiner Arbeit zu erzählen. Dass ich ihn getroffen habe, hat mir geholfen, mich zu entscheiden. Ich kann kein Doppelleben mehr führen.«

»Es ist für alle schwierig«, murmelte Jessica und dachte an Jamie. Was würde sie dafür geben, ihn jetzt zu sehen?

»Ich weiß, aber manche Leute – wie du – werden mit so einem geheimen Leben besser fertig als ich.«

Wirklich? Hatte sie nicht selbst alles mit ihrem Exfreund vergeigt?

»Du sollst als Erste erfahren, dass ich Westwood verlasse. Ich werde Nathan noch heute meine Kündigung überreichen.«

»Im Ernst?«

»Mir war in meinem ganzen Leben noch nie etwas so ernst. Du bist Westwood – durch und durch. Ich nicht. Und war es auch nie. Ich hatte von Anfang an meine Zweifel.«

Jessica schüttelte den Kopf. »Ich bin auch nicht Westwood. Ich bin immer noch suspendiert und werde es wahrscheinlich dank Agentin Hatfield auch bleiben.«

»Westwood wird dich ab heute wieder einstellen müssen. Du hast das Leben des Präsidenten der Vereinigten Staaten gerettet. Wegen dir wird er durchkommen. Bestimmt kriegst du einen Orden oder so was.«

»Das bezweifle ich.« Wenn es nach ihr ginge, wäre sie viel lieber wieder mit Jamie zusammen und in der Schule.

»Wir werden sehen.« Bree sah Jessica an. »Trotz allem hat es irgendwie Spaß gemacht, mit dir zu arbeiten.« Sie drehte sich um.

»Es tut mir leid.«

Bree blieb stehen, die Hand am Vorhang. »Nicht nötig. Viel Glück bei allem. Ich mein es ernst.«

»Auch dir viel Glück. Und danke, dass du mir das Leben gerettet hast.«

Bree zwinkerte. »Es war das Mindeste, was ich tun konnte.«

Jessica sank auf das Kopfkissen zurück. Sie glaubte Bree. Sie war keine Doppelagentin, sondern jemand, der sich einfach nicht als Spionin eignete. Man hätte sie wahrscheinlich gar nicht erst rekrutieren dürfen. Aber wenn es nicht Bree war, die sie damals im Shard attackiert und ihr den USB-Stick gestohlen hatte, wer dann?

Kapitel Zwanzig

Der Arzt hatte Jessica entlassen. Es würde keine Spätfolgen geben. Das hielt Mattie aber nicht davon ab, einen Feldzug zu starten, den Jessica langsam in den Wahnsinn trieb. Mattie war bei ihnen ins Gästezimmer gezogen und behandelte sie wie eine Invalidin. Seit zwei Tagen war Jessica zu Hause und obwohl sie immer noch rasende Kopfschmerzen bekam, dachte sie ernsthaft daran, wieder zur Schule zu gehen, um Mattie zu entkommen. Der Schulleiter hatte sie von jeglichem Fehlverhalten freigesprochen und die Suspendierung aufgehoben. Westwood ebenfalls.

Vielleicht sollte sie Nathan um einen Auslandseinsatz bitten? Als sie dem Präsidenten das Leben gerettet hatte, wurde auch Westwood geschützt, was die Flüsterpropaganda der Agentin Hatfield im Keim erstickte. Sie war stillschweigend versetzt worden, und *Jessica* war jetzt die Überfliegerin der Abteilung. Jessica glaubte, dass sie nun nahezu alles verlangen konnte – und würde es auch bekommen. Die Dinge liefen gut. Christine hatte alles zugegeben, auch dass sie Lee zu den Verbrechen angestiftet hatte. Er wurde in Amerika aus dem Gefängnis entlassen und durfte nach England zurückkehren, um eine viel geringere Strafe zu verbüßen, die zur Bewährung ausgesetzt worden war. Henry Murray war als Gegenleistung dafür, dass er gegen Christine ausgesagt hatte, der Strafverfolgung entgangen. Aber die Näherin musste mit einer langen Freiheitsstrafe rechnen, ebenso Ossa Cosway, weil er sich an der Geldwäsche beteiligt hatte.

»Ich mach auf!«, rief Jessica, als es an der Tür läutete. Sie ging die Treppe langsam hinunter. Wenn sie Glück hatte, war es ihr Schutzengel Becky mit dem Plan, sie ins Café Panorama zu entführen, um sich eine heiße Schokolade und einen Blaubeer-Muffin zu gönnen.

Sie riss die Tür auf. »Zak!«

»Natürlich.« Sie hatten sich noch gar nicht richtig unterhalten. Er war vor ihr aus dem Krankenhaus entlassen worden. Sie nickte zum Verband auf seiner Stirn. »Der Verletztes-Mitglied-einer-Boyband-Look steht dir fantastisch!«

»Danke, du siehst auch nicht übel aus. Oder darf ich das nicht sagen?«

Sie lächelte. »Du hast mich bisher noch nie um Erlaubnis gebeten, um zu sagen, was du denkst – warum jetzt also was ändern?«

»Eins zu null für dich.«

»Hi, Zak.« Mattie beugte sich über das Treppengeländer. »Schön, dich wiederzusehen. Wird dich Jessica fragen, ob du einen Kaffee möchtest, oder soll ich einen für dich kochen?«

Jessica blickte mit finsterer Miene zu Mattie hoch und versuchte, ihr wortlos klarzumachen, dass sie verschwinden sollte. Mattie besaß das unglaubliche Talent, *immer* im unpassendsten Moment aufzutauchen.

»Nein, danke. Ich bleib nicht lang. Mein Taxi wartet draußen. Ich muss einen Flieger in die Staaten erwischen.«

»Oh, das tut mir leid, Zak«, sagte Mattie. »Aber komm zurück und besuch uns bald wieder. *Bon voyage*!«

Jessica wartete, bis sich die Tür des Gästezimmers schloss. »Du fliegst zurück?«

»Rodarte hat einen neuen Auftrag für mich. Außerdem muss ich für einige Prüfungen büffeln, und meine Familie erwartet mich von meiner kunsthistorischen Reise zurück.«

»So würdest du die letzte Woche beschreiben?«, fragte sie lachend.

»Ich bin nicht sicher, wie ich sie beschreiben würde, aber *dich* kennenzulernen, war eine Erfahrung wert.«

Jessica wurde rot. »Wir waren ein gutes Team. Am Ende jedenfalls.«

»Ja, das stimmt.« Zaks grüne Augen bohrten sich in ihre. Er griff in seine Hosentasche und zog ein schwarzes Kästchen heraus. »Das ist für dich.«

»Du machst mir aber jetzt keinen Heiratsantrag, oder?«, fragte sie lachend.

»Keine Bange. *So* viel Glück hast du auch wieder nicht.«

Jessica verdrehte die Augen, machte den Deckel auf und holte eine silberne Puderdose heraus.

»Sie soll die, die du verloren hast, ersetzen«, sagte Zak. »Sie ist der MI6-Technik weit überlegen. Die hier weist zusätzliche Funktionen von Rodarte auf: eine Gesichtserkennungsfunktion sowie die üblichen Lähmpuder-, Röntgensicht- und fotografischen Extras.«

»Danke. Das ist wirklich aufmerksam von dir.«

Sie klappte den Deckel auf.

»Ich habe dein Lieblingszitat eingravieren lassen.«

Ihre Augen wurden groß, als sie die Worte las. *Ich bin kein Vogel, und kein Netz umgarnt mich, ich bin ein freier Mensch mit einem freien Willen.*

»Woher weißt du davon?« Ihre Stimme zitterte. »Wer hat es dir gesagt?«

Zak runzelte die Stirn. »Ich kann mich erinnern, dass du

erwähnt hast, dass du *Jane Eyre* magst. Ich weiß nicht mehr, wann es war, aber ich habe es nicht vergessen. Das Zitat erinnert mich an dich – wie unabhängig und aufgeschlossen du bist. Jessica, ich …«

Er streckte die Arme nach ihr aus, aber sie machte einen Schritt zurück. »Ich hab dir das nie erzählt.«

»Es tut mir leid. Gefällt es dir nicht?« Er runzelte wieder die Stirn. »Ich hätte dir wahrscheinlich was Neutraleres schenken sollen, Blumen zum Beispiel. Ich muss jetzt los. Der Taxameter läuft. Auf Wiedersehen, Jessica.«

Er ging zur Tür.

Jessica sprang vorwärts und packte ihn am Arm. »Schau mich an, Zak!«

Er blickte sekundenlang weg, bevor er ihr ins Gesicht sah.

»*Du* warst es!« Ihre Hand fiel kraftlos herab.

»Wovon redest du?«

»Du warst das in der Nacht im Shard. Du hast mich mit meiner eigenen Puderdose außer Gefecht gesetzt. Nur so konntest du was von dem Zitat erfahren. Du hast die Gravur gelesen, als ich bewusstlos war.«

Er schüttelte heftig den Kopf. »Du irrst dich!«

»Oh, mein Gott.« Ihre Hand flog zu ihrem Mund. »Du hast mich angegriffen und mir den USB-Stick geklaut. Dann bist du zu mir nach Hause gekommen und hast mich ausgefragt. Du wolltest wissen, ob ich mich an den Angreifer erinnere – ob ich dich identifizieren könnte. Du hast mich absichtlich Bree gegenüber misstrauisch gemacht.«

»Jessica.« In seinen Augen glitzerten Tränen. »Du verstehst nicht.«

»Da hast du recht. Ich versteh es nicht.« Ihre Stimme schwankte. »Du hast gesagt, ich bin toll, und mir vorgespielt, dass du mich magst. Alles, was wir diese Woche zusammen erlebt haben, war eine Lüge. Alles.«

»Das stimmt nicht.« Zak fasste sie fest an den Armen. »Ich hab nicht gelogen, als ich gesagt habe, dass ich dich toll finde. Du *bist* toll. Ich lüge nicht, wenn ich dir sage, dass ich dabei bin, mich in dich zu verlieben. Dass ich dich fortwährend anschauen musste, als ich dich zum ersten Mal sah. Ich habe Jamie für den glücklichsten Typen auf der Welt gehalten, weil er dein Freund war.«

Jessica zog sich zurück. »Ich habe keine Ahnung, wer du bist.«

»Ich bin immer noch der Gleiche.«

»Ein überheblicher, arroganter Lügner? Ich hätte auf mein Bauchgefühl hören sollen, aber du hast mich regelrecht eingewickelt. Ich hab dir geglaubt.« Sie holte tief Luft. »Es hat keinen Sinn, das Ganze abzustreiten. Ich weiß, dass du es warst. Hab wenigstens den Anstand, es zuzugeben.«

Zak schwieg. Dann sagte er: »Stimmt, das bin ich dir schuldig.«

Jessica spürte, wie ihre Knie weich wurden. »Warum?«

Er wischte sich die Tränen aus den Augen und reckte das Kinn. »Weil es ein Befehl war. Und wir folgen Befehlen, richtig? Das ist unsere Aufgabe. Die CIA hatte erfahren, dass das Verteidigungsministerium ein größeres Problem hat – der Mitarbeiter Drew Hopkins wollte die Blaupause des fahrerlosen Panzerfahrzeugs an die Chinesen verkaufen. Das mussten wir verhindern. Wir haben internen Schriftwechsel im MI6 abgefangen und herausgefunden, wann ein Treffen stattfinden sollte und dass Westwood plante, den Käufer abzupassen und den USB-Stick während der Modenschau im Shard zurückzuholen.«

»Du meinst, ihr habt euch beim MI6 eingehackt?«

»Regierungen tun so etwas ständig. Das weißt du doch.«

»Du bist kein bisschen besser als Christine und ihre junge Hacker-Armee!«, stieß sie hervor. »Ich kapier es einfach nicht. Warum warst du so begierig darauf, das Treffen zu verhindern? Konntest du dir nicht vorstellen, dass Westwood den Deal hätte stoppen können? Rodarte musste extra einfliegen, die Lage retten und die Lorbeeren einheimsen, weil ihr geglaubt habt, dass wir die Sache nicht im Griff haben?«

Zak antwortete nicht.

»Das war es nicht, stimmt's? Du bist nach London gekommen, um die Zeichnung zu *stehlen*. Das war von Anfang an deine Absicht.«

Er nickte langsam. »Du weißt so gut wie ich, wie wertvoll ein fahrerloses Panzerfahrzeug in der Zukunft für jedes Land sein wird. Es könnte die moderne Kriegsführung vollständig verändern. Eine Armee müsste in keine Stadt mehr einmarschieren. Die fahrerlosen Laster oder Panzer würden das für die Armee erledigen. Tausenden von Soldaten würde das Leben gerettet. Die Vereinigten Staaten sind den Chinesen weit unterlegen, wenn es um diese Technologie geht. Wir können es uns nicht leisten, dass sich die Situation fortsetzt. Wir müssen aufholen.«

Jessica konnte kaum verarbeiten, was er sagte. »Um jeden Preis? Es spielte keine Rolle, wer im Weg war oder wen ihr dabei verletzt habt, solange die amerikanische Regierung bekam, was sie wollte?«

»Es tut mir leid, dass du verletzt worden bist. Wirklich. Ich wollte dir reinen Wein einschenken und dir sagen, was passiert ist. Damals, als es im Lagerhaus brannte, wollte ich es dir schon sagen, aber du hast mich nicht gelassen.«

»Du weißt nicht, was ›es tut mir leid‹ bedeutet. Ich hab dir vertraut, Zak.«

»Ich weiß«, sagte er leise. »Es hat nichts mit dir privat zu tun. Ja, ich habe mich in dich verknallt, als wir uns zum ersten Mal begegnet sind, aber wir sind in erster Linie Spione, und alles andere kommt danach. Du würdest genauso handeln, wenn Nathan dir einen Befehl erteilt.«

Sie schüttelte heftig den Kopf. »Ich bin nicht wie du. Meine Familie und Freunde gehen vor. Dass ich eine Spionin bin, ist zweitrangig. Es ist meine Arbeit und nicht, wer ich bin.«

»Dann kommst du bei Westwood nicht weit. Ich habe für mein Land getan, was ich musste, um den USB-Stick zu bekommen. Es war ein weiterer Job.«

»Wirklich? Du hast behauptet, dass du mich mochtest, und wusstest, dass ich eine Westwood-Agentin bin, und trotzdem hast du mich attackiert.«

»Ich hab nicht erwartet, dass ich ausgerechnet *dir* auf dem Shard begegne.« Seine Stimme schwankte. »Du warst eine der Jüngsten im Team. Bree oder Sasha hätten Drew verfolgen sollen und nicht du. Ich hab deine Puderdose mitgenommen, weil es das Nächstbeste im Umkleidebereich war, aber ich wollte nicht, dass es *dich* trifft.«

»Aber es wäre okay gewesen, Bree oder Sasha anzugreifen? Du bist unglaublich.«

»Ich sag ja nur, dass sie – laut Akten – die erfahrensten Agentinnen waren. Aber sie haben beide Mist gebaut. Sie hatten nicht den Mut, hinter Drew herzulaufen, aber du schon. Das konnte ich nicht ahnen. Ich hatte dich unterschätzt.«

»Gleichfalls. Du bist ein Vollidiot. Ich hasse dich.«

»Nein, tust du nicht. Tief in deinem Inneren magst du mich auch, und das macht dir Angst. Es macht dir Angst, dass ich dich besser kenne als Jamie.«

»Stimmt überhaupt nicht.«

Zak versuchte, ihre Hand zu nehmen, aber sie riss sie weg.

»Begreifst du es nicht? Jamie wird nie der Richtige für dich sein. Er versteht dich nicht, weil er es nicht kann. Er weiß nicht, wer du wirklich bist. Nur ein anderer Spion kann verstehen, wie es ist – die Sachen, die du machen *musst.* Ich kenne mich aus. Und das weißt du.«

»Jamie versteht mich viel besser als du. Er ist anständig, richtig anständig.« Sie fing an zu schluchzen. »Und alles ist ruiniert. Wegen dir. Du bist einfach angekommen und hast uns kaputt gemacht.«

»Nein. Im selben Augenblick, in dem du die Vertraulichkeitsvereinbarung unterschrieben hast, war deine Beziehung zu Jamie zum Scheitern verurteilt. Tief in deinem Inneren hast du das auch gewusst.«

»Wie denn?«

»Weil du eine Wahl getroffen hast. Du kannst neben deinem Job keine Beziehungen aufbauen. Du hast dich dafür entschieden, Westwood beizutreten und herauszufinden, was mit deiner Mutter passiert ist. Das war dir wichtiger als dein Freund. Jetzt musst du mit den Konsequenzen fertigwerden. Das ist deine Sache, nicht meine.«

»Wirklich?«

»Ich verstehe, dass du wütend bist, aber wir können damit fertigwerden. Du hast gesagt, dass wir ein gutes Team waren. Wir können es immer noch sein.«

»Niemals! Nicht in einer Million Jahren!«

»Wir ergänzen uns. Das weißt du. Ich glaube, du empfindest auch etwas für mich. Du willst es nur nicht zugeben. Ruf mich an, nachdem du alles verarbeiten konntest – wenn du dich wieder beruhigt hast.«

»Raus!«

Zak blieb an der Tür stehen. »Denk drüber nach, Jessica! Tu's für mich.«

»Ich brauche nicht darüber nachzudenken. Ich will dich nie wieder sehen!«

Sie wartete, bis er das Haus verlassen hatte. Dann schlug sie die Tür zu.

Kapitel Einundzwanzig

Eine Woche später

Es schien eine Ewigkeit zu dauern, bis Jessica das leise Trappeln von Schritten im Flur hörte. Endlich ging die Eingangstür auf.

Sie holte tief Luft. »Ich weiß, dass ich die Letzte bin, die du sehen möchtest, aber hör mir bitte zu.«

Jamie fuhr sich mit der Hand durch die Haare und starrte ihr ins Gesicht. Er trat einen Schritt zurück und steckte die Hände in die Taschen seiner Jeans. Wenigstens hatte er ihr die Tür nicht vor der Nase zugeschlagen, was sie halb erwartet hatte.

»Hör dir einfach an, was ich zu sagen habe.«

Jamie nickte kurz. Er hatte sie immer noch nicht aufgefordert, ins Haus zu kommen, also mussten sie die Sache zwischen Tür und Angel ausdiskutieren. Nicht ideal, aber besser als nichts.

»Leg los! Ich höre.«

»Du hattest recht«, begann sie. »Ich habe dich monatelang belogen, aber nicht aus den Gründen, die du dir vorstellst. Ich möchte dir alles erzählen – wer ich wirklich bin und zu wem ich gehöre.«

Jamie runzelte die Stirn. »Redest du von Westwood? Ich weiß, dass du Mitglied einer MI6-Abteilung bist, die Models anheuert, vor allem ganz junge, die sie noch formen können.«

»Das ist unmöglich. Du kannst nicht … Wie lang …? Warum …?«, fragte sie verwirrt. Wieso wusste Jamie über Westwood Bescheid? Das war doch streng geheim. Sie hatte niemandem erzählt, dass sie ihrem Exfreund heute die Wahrheit sagen würde. Es war jedenfalls weder von Nathan noch von irgendjemand anderem des MI6 genehmigt worden, weil sie vor ihrer Trennung noch nicht lange genug zusammen waren, um ihn überprüfen zu lassen. Er wäre als »willfährige Zivilperson« eingestuft worden, jemand, der unabsichtlich Geheimnisse an Dritte verraten könnte.

»Komm lieber rein.« Er machte einen Schritt zur Seite und lächelte sie aufmunternd an.

Sie folgte ihm ins Wohnzimmer. Ihre Gedanken rasten. Nichts von all dem ergab einen Sinn.

Jamie setzte sich neben sie auf das Sofa und nahm ihre Hand. »Ich möchte mich dafür entschuldigen, wie ich dich behandelt habe. Ich hatte keine Ahnung, wie wichtig dein Job war. Was du getan hast, um Henry Murray und deinem Land zu helfen.«

Jessica schaute ihn fassungslos an.

»Falls wir wieder zusammenkommen, werde ich nie wieder an dir zweifeln. Ich weiß, es ist ein großes ›Falls‹, nachdem ich mich wie ein Idiot benommen habe. Ich verspreche dir, dass ich von jetzt an Verständnis dafür haben werde, wenn du für den nächsten Westwood-Einsatz verschwinden musst.« Er drückte ihre Hand. »Und ich werde nicht wieder ausrasten, wenn du mit einem anderen Agenten zusammenarbeiten musst – wie mit Zak. Ich verstehe auch, dass du manchmal mit anderen Geheimdiensten wie Rodarte zu tun hast.«

Rodarte war absolut geheim, genau wie Westwood. Er konnte *unmöglich* darüber Bescheid wissen.

»Wer hat dir von all dem erzählt?« Ihre Stimme brach.

»Dein Boss.«

Nathan? Nie im Leben. So eine krasse Sicherheitslücke hätte er nie zugelassen. Wenn es nach ihm ginge, hätte sie nicht einmal einen Freund oder Ex oder sonst was. Er glaubte, dass solche Sachen die Arbeit störten. Ihm war es lieber, dass sich die Westwood-Agenten wie Roboter ohne Liebesleben verhielten, das eklig und kompliziert werden konnte.

»Sie ist heute Morgen vorbeigekommen, um sich mit mir zu unterhalten«, fuhr er fort. »Sie hat mir sogar rote Muffins mitgebracht, weil sie wusste, dass ich sie – genau wie du – am liebsten mag.« Er grinste Jessica an. »Das hast du ihr wahrscheinlich erzählt. Jedenfalls hat sie mir ziemlich lang dabei geholfen, Dinge zu verstehen, über die du noch nicht reden konntest. Sie sagte, ich sei gründlich überprüft worden und dürfte alles erfahren.«

Das konnte nicht stimmen. Wer hatte ihm so etwas erzählt? Sie konnte sich nicht vorstellen, dass Celia sich derart leichtsinnig verhalten würde. Hatte Bree jetzt, wo sie offiziell »im Ruhestand« war, alle Vorsicht in den Wind geschlagen und beschlossen, sich in Jessicas katastrophales Liebesleben einzumischen? Aber wie hatte sie von Jamie erfahren? Jessica hatte nie mit Bree über ihn gesprochen.

»Hat sie ihren Namen genannt? Ich meine – ich habe einige Chefs für verschiedene Missionen.« Ihr war schon wieder eine Lüge entwischt. So viel zum Thema »Jamie die ganze Wahrheit und nichts als die Wahrheit sagen«. Ihre guten Vorsätze hatten nicht lang überdauert. Ungefähr drei Minuten – seit sie das Haus betreten hatte, um genau zu sein.

»Anne hat sie, glaube ich, gesagt. Aber ihr Spione habt ja immer verschiedene Decknamen, stimmt's?« Jamie grinste. »Kannst du mir ein paar von deinen verraten? Ich wette, sie sind richtig cool.«

»Ehrlich gesagt, sie sind nicht besonders interessant. Kannst du meine Agentenführerin beschreiben? Wie du sagst, ich glaube nicht, dass sie den Namen benutzt hat, unter dem ich sie kenne.«

»Schon älter, in den Sechzigern, mit dunkelbraunen Haaren.«

Sie starrte ihn ausdruckslos an, und Jamie legte die Stirn in Falten. »Sie hat mir viel von deiner Mutter erzählt. Dass sie auch eine Spionin war, wie du. Dass du glaubst, sie sei von einer MI6-Verräterin namens Margaret Becker und einem Terroristen ermordet worden, dessen Name mit einem V beginnt, an den ich mich aber nicht mehr erinnern kann.«

»Vespa?« Jessica hasste es, aber sie musste ihn testen.

»Nein, das war's nicht. Jetzt weiß ich es wieder. Es war Vectra. Sie hat gesagt, du hättest herausgefunden, dass alles mit etwas zu tun hat, das Sargasso heißt, und dass du in großer Gefahr wärst. Sie hat auch gesagt, ich soll dir einschärfen, dass du von jetzt an *unheimlich* vorsichtig sein musst. Das Gleiche gilt für deinen Vater und Mattie.«

Jessica hielt die Luft an. Margaret Becker.

Aber das konnte doch nicht sein! Warum würde sie das Risiko eingehen, aus ihrem Unterschlupf aufzutauchen und Jamie zu besuchen? Verließ sie sich darauf, dass der MI6 sie nicht per Rasterfahndung suchte und ihre Flucht aus dem Gefängnis nicht bekannt gegeben hatte? Sie hatten den Wärter festgenommen, den sie bestochen hatte, um Nachrichten zwischen ihr und LibertyCrossing zu übermitteln. Nathan hatte gesagt, dass viele ehemalige Aufenthaltsorte von Margaret überwacht wurden. Sie hatten nicht daran gedacht, hier nachzuschauen. Wieso sollten sie auch? Wie groß ist die Wahrscheinlichkeit, dass sie im Haus von Jessicas früherem Freund auftauchen würde?

»Was hat *Anne* sonst noch gesagt?«, fragte Jessica.

»Sie hat mich gebeten, dir das zu geben.« Jamie sprang auf und reichte ihr einen Umschlag, der auf dem Kaminsims gelegen hatte.

Sie riss ihn auf. Ihre Finger zitterten, als sie ein Bild herauszog. Es war vor Jahren aufgenommen worden, aber die Menschen auf dem Foto waren deutlich zu erkennen. Eine viel jüngere Margaret mit blondem Pagenkopf saß links in irgendeinem Lokal. Ihre Mutter war in der Mitte. Die rotblonden Haare wellten sich über ihren Schultern. Sie zeigte ihr typisches Zahnlücken-Lächeln. Rechts neben ihr saß der Mann aus der Sargasso-Datei – Sergei Chekhova –, der bei einem Autounfall ums Leben gekommen war.

»Anne meinte, das Bild würde dir etwas bedeuten. Stimmt das?«

Sie nickte. Ihr hatte es die Sprache verschlagen. Margaret verhöhnte sie, sie wollte beweisen, welche Macht sie über sie hatte. Obwohl Margaret auf der Flucht war und heimlich von sämtlichen Polizei- und Geheimdiensten in ganz Europa und Amerika gejagt wurde, hatte sie die Zeit gefunden, Jamie zu besuchen und ihm gegenüberzusitzen. Wenn sie gewollt hätte, hätte sie ihn auf der Stelle töten können. Das war die wahre Botschaft, die sie ihr über Jamie übermittelt hatte. Sie konnte Jessica oder jeden, der ihr nahestand, zu jeder Zeit attackieren. Sie waren alle in Gefahr. Jamie blieb heute verschont – oder? Vielleicht hatte Margaret ihn mit Absicht in Gefahr gebracht, indem sie ihm von Sargasso erzählt hatte. Er war zu einer weiteren offenen Rechnung geworden, die später beglichen werden müsste.

Wen hatte Margaret sonst noch aufgesucht? Sie schickte ihrem Vater, Mattie und Becky die gleiche SMS: *Alles okay?*

Ihr Vater und Mattie sandten sofort die Nachricht zurück, dass es ihnen gut ginge. Becky antwortete nicht, aber sie musste heute zur Probe eines neuen Theaterstücks. Wahrscheinlich hatte sie ihr Handy auf *stumm* geschaltet, während sie ihren Text lernte.

»Ist irgendwas nicht in Ordnung?«, fragte Jamie. »Du bist wahnsinnig blass geworden.«

»Es ist ein Schock für mich, dass du so viel weißt. Niemand hat mir gesagt, dass das passieren würde – dass der MI6 dich überprüft und nichts dagegen hat, dass du Bescheid weißt.«

»Aber das ist doch gut, oder nicht? Es bedeutet, dass wir keine Geheimnisse mehr voreinander haben. Von jetzt an können wir immer völlig ehrlich miteinander umgehen. Wir können dafür sorgen, dass zwischen uns alles klappt. Das heißt, wenn du es willst.«

Sie lächelte, aber in ihrem Inneren wurde sie in Stücke gerissen. Natürlich wollte sie wieder mit ihm zusammen sein. Aber würde er nicht in noch größere Gefahr geraten, wenn er wieder ein Teil ihres Lebens wurde? Oder spielte es keine Rolle, was Margaret betraf? Sie könnte zurückkommen und ihn erledigen, egal ob sie zusammen waren oder nicht. Ihr Blick blieb auf einer Reihe von Zahlen hängen, die mit schwarzer Tinte auf der Rückseite des Fotos notiert waren. War es das Datum, an dem das Bild aufgenommen wurde? Es war fünf Monate vor dem Absturz des Hubschraubers, bei dem ihre Mutter umgekommen war.

»Wollte Anne, dass du mir noch was anderes ausrichtest?«, fragte Jessica.

»Sie hat gesagt, dass das Foto an dem Tag gemacht wurde, an dem deine Mutter und der Mann im Bild beigetreten sind.«

»Wo beigetreten?«

»Sargasso. Deshalb haben sie gefeiert.«

Sie schüttelte den Kopf. Jamie hatte Margaret missverstanden. Ihre Mutter und Sergei hatten bestimmt in der Sache Sargasso ermittelt und waren nirgends beigetreten. Bei Jamie klang es so, als ob es sich um eine Art Club handelte, aber diese Organisation tötete Menschen, die von ihrer Existenz wussten. Jedenfalls hatte Margaret das im Gefängnis behauptet.

Jessicas Handy vibrierte, aber sie ignorierte es und grübelte über das Rätsel nach, das Margaret ihr hinterlassen hatte.

»Willst du nicht rangehen?«, fragte Jamie und nahm es vom Sofa. »Es ist Becky.«

Jessica grabschte danach. »Becky! Wie geht's?«

Am anderen Ende schluchzte jemand halb erstickt. »Nein, es ist Marie. Beckys Mutter.«

»Mrs Roberts? Was ist passiert?«

»Becky wird gerade notoperiert. Erst in zwei Stunden werden wir mehr erfahren. Wir warten und beten. Oh, Gott, Jessica. Wie konnte das bloß passieren?«

»Was ist los?«, fragte Jamie tonlos und legte seine Hand auf ihre Schulter.

»Was ist passiert?« Jessicas Zunge fühlte sich zu dick und schwer für ihren Mund an. Sie ballte die Faust und zerknüllte Margarets Foto, während Mrs Roberts atemlos weiterredete.

»Als Becky auf dem Weg zu ihrer Theaterprobe war, ist irgendein Wahnsinniger mit seinem Lieferwagen in ihr Fahrrad gerast. Er hat nicht angehalten. Kannst du dir das vorstellen? Zeugen haben ausgesagt, dass der Fahrer beschleunigt hat und absichtlich in sie reingeprescht ist.«

Margaret. Sie hatte Becky erwischt, bevor Jessica sie warnen konnte.

»Können wir ins Krankenhaus kommen?« Tränen strömten

über Jessicas Gesicht. »Ich bin hier bei Jamie. Wir wollen beide da sein, wenn sie aus dem OP kommt.«

»Danke. Schick mir eine SMS, wenn du am Empfang bist. Dann kann ich euch sagen, wie ihr zur Intensivstation kommt.«

Jessica legte auf und kam mühsam auf die Füße. »Wir müssen los. Becky ist verletzt.«

Jamie nahm sie fest in die Arme, als sie ihm schluchzend berichtete, was passiert war.

»Es ist meine Schuld«, sagte sie.

»Wie kann das sein? Es hat doch nichts mit dir zu tun.«

Es hatte alles mit ihr zu tun. Es war Margarets Rache dafür, dass sie vor sechs Monaten bei Gericht gegen sie ausgesagt hatte.

»Dann komm«, sagte Jamie. »Wir können auf der Straße ein Taxi anhalten. Das geht schneller.«

Jessica nickte und wischte sich mit dem Handrücken die Tränen aus dem Gesicht. »Hat Anne zufällig eine Handy-Nummer hinterlassen?« Sie wühlte in ihrer Handtasche nach einem Taschentuch. »Ich glaube, ich hab die aktuelle Nummer nicht.«

»Nein, aber sie hat gesagt, sie würde sich bald mit dir in Verbindung setzen.«

Jessica folgte ihm auf den Gang hinaus. Margaret war hinter ihr her. Als sie zuletzt jemandem wehgetan hatte, der ihr nahestand – Nathan –, hatte Jessica geschworen, dass sie Westwood beitreten würde, um alle Mittel des MI6 einzusetzen, damit sie zur Rechenschaft gezogen würde. Diesmal würde *sie* bestimmen, wo es langging. Sie würde alles Nötige tun, um Beckys Angreifer zu finden, und, wenn es sein müsste, sämtliche Regeln von Westwood verletzen. Sie selbst würde Margaret finden.

Dieses Mal würde Jessica sie endgültig zur Strecke bringen.

Danksagung

Ich möchte dem wunderbaren Team von Scholastic danken, vor allem meiner hervorragenden Lektorin Helen Thomas, dem Presseteam, Rachel Phillips und David Sanger, und meinem geduldigen Redakteur Pete Matthews. Ich bin meinen ehemaligen Agentinnen Suzy Jenvey und Ajda Vucicevic und meiner jetzigen Agentin Sallyanne Sweeney außerordentlich dankbar, die alle Jessica Cole lieben.

Ein Dankeschön an die fantastischen Buch-Blogger auf Twitter, einschließlich Faye Rogers, Jim Dean, Lucy Powrie, Michelle Toy und Vivienne Dacosta und die mich unterstützenden Autoren-Kollegen, einschließlich Lindsay Antonia, Gary Meehan, Eve Ainsworth, Rachel Hamilton, Rachel Craw, Emma Haughton, Christina Banach, Lisa Glass und Helen Grant.

Einen besonderen Dank an meine Mutter, die immer meine Korrekturfahnen liest, an Darren, der sich ewig meine Ideen für Handlungsverstrickungen anhört, und eine große Umarmung für James und Luke. Zum Schluss noch ein riesiges Dankeschön an meine wunderbaren Leserinnen und Leser, die mich immer wieder dazu anregen, mir noch aufregendere Abenteuer für Jessica Cole auszudenken.

Sky, Sarah:
Topmodel undercover
Codewort: High Heels
ISBN 978 3 522 50530 7

Aus dem Englischen übersetzt von Gerda Bean
Einbandgestaltung und -typografie:
Semper smile Werbeagentur GmbH, München
Innentypografie und Satz: Tanja Haaf
Reproduktion: Medienfabrik GmbH, Stuttgart
Druck und Bindung: CPI books GmbH Ebner und Spiegel, Ulm
Printed in Germany.

FSC
www.fsc.org
MIX
Papier aus verantwortungsvollen Quellen
FSC® C083411

Die englische Originalausgabe erschien unter dem Titel
Jessica Cole: Model Spy: Catwalk Criminal bei Scholastic Ltd.

TOPMODEL UNDERCOVER

Sarah Sky

Topmodel undercover
Band 1 · Geheimwaffe: roter Lippenstift

272 Seiten · Broschur
ISBN 978-3-522-50484-3 eBook

Jessica ist geschockt, als sie von einem Fotoshooting nach Hause kommt: Ihr Vater, ein Ex-Agent, wurde unter mysteriösen Umständen entführt. Da sie nicht weiß, wem sie vertrauen kann, folgt sie auf eigene Faust den wenigen Spuren, die sie finden kann. Der Weg führt sie nach Paris, mitten in eine der angesagtesten Fashion Shows. Dort geht es hinter den Kulissen längst nicht mehr um die neuesten Modetrends, und Jessica selbst schwebt plötzlich in tödlicher Gefahr …

PLANET!

www.planet-verlag.de

Topmodel und Geheimagentin

Sarah Sky

Topmodel undercover
Band 2 · Mission Catwalk

288 Seiten · Broschur
ISBN 978-3-522-50485-0 ebook

Eigentlich hat Jessica die Nase voll von der Spionage. Ihr Vater liegt im Krankenhaus und erholt sich nur sehr langsam von seiner Entführung. Doch dann wird Jessica erpresst. Wenn ihrem Vater nichts geschehen soll, muss sie undercover für die Sicherheit eines kratzbürstigen russischen Topmodels sorgen. Vor der Küste von Monaco auf einer Jacht in der Sonne liegen und bei Fashion Shows eine gute Figur machen, erscheint Jessica zunächst wie ein leichter Job. Doch bald entpuppt er sich als tödliche Mission ...

PLANET!

www.planet-verlag.de

Gallagher Girls

Die Spionage-Serie für taffe Mädchen

Die Gallagher Akademie für hochbegabte junge Mädchen ist alles andere als eine gewöhnliche Mädchenschule, denn hier werden die Top-Agentinnen von morgen ausgebildet! Doch was passiert, wenn sich ein Gallagher Girl in einen ganz normalen Jungen verliebt?
Cameron „Cammie" Morgan beherrscht zwar 14 Sprachen, kann sich wie ein Chamäleon tarnen und CIA-Codes knacken, aber die Gallagher Akademie hat sie nicht auf das erste Herzklopfen vorbereitet. Als sie Josh trifft, wird ihr Leben komplett auf den Kopf gestellt ...

Ally Carter
Band 1: Spione küsst man nicht
304 Seiten · Broschur
ISBN 978-3-522-50331-0

Ally Carter
Band 2: Mädchen sind die besseren Spione
256 Seiten · Broschur
ISBN 978-3-522-50332-7

Ally Carter
Band 3: Auch Spione brauchen Glück
272 Seiten · Broschur
ISBN 978-3-522-50333-4

Ally Carter
Band 4: Mit Spionen spielt man nicht
288 Seiten · Broschur
ISBN 978-3-522-50334-1

Ally Carter
Band 5: Spione lieben gefährlich
320 Seiten · Broschur
ISBN 978-3-522-50468-3

Ally Carter
Band 6: Spione fürs Leben
320 Seiten · Broschur
ISBN 978-3-522-50469-0

PLANET!

www.planet-verlag.de